U0481022

元宇宙 恩怨篇 国潮 II

CHINA CHIC METAVERSE

RESENTMENT

赛博遗产

九伏 著

四川大学出版社
SICHUAN UNIVERSITY PRESS

楔子

亲爱的晓烟：

抱歉这么唐突地打扰你。算起来从我们上次在医院大吵着分手之后，我们之间唯一的交流，就是五年前你介绍我来到了这个光怪陆离的地方。如今这里已经成了我的归宿，直到最近殷航离开，又让我沉思了很久。旁人都觉得我的赛博综合征加重了，其实我只是投入了全副身心，完成了自己的作品而已。

这次，我主要是想把新完成的其中一张NFT[1]和一套元境内通用的模型送给你，它的私钥就在附件里，无论你是否接受，无论你准备如何处置它，它都将暂存在这封邮件里。其实我也不知道这算什么，谢意或是歉意，遗憾或是承诺，想来都算不上，就当是一个朋友的问候吧。

不过，有一件事我确实想多嘴问一句，听说你在你的孩子出生后得了一场大病，不知现在是否安好？如果有任何需要帮忙的地方，你可以联系我或者我们组织内部的任何人……

邢天

1. 全称为Non-Fungible Token，指非同质化通证，实质是区块链网络里具有唯一性特点的可信数字权益凭证，是一种可在区块链上记录和处理多维、复杂属性的数据对象。

壹

新冶区是一个……臭名昭著的元境。

它是一个存在了十几年之久都没有开发过注册系统的私域，所有来访者登录的方式，都是黑开程序的后门，加载已经被潮流淘汰的光追效果，当完美无瑕的形象上生成了各种无法显示色彩的像素斑时，就代表着踏上了这片残破不堪的大陆。

这里的天空交错频闪着黑灰相间的马赛克块，这里的海洋每秒都在流动与卡顿之间反复切换，这里的大地尽是老旧破损的基建，这里的文明……最低配置的沉浸舱系统就能带动的元境能有什么文明？

这里的规矩是：所有登录者都是访客身份，下线即删档。

新冶区加密货币的单位是“丹”，没人关心“丹”的代币全名是什么，或是由怎样的区块链平台维持着长期基本恒定的汇率。就是这片看似被制作者遗弃的程序垃圾场，每天的访问量数以万计，熙熙攘攘，利来利往，无法统计的成交额早被公认为天文数字。

它是无主之地，却不是无法之地。有人说，它的秩序是由“渗透病毒”维护的，惹是生非者必定惨遭报复。

每当新冶区的访问人数瞬间飙升时，有经验的访客就会开始寻找一个特别的存在……

它的某个地方，此时此刻，应该正在进行一场不定期的拍卖会。

新冶区因为拍卖会的存在而充满了生机，每件展品都绝对销魂……

这里，就是贫民黑客的元境销赃窟。

新冶区上次拍卖会的地点在空中，一顶满是油污的巨型塑料帐篷里。而这次的拍卖会地点则改到了污水齐腰深的下水道里。

买家们聚集在地铁隧道一般宽的生锈铁管中，奋力扑腾的水花中夹杂着众人骂骂咧咧的声音。空气中弥漫着电子化工的臭味，不愿有失体面的人都瞬间给自己加载了防毒面罩模组。

所有人游向主会场的样子，像极了挣扎求生的溺水大蟑螂。

昏暗的拍卖台上方只有一个用来照明的老式吊线灯泡，主会台高出污水池两米左右。光头拍卖师站在落槌桌前，明明建模效果宛若橡皮泥成精，却依然抱着双臂居高临下，不可一世。

没有人知道他的名字，他被买家们戏称为“墨索里尼”。

他负责介绍每件拍卖品的内容和“干净”程度，每次一打响指，就有一件新的藏品出现在他右边的会场展示区。

墨索里尼通过本地网段的广播风暴模式，把展品信息强行传入在场每个买家的终端里，他的声音总是懒洋洋的，懒洋洋是他唯一的幽默感。

这不妨碍买家们在水里起哄闹事，台下各种搞怪与打断是拍卖会的传统项目。拍卖师冷酷地屏蔽着报价以外的声音，转眼将十几件赃物落槌成交，而那些卖不出去的都被视为垃圾，其中一些更是当场销毁。

轮到倒数第二件展品了。随着墨索里尼的一声响指，拍卖场唯一的灯泡应声爆炸，地下管道里顿时一片黑暗。

不知出于什么原因，或是完全没有原因，有人把拍卖场的灯泡模组黑了……

现场的气氛仿佛瞬间达到整场拍卖会雀跃的顶点，买家在黑暗中发出各种怪叫。一些买家用“啪啪”作响的色情三维emoji模拟鼓掌的声音，伴随着放荡的电子音效，此起彼伏地闪烁在墨索里尼的大光头上。

“你们如果有病，就去圣安德森医院挂号……”墨索里尼抬眼看了看头顶的光，懒洋洋的声音里带着怒意，“如果不是元警进不来，我真的想报警了。就剩最后两件展品，买不起，能不能滚，不要捣乱?”

他一边骂着，一边在下水道顶部加载了一只倒扣的电子火盆模组，七彩的火焰从盆里变换着旋转下落，偶尔卡顿几次，水面上晃出霓虹的倒影。混乱的拍卖会场静了一秒，随即叫好的声音伴随着哄笑又响了起来。

没人注意到，一颗满是马赛克斑点的菠菜头在拍卖会入口吃力地用手拨开脏水，游进了人堆中。

“绝对有病，”菠菜头小声地对着自己的麦克风说话，“一定要在下水道开拍卖会，彰显什么狗屁特色……我迟到了没?”

“没有，目前是倒数第二件展品，下一件就是咱们要拍的货。”菠菜头的叶脉微闪，另一个声音来自他雇用的守望人。

雇用一个守望人再上线，是菠菜头穆若愚自创的“家训”。虽然大多数时候他都不会遵守，但对于新冶区这种每个访客身上都带着电子病毒的元境，他还是决定小心为上。

守望人，顾名思义，就是当用户进入元境后，帮其监控生命体征，遇到危险时，随时远程拉用户下线的安保人员。绝大多数时候，这些安保人员只用陪雇主聊聊天。

穆若愚的守望人自称“花昭”，在不具名的地方接管着穆若愚的沉浸设备。他俩已经合作过两次了，每次合作都不是很愉快，这次还能合作，完全是因为花昭的价格便宜，穆若愚穷……

“这比上次的破塑料袋有特色，你不是也有很长时间没洗澡了嘛！”花昭嘲笑着说，“你的终端是我见过最脏的……”

“别乱动它！”菠菜头连忙强调，“系统能跑就不要动！帮我看着点电源，这是二手货，不耐造。”

“你想得美，这种纳米病毒都要溢出来的老古董……我给你杀毒要加钱的。”菠菜头的叶脉中传来嫌弃的声音。

“还好没迟到。”菠菜头没理他，看向远方昏暗的展台唏嘘了一声。拍卖师打了个响指，倒数第二件拍卖品的预览资料在他右侧的屏幕上展开。

“倒数第二件藏品，达·芬奇的旷世名作——《蒙娜丽莎》NFT，干净得一尘不染，起拍价，一千丹。”墨索里尼懒洋洋地说。

这是今晚目前为止起拍价最高的赃物。听到鼎鼎大名的《蒙娜丽莎》，喧闹的声音戛然而止，买家们一瞬间都变成了深爱艺术的老学究，各自用鉴别模组细细地扫描画作。

没有人需要交换意见，每位买家都心怀鬼胎。但沉默没有保持多久，他们又纷纷皱起眉头。

这显然不是卢浮宫的镇馆之作。它的背景是更加明亮的蓝色，画上的女子与众人熟知的蒙娜丽莎貌“合”神“离”，倒像是与她坐姿相似的表妹。表妹的皮肤颜色惨白，眼神的焦点明显是眺望的远方，在她露出的左肩下方，扎着一只黑色的蝴蝶线结……

“这是达·芬奇的《蒙娜丽莎》？这是你儿子今天早上画的吧！”

“我觉得……嗯……这是你老母的遗像吧！”一声吐槽过后，立即有人跟着起哄。

拍卖师懒洋洋地翻了翻白眼，“这是四分之一的《蒙娜丽莎》，一千丹，有没有人出价？”

“下一个是大卸八块的《蒙娜丽莎》？”

“我在新冶区里猛偷一周也弄不来一千丹，你直接抢算了。”

“我出一百丹，你找我九百，成交。”

起哄时间，买家们越说越离谱。

“新冶区的拍卖会不是号称‘只有天价，没有假货’的吗？”穆若愚问。

“这群起哄的估计比你还穷，他们没什么见识我一点都不奇怪……”花昭冷笑了一下。

“两千丹。”突然有个声音把价格翻了一倍。

“两千五百丹。”一秒后，又有人加了五百。

“四千丹！”

“五千丹！”

没人开玩笑了，戏谑与嘲讽被镇定的叫价声“完虐”，不懂行的人都默默闭上了嘴。

“五万丹！”突然有人志在必得地叫出十倍价格！

“你也叫一个，十万丹买下来，转手还能翻番。”菠菜头的叶脉里传来花昭的指导价。

“十万？我有十万丹还来臭水沟里参加拍卖会？我身上就一千丹，最大的愿望是一会儿能在五百丹以内把货拍到手，剩下的咱俩二一添作五。”

“托你来拍货的买家是说把剩下的钱都划给咱们，对吧?”叶脉里传来的声音认真了起来。

“嗯。”菠菜头上下晃了晃，“前提是先帮他拍下来。”

“如果五百到手了，我拿二百五十二，你拿二百四十八，那两丹是你要给我的佣金。”

“这就叫到十四万了?”穆若愚不敢置信。

“可惜，托你的人要是买这件，我们就发达了。”花昭悻悻啧啧，“懂行的人都知道，历史上有位法国的光学工程师，用二百四十兆像素的多光谱相机，发现达·芬奇的《蒙娜丽莎》油画能分四层，分别是《肖像草稿》《佩戴珍珠发饰的肖像画》《丽莎·格拉迪尼肖像》，以及最后盖在表层的《蒙娜丽莎》。现在拍卖的是第三层，1503年创作的《丽莎·格拉迪尼肖像》。”

“怪不得……十七万丹了，再这么叫下去，这四张NFT的价格加在一起，比原作还要贵了。”

“现在摆在卢浮宫里的那幅是假的，这才是真迹。”花昭肯定地说，“原作被偷过一次，虽然最后还了回来，但到了这个时代，科技水平越高，说原作是赝品的声音就越大，证据也越来越确凿……反倒凑齐这四张卢浮宫授权的NFT，一次哈希值域校检[1]，就能合出真正的无价之宝!”

“十八万丹第一次……”

“第二次……”

1. 一种常用的数据校验机制，可以有效检测数据是否被篡改或损坏。

当！

所有人的终端中模拟出法庭落槌的声音，“成交。”

“暴殄天物！”花昭激动的声音让整个菠菜头都跟着绿了一下，“十八万丹就买回家了！十八万丹就没人叫价了，今天来的全是穷鬼！”

“这样最好。”穆若愚的声音倒是很镇静，“来的都是穷鬼，没人和我飙价，我能剩下的钱就能多点。”

“别怕，接下来那件老古董我帮你查过了，五百丹内拿下，能省一多半。”

“嗯。”菠菜头皱了皱眉，花昭没注意到他瞬间犯难的表情。

“最后一件是实物展品，第一代VR头显，全新未拆封的Oculus Rift原型机，2012年的超级老古董，没有用，但可收藏。”墨索里尼的响指一弹。

“起拍价多少？”台下有人问。

“第一个叫价就是起拍价，每多叫一次，价格翻一倍。”墨索里尼懒洋洋地坏笑了一下。

拍卖有“价高者得”的铁律，但新冶区的拍卖会，是大多数访客唯一的免费娱乐方式，穷鬼们都希望一场胡闹派对不要那么快结束。曾经有一次，一件展品从十丹开拍，买家们每次加一丹，被叫了两千多次才成交。那次之后，估计墨索里尼也是被累着了，所以这场拍卖会的最后一件展品，他临时改了规矩：翻倍叫价。

“那就负一亿丹吧，大家不要再叫了，这个归我了，我到手的一亿丹大家平分！”

“哪有你这么拍卖的？”立即有个买家佯装怒吼，“负八百亿！他刚才叫的不算！”

墨索里尼翻了翻白眼，漫天飞的段子和胡扯是每件展品交易前的洗礼。

三分多钟过去，买家们依然没个正形。

墨索里尼再次举起槌子，“没人出价的话，按流拍销毁处理。”

“买啊！我出一丹！”

“花昭……竞拍正式开始了！”绿色的菠菜头跟着一亮。

“我正在算，第一次是一丹，第二次是两丹，第三次是四丹……第九次就会升到二百五十六丹，如果有人叫第十次，那就是五百一十二丹，接下来我们就叫不起了。”

“两丹！”已经有人跟注了。

“没事，你不是已经查过了吗？这件货在其他的正规拍卖行最多值五百丹，我们叫五百一十二丹，余下四百八十八丹，每人净赚二百四十四。”穆若愚的小算盘打得噼啪作响。

“我二百四十六，你二百四十二，你欠我两丹的佣金。”

“十六丹！”

“三十二丹！”

“六十四丹！”叫价六十四丹的访客是个感觉随时都会沉进污水里的大胖子，他说话的同时，头顶亮出一只浮夸的灯牌。

那是一张动态的NFT：十七岁的贝利，杂耍般地把球挑过瑞典的防守队员，不等足球落地，转身凌空抽射进门！

没人叫好，反而涌现交头接耳的声音，他们都在跟沉浸舱外自己的守望人联系。

这张球王贝利的NFT价值不菲，这意味着新治区会场里突然出现了个外人，还是有钱人，而这种作死的炫富方式，与勾引众人抢劫自己无异。

当然还有一个可能：肥仔是个高调而顶级的黑客，没有把下水道里的任何买家的脏手段放在眼里。

“一百零八丹!”有的人就是讨厌被挑衅，叫价的声音怒气冲冲。

“你会算术吗？接下来要叫一百二十八丹!”

“到了!”众人的哄笑声中，穆若愚的声音沉着冷静。

“叫价!”花昭喊了一句。

“一百二十八丹!”菠菜头喊了一句。

“终于有人会算算术了!”

“一百二十八丹第一次……一百二十八丹第二次!”

“如果有人叫二百五十六……”花昭提醒道。

“我知道，我立即跟五百一十二。”菠菜头小声说。

“二百五十六丹!”依然是那个胖子，但这次他没有再露外财。

“叫价!”

“五百……”

“五百一十二丹!”

等全场都反应过来时，“512丹”的标的已经投影了出来，并非穆若愚。没人想到这胖子会瞬间跟自己飙价!

“自己跟自己飙价？有钱又有病!”

“刚才蒙娜丽莎叫到十八万的时候，可没见你敢张嘴。”

“刚才不是还有人喊了个五百吗？快跟啊！别让这死胖子得逞!”

“五百一十二丹第一次……”

“今天没了……”花昭觉得大势已去。

穆若愚一时间也说不出一个字，叶脉的呼吸灯忽明忽暗，花昭听见他对着麦克风的鼻息凝重了起来。

“花昭，我有个想法……”隔了许久，菠菜头才幽幽发声。

“不不不，你别有想法。”花昭传来的声音镇定而迅速，“这单算了吧。你看，现场只有起哄的，没有跟价的，穷人最知道这种小商品有多少溢价。这台VR老古董虽然稀有，但真心不值五百丹以上，五百一十二已经是在砸钱打水漂了。”

“五百一十二丹第二次！”

“一千零二十四丹！”穆若愚的喊声汇集了场内所有人的目光，他那整颗菠菜头正绿得发光，倒不是因为激动，而是花昭在对面狠狠地倒吸了一口气。

“菠菜头你是真行！老子正在给你讲道理啊！”他的怒火终于压不住了，“你这种人就活该穷一辈子！这么个破玩意儿一旦成交，你就会立即损失二十四丹！你有二十四丹能不能先给你的终端买个新电源？”

“一千零二十四丹第一次……”

“一千多丹……给我八百就好，我去给你弄个比它还老的。”

“别吹了，这既然能出现在新冶区拍卖会上，八千你也弄不到！”

“八千我现在就去抢！三千我就抢！谁出价？”

“一千零二十四丹第二次！”

“现在就看有没有人肯救你这只落水狗了……”花昭骂累了，“这次要是流拍了，你以后就不要再联系我了，这绝对是咱俩最后一次合作。你还欠我两丹的佣金，希望你有钱的时候记得打给我，如果你有良心的话……”

“两千零四十八丹！”肥仔又开口，他挑衅地转身，盯着菠菜头的方向，周身水花飞溅。

下水道里的水一瞬间像是沸开了，一个VR老古董溢价四倍，这种事情在新冶区里也稀奇得紧。

“谁再叫个四千零九十六！咱们一起把这胖子玩儿破产！”

“两千零四十八丹第一次……第二次……”

“置换交易！我有一张更值钱的NFT！”穆若愚再次语出惊人。

“不不不不不不不……”花昭急得声音都变了。

置换交易在新冶区中很少见，因为它多少有些像输光了本钱的赌徒要求用自己身体的某个器官下注，再开一次盘。在新冶区的拍卖会上，这种参与方式大多时候代表着一场“钻石换米粒”的亏本买卖，如果不能赚得盆满钵荡，拍卖师断不会收下买家来路不明的抵押物。

“就为这么个废品VR，需要玩儿这么大吗？”

“不会是用自己的这套菠菜头模型置换吧？”

“拿给我看看。”墨索里尼轻轻放下了他的虚拟槌子。

穆若愚有点恍惚，又有点后悔。之所以逼自己到这一步，是因为他提前花掉了拍卖物品的资金，用五百丹买了一台二手的水平衡沉浸舱。刚才叫到五百一十二丹时，其实他已经支付不起了。

他需要这么做，是因为他赔不起买家托付给他的一千丹，也因为这位托他交易的买家是个狠角色，就算是为了一百丹，这人也能将他追杀到天涯海角。

他能这么做，是因为他还有最后一张NFT，是母亲留给他的遗产。

花昭调整着全息视频的焦距，他看到了穆若愚展示出的NFT：极为简单的一幅画，上面是一条缠作∞形的锁链，像是刚刚学会使用AI绘图的画手习作，看上去毫无收藏价值可言。

菠菜头的耳麦里忽然传来花昭沉静且严肃的劝告声，仿佛变了一个人似的，“趁所有人还没有看见，把这张NFT收起来，越快越好，然后强行下线，我不想切断你的网关，否则我也会被追踪……你根本不知道自己惹了多大的麻烦。”

“我需要公证一下，拍卖会暂时告一段落，你，稍等。”出乎所有人的意料，墨索里尼居然对这张NFT有兴趣。

“来不及了……”花昭眼睁睁地看着NFT消失了，冷静的声音里充满了失望，“你拿不回来了。”

“什么意思？”穆若愚问。

“我怎么知道他会干这么蠢的事情啊！姐姐你不要跟我发火……不是，我现在切断他网关还有什么用？别说让我盯梢，我就是现在把他毒……”

“你在跟谁说话？”菠菜头愣道，忽然发现自己的麦克风没有声音。

花昭话没说完就下线了。监控面板上，菠菜头还在等待着他的答复，花昭临走前破坏了他的音频模组。

“抱歉让各位久等了，经过我们的鉴别，刚才那张NFT一文不值！为了惩戒这种恶意扰乱拍卖秩序的行为，我们官方已经将那张NFT销毁了。现在，我们回到两千零四十八丹继续拍卖。”

“死光头你阴我！”穆若愚勃然大怒，“给我还回来！那是我……”

没有任何人能听得到他的话，他的菠菜头不再发亮，所有买家在污水中同时转身看向他，露出阴森的无声嘲笑，在他们眼中，菠菜头正像个白痴一样愤怒地抖动着嘴唇。那个一直与他叫价的肥仔则向他竖起大拇指的三维emoji。

“两千零四十八丹第三次，成交。”

菠菜头听不见任何的声音，这是他通过墨索里尼的口型分析出来的。

无声的最后一槌干净利落，散场只在一瞬间，圣徒们拍着水花从菠菜头的身边次第离开。穆若愚杵在污水里，盯着拍到VR的胖子，那胖子也在看他，嘴巴嘟嘟囔囔的，很像是在骂人。

直到下水道里的人都走得差不多了，胖子一边扭着屁股，一边在头上亮出一个穿着炸弹背心的动画恶棍。

恶棍绕着下水道的管壁走了几步，然后驻足在管道顶部电子火盆模组前。这是常见的病毒型模组，又被称为“渲染病毒”，它能够给普通模组文件注入程序乱码，使得文件本身与病毒合为一体。

动画恶棍倒着朝火盆里撒了一泡尿，然后在空中爆开，和火盆化成同一堆黯然失色的马赛克斑。

胖子不惜用另一张NFT与电子火盆强行合成哈希值域，过载后的模组变成了一堆毫无价值的熵增数据，就像是一只老鼠搏命一跳，烫死在了汤锅里。

这在其他元境中属于绝对的违规操作，能够第一时间引起元警的注意。但在新冶区，这种病毒遍地皆是。

菠菜头没有听到恶棍炸开花的响声，火盆被熄灭后，他什么也看不见。五感尽失，他觉得自己人生的色阶细节也被劣化打乱，现在不过是一堆不可辨认的马赛克罢了。

贰

落水狗一般的穆若愚从沉浸舱里翻了出来，纳米溶液哗啦啦地浇了一地。他奋力拉下套在头盔上的易拉罐皮——那是他自制的WiMAX信号放大器——一边闭紧嘴巴不停甩头，一边脱下自己的防水沉浸服。

花昭下线的时候没有关闭共享的监控面板，监控的画面依然是新冶区空无一人的下水管道。屏幕上还闪着三个感叹号，其中两个是带红圈的音频警告，没有一条好消息。

穆若愚居住的杂乱仓库宛若一间灵堂，水平衡沉浸舱是他不加盖的棺床。比沉浸舱更大的只有一张灰布沙发，沙发前摆放着一只小茶几，地上扔着杂乱的各种生活物件。他从用铁丝弯成的晾衣架上捡了条脏毛巾，擦干头发和脸上的水，又随手扔在了一边。他撕开一个物联网的快递箱，里面是一瓶水、一管营养膏以及一张彩印的发票。

猛灌了几口水后，他一屁股坐到了捡来的沙发上，把营养膏挤进了嘴里，一边翻着白眼一边咀嚼，用最后剩的水漱了漱口，然后一口咽了下去。

也许那张NFT遗产真的不怎么值钱，他想。

错就错在自己不应该拿出来当抵押物交换，穆若愚感觉自己实在对不起母亲生前的赠予，剩下的这套菠菜头虚拟模型，可不能再丢了。

打完嗝后，他又顺手捡了个烟灰缸里的烟头，借着刚点燃的火光津津有味地抽了几口，再次掐灭，这才站起来按下了屏幕上的第一个感叹号。

Hi，若愚，最近怎么样？我是圣安德森医院公共心理健康元境的狄兰。距离上次给你留言又过了五天，这五天里，你有四天没有签到，我不得不遗憾地通知你，你的心理健康等级再次处于“新孤独症”危机的边缘。

詹江和雪芮都说你并没有按照我上次提供给你的联系方式去找他们，你也从不在我的网络小组里发言，你为什么不试试呢？既然你没有办法登录任何类型的元境，你是如何忍受这么孤独的生活的？我始终相信，只要你试图改变思维方式，生活一定会大有改观的！呃，你知道龙行风是个急性子，他只是希望能通过强行控制的方式让你早日走上正轨，不要太在意他辱骂你的那些语言，他都不是真心的……

我希望你今天能够打卡。如果你已经交到了新的朋友，一定记得第一时间告诉我，我会安排咱们一起在元境见面的。你要记得，你病得并不严重……

穆若愚打断了狄兰的音频留言，按下第二个感叹号。

穆若愚，你这个小杂种！你以为老子给你留言是要把你重新关进网瘾治疗中心吗？你他妈的大错特错！我虽然已经因伤离开了元警小队，但你这次是铁定要进电子监狱了！我他妈听说你托新冶区的人给你弄了一台二手沉浸舱？有种！有种！我警告过你，绝对不能在新孤独症还没有被治愈前进入任何元境！你还敢翻进新冶区这种十恶不赦的地方！这是他妈的重罪！你完蛋了！我已经联系了以前的元警部下，下星期的这个时候，我就不用给你这种败类留言了，在电子监狱里给我好好……

穆若愚依旧漫不经心地打断了龙行风的音频留言，深吸了一口气，反而是最后绿色的普通留言让他有些不安。

搞定了吗？给我回话。

来自买家的简短信息。

盘腿在沙发的一角坐了许久，穆若愚又朝里蜷了蜷，鼓起勇气连接了买家的终端。

“穆若愚。”

“抱歉，唐金先生。”

对方沉默了一下，“起拍价是多少？”

“一丹，双倍加注。”

“成交价呢？”

“两千零四十八丹。”

唐金先生又沉默了片刻，“你应该在五百一十二丹的时候叫价，再贵就不值当了。”

“嗯……”穆若愚回想起拍卖会上的情形，迟迟没有回复。

“我女儿会有些失望，还好我给她准备了一只粉红色的9mm格洛克，作为备选礼物……你知道为什么吗?”

“我不知道，唐金先生。”穆若愚如实说。

“因为格洛克有十七发子弹，她刚好十七岁。”

穆若愚的脑子在飞速旋转，但除了道歉，依然想不出什么话。

“我听说，你用我的钱买了一台二手的沉浸舱。”

“是的，花了五百丹。”

“真是难为你了，你好像根本不想帮我做事。”

“并不是这样的，我……”

“你依然欠我一千丹……兑换成电子黄金给我，OK?”

“OK。”

“以明天下午六点的汇率为准。”唐金不由分说地掐断了连接。

“干!”穆若愚暗骂了一句，他看着仍然在滴水的破旧沉浸舱，二手的卖五百丹，三手的……基本上是“无价之宝”，因为没有人会为此付钱。

拍卖行、狄兰、龙行风、唐金……没有一个是他惹得起的。

债太多，他都无从愁起。他在想，如果唐金的催债打手和龙行风联系的元警同时来到这里，自己有没有机会趁两拨人大乱斗之际溜之大吉……

叁

吧台里的女孩给花昭倒了一杯威士忌，整个酒吧空空荡荡的，只有他们两人。花昭坐在女孩的对面，盯着杯中金色的液体，嗅了嗅，却没有喝。

“事情不只有点棘手……”女孩抱臂靠在琳琅满目的酒架上，“流落到新冶区这种地方，本来是件好事，相当于掉进了无底洞。可是，偏偏让唯一一个识货的抢走了。好在他还不知道我们的位置。”

“我有个下下策，不如破罐子破摔，把消息放出去让所有人抢算了，我们最后出手。”花昭嬉皮笑脸的，像是在为自己的失职找补。

“倒也不是不可以，无非是辛苦点。”女孩双目放空，怔怔地望向窗外的红霞，“盯着点‘死神之子’吧，消息一放出去，他会最先出手的。”

想到未来充满麻烦和变数，两人纷纷陷入了沉默。

“估计也盯不住，”隔了一会儿，花昭又笑了起来，“但我还有个下下下策，派个猪队友去拖住他就好了。”

“呼……”女孩长吁一口气，“我们上一辈人也是如此兵不厌诈吗?”

“黑客嘛，一定有过之而无不及。”花昭还在笑，“这个下下下策，需要一个特别的人选……”

肆

咚!

敲门声打断了穆若愚混乱的思绪，只响了一声，仿佛是顽皮的孩子在门口拍球的时候不小心砸在了门上。

穆若愚一惊，无声地从沙发上站了起来，蹑手蹑脚地踩着地上的积水，靠近猫眼向外看。

咚！

新的敲门声吓了他一跳。门外是个戴着墨镜的大胡子，手上提着一只黑色的布包，高尔夫球杆的长度。

嘟嘟，嘟嘟，嘟嘟。

监控面板不合时宜地响了起来，应答程序跟着长嘀了一声，“菠菜头，把门打开！”

听到花昭的声音，穆若愚松了口气，打开了大门。

大胡子扫了他一眼，不由分说地把黑色的长布袋塞进了他的手里。

“这是什么？”

“你的货。”大胡子说。

穆若愚满脸狐疑地拉开拉锁，包里有一顶黑色的棒球帽，一套修理工的制服。穆若愚轻轻一翻，制服下静静躺着一把双管的喷子，扳机周围散落着几颗闪光雷。

“不不不！这谁送来的？送错了吧！”

“关我屁事，我只负责送货。”大胡子说完转身就走。

嘟嘟，嘟嘟嘟嘟，嘀——

“菠菜头，回话！我知道你在家。”花昭早已洞悉一切的声音顺着穆若愚的应答程序播了出来。

“你送这个给我？我现在还被元警盯着呢，欠你两丹而已，多大仇?!”

“别废话，我想了一下，你还不能死，你还欠着我的钱呢！但你的仇家又太多，所以我先把家伙送到你府上了。”

穆若愚冷冷哼了一声，“你也别废话了……”

“我查到今天阴咱俩的那个肥仔的物理地址了。你今天干了一件蠢到家的事，你从来没有告诉过我还有一张NFT，我真的不想救你，但你罪不至死。”

“肥仔也不算阴了我吧，公平叫价，我叫慢了。”即便嘴上说得很洒脱，穆若愚脑子里却呈现出肥仔欠揍的脸。

“要不要？”

“什么要不要，我提着喷子去肥仔家把他打成马蜂窝吗？”

“你怎么做是你的事，地址是第三大道紫顶的独栋别墅，安保人员是他刚刚雇的，只有一个，是跑不快的绣花枕头。”

“第三大道……死肥仔，这么阔！”

“死肥仔正准备在家里干丧尽天良的事儿呢，我是不介意你用他的脑袋当马桶的。”

“你自己怎么不去？”

“咱俩谁欠谁的钱？”花昭反问，“你用包里的那支‘麦克风’顶着他的头，出价四百九十五丹好心收购他的VR，然后给唐金先生送回去。我会帮你在进门前黑掉他们家的摄像头，这项免费。”

“这种事儿我不干，你找其他人吧。”穆若愚坚决回绝。

“怕什么啊孬种，麦克风和闪光菠萝都是假的，就是看着像元警的装备……记住，别打歪主意，肥仔不会和你这种人做朋友的，他不配。”

“我和你也不是朋友。”

“对，老子现在是你债主！”花昭毫不客气，“之前给你当守望人的时候，不停有给你的语音留言播过来，我都听到了，你不用和我演，你麻烦多着呢！今晚就动手，越快越好，进了别墅你就知道我为什么这么着急了。”

穆若愚深吸了一口气，“为什么是四百九十五丹？”

“守望人一次服务是两丹，这次出谋划策的钱也是两丹！你剩下的钱都是我的。”

“还有一丹呢？”

“还有一丹是因为你今天在新冶区不听我的指挥。”

伍

夜深人静，穆若愚穿着一身修理工的服装，戴着一顶棒球帽，挎着黑布袋在第三大道上行色匆匆。

紫色屋顶的别墅门口，他推不开镂空雕花的大门，按响门铃的时候，下意识看了一眼门口的监控装置。

“你好。”迎面走来的安保看起来跟他差不多大，细长的眼睛缓缓打量着他，制服上佩着枪。

“你家的沉浸舱报修。”

安保人员迟疑了一下，什么话也没有说，默默地点了点头，按了一下缝在制服内侧的遥控装置，大门无声地开了。

穆若愚头一低，快步朝着泳池的方向走去，因为只有那里亮着灯。没走两步，身后忽然传来左轮手枪压下击锤的声音。

“你迷路了吗？”

不用回头也知道，自己的后脑已经被对方的枪口瞄准了。

穆若愚缓缓地举起双手，“我第一次来。”

“把包打开，放在地上，别搞小动作。”

穆若愚深吸了一口气，花昭居然说这是绣花枕头？拿枪的绣花枕头也能随便要人命的！

安保朝他的包里看了一眼，狠狠一脚把黑包踢到了一边，“转身！”

穆若愚举着双手慢慢转了过去。

“你用喷子修沉浸舱？”

“不止，还有这个……”穆若愚说着，单手轻轻拉开了修理工制服的排扣，从胸口到腰间，缠着四颗串联的闪光雷，唯一的保险环已经挂上了他的指尖，随时都可以抽出。

安保沉沉吸了口气，手臂一展，老式左轮手枪冰冷的枪口顶住了穆若愚的额心，远处的别墅里传来狗吠的声音。

两个人原地僵持了十几秒，漫长的十几秒，谁都感觉只要多动一下，就会有生命危险。

“你流汗了。”安保看着汗珠从穆若愚的鬓角滑下。

“因为现在我处于劣势。”穆若愚说，“我拉开环后，爆炸的速度一定没有你的子弹快，我害怕……不过你需要在两秒之内把四个保险栓插好，练过吗？”

远处的狗吠声越来越大。

“我带你去见你想要见的人。”安保居然朝后退了一步，“我正着走，你倒着走。”

“不路过泳池？”

“不路过泳池。”

保险起见，安保顺手抄起了黑布袋里的喷子，将枪管瞄准了穆若愚的脑袋。

“狗是刚送到的，不关我的事。”安保又说。

穆若愚压根听不懂安保在说什么，只能故作高深地笑不露齿。

他们开始行动，双方保持一米左右的距离，一人拿着双枪，一人把手扣在手雷的保险栓上，两人一进一退，像是抬着极为贵重的物品，小心翼翼地挪动。

他们走上台阶，穿过长廊，进入电梯，安保用喷子按下“3”，两人又走出电梯。

马尔斯绿的地毯踩上去软绵绵的，狗吠逐渐变得声嘶力竭，穆若愚真的有点害怕了，听上去像是一只愤怒的大狗，如果从背后扑上来……

“从这边转进去。”安保摇了摇手枪，穆若愚踩着门槛退进了房间。

天蓝色的光盈满空旷的房屋，头顶海洋，脚踏晴空，四面墙体点缀着无数会呼吸的星星，狗吠的声音破坏了宁怡空旷的沉浸设备房，一个大学生年纪的男孩穿着松松垮垮的裤子，从狂吠声附近站了起来，“搞什么飞机?”

“小心点，阿胜！他身上绑着雷管！”安保目不转睛地高声提示。

狗还在乱吠，却夹杂着惨兮兮的声音。穆若愚又退了两步，顺脚踢开了被拆开的纸箱壳子，那是2012年Oculus Rift原型机的包装。

“总算没来错地方。”穆若愚忍不住自嘲了一句。

安保盯着他的一举一动，又眯了一下眼睛。

阿胜就是新冶区元境中的那个肥仔，现实中，他不但不胖，双颊还因营养不良而微凹。在他身后有一只长毛的成年黄色松狮，四条腿都被不锈钢细链锁在原地，不安地晃动着它无法移动的身躯，胸前散落了一堆染着血渍的狗毛，脖子上吊着因为剧烈甩头而脱落的VR眼镜。

穆若愚终于明白了刚才安保的话，阿胜这畜生在用VR眼镜虐狗……

阿胜顺手接下了安保手里的喷子，手指虚扣在扳机上，枪口抵在了穆若愚的太阳穴上。

“你走吧，这点小事我来应付就好。”阿胜胸有成竹地说。

安保看着穆若愚，无奈地摇了摇头。

穆若愚眯了眯眼睛，“我懂了，不关你的事，你走吧。”他冷静地对安保说。

安保收了枪，转了转眼睛，默默地退出房间。

“你他妈的哪位？”阿胜一边吼着，一边朝着穆若愚恶狠狠地逼近了一步，手里的喷子明显助长了他的嚣张气焰。

“别开枪，”穆若愚被顶得往后退了一步，“我是菠菜头啊，你忘啦？”

阿胜皱紧的眉头微微一松，他努力地回忆，随即恍然大悟，“哦！我记得你！最后那个水管上的尿盆是你的吗？不好意思，我给炸了……好快啊！你来报复我了？用你自己的命？”

“错！”穆若愚摇了摇头，“我一直觉得，今晚是公平叫价，是我叫慢了……”

“不对，是你买不起，买不起还想用你的破NFT滥竽充数，你怎么这么蠢？”阿胜嘲笑着说，“现在怎么说？我没看错的话，你身上的只是闪光雷吧？我玩过，杀不死人的。”

穆若愚也跟着笑了一下，他的指头从保险环中抽了出来。阿胜的脸色瞬间煞白。突然，穆若愚伸手狠狠地攥住了阿胜的枪管，阿胜想也没想，第一时间扣下了扳机。

扳机扣不动。

“你还真敢开枪杀人啊？”穆若愚质问道。

阿胜大惊失色。穆若愚顺手一甩，同时一脚狠狠踹在阿胜的肚子上，喷子直接从阿胜的手里脱了出来，枪托的一端跟着穆若愚的手在空中转了半圈后，毫不留情地杵在了阿胜微凹的面颊上。

“汪汪汪！”

阿胜后仰着撞上星空墙壁，歪着头倒在了地板上。

“咳咳咳！”剧烈的咳嗽声过后，他张嘴吐出半颗恶心的牙齿。

穆若愚迅速垫步上前，双手抡起枪管，像是抡锄头一样，骤雨般朝着阿胜的身上打去，阿胜只得用双手狼狈地招架。

“买VR虐狗？”砰地一击。

“人渣！”砰！

“败类！”砰！

“就你有钱！”砰！

“你还玩过啥？！”砰！

“你的！撒尿！娃娃呢？！”砰砰砰砰！

咔的一声，枪托被穆若愚打劈了一截，木块带着碎屑落在阿胜的肩头。

“菠菜哥，我错了！我真的错了！”阿胜捂着脸在地上疯狂求饶，难听的惨叫声里好像带着一丝哭腔。

穆若愚轻轻扬起了脖子，喘着粗气，盯着地上的废物，如同亲赴人间执法的死神，“站起来，把锁链解开，然后给它磕头……听到没有!”

“别打别打!”阿胜带着一身的伤肿，几乎从地上跳了起来，他撇着嘴，揉捏着自己的手臂，慢慢向松狮靠近。

“快点!”“死神”发令，阿胜不顾狗吠的唾沫喷溅到脸上，用一双肿胀的手取下狗脖上的VR眼镜，笨拙地解起四条腿的细链。

“跪下磕头！我没说停，你就一直磕下去!”

阿胜矜持了一阵，直到碎枪托又砸到他的脖颈上，他磕出了彻底击碎自尊的第一响，继而不倒翁般循环了起来。

松狮犬被放生的那一刻，踩着阿胜的头发朝门外猛地蹿了出去。

同一时间，穆若愚扑向窗口，一把撕掉了窗帘，朝窗外看去。

目及之处，看不到安保，他屏息静听了一秒，第三大道上没有警笛的声音。

“别磕了!”穆若愚又给他的后脖颈杵了一下，“那个给我!”穆若愚指着地上的VR眼镜，阿胜还不敢起来，颤抖着手递给了他。

穆若愚把地上的包装盒捡了起来，然后是说明书，充电器……所有的老式配件都被原封不动地装回了盒子里。

他抡了一下枪栓，故意吓唬阿胜，阿胜吓得一哆嗦。

“没出息的玩意儿!”说完他就要离开。

穆若愚不经意地朝地下看了一眼，松狮犬在刚刚逃生的路径上，踩下了十几个凌乱的爪印。

血色的爪印。

松狮犬的腿受了严重的伤，因为越跑越快，它的爪印也在马尔斯绿的地毯上越来越清晰，绵延至门外的走廊。

穆若愚心想：如果我走了，这只小狗会遭殃。

穆若愚深深吸了一口气，但感觉咽不下去。

他站在原地，使劲地摇着头，努力克制着自己内心想要管闲事的冲动。猛地，他转过身，将VR眼镜狠狠砸到地上，还在镜面上用力踩了一脚！

“捡起来，戴上！”

阿胜愣在原地一动不动。

“我说捡起来，戴上，把线都插好，你听不见？”

不得已，阿胜把终端插上了主机，再把带着脚印与裂纹的VR眼镜戴在了自己的头上。

“感受一下刚才那只松狮所感受的吧，一个支离破碎的世界。眼睛要睁大！我随时会一把扯下来，检查你的眼球需不需要检修……”穆若愚扬声威胁着，按下了屏幕上的“play”三角，然后把无线耳机塞进了阿胜的耳朵里并把声音调到了最大。看着摇头晃脑的阿胜，穆若愚大摇大摆地走了出去。

“胖子没那么胖，我还是没搞定。”下电梯的同时，穆若愚给花昭发了条消息，花昭半天没有回复。

“你最近有养狗的打算吗？”穆若愚又跟了一条。

穆若愚把劈碎的枪托顶在肩头，煞有介事地端着假枪朝大门外缓步靠近。直到他在大门口见到了安保，默默地放下了防备……

安保的脚边敞着一只银色的金属医药箱，他单膝跪地，正在用手捏着松狮犬毛茸茸的爪子，仔仔细细地给它上药。瞥了一眼端着喷子的穆若愚，安保漫不经心地拍了下口袋，镂空雕花的大门开了。

“汪！”

“省着点用吧，你楼上的主子估计也需要药膏。”穆若愚没好气地说。

“狗都没用完，哪里轮得到他？”安保用碘酒擦拭松狮的爪子，目不转睛。

穆若愚皱眉愣了一下。

“你不出手，我也会出手的。”安保摇了摇头，继而话锋一转，“我刚才在楼下听见他喊了。你就是菠菜头？今天在新冶区赔了夫人又折兵的那个？”

穆若愚忽然慌了，“你当时也在元境？”对上安保的眼睛时，只觉得对方狡黠的目光深不可测。

“我不在，不过你那段视频的完播率很高。”

远方传来了警笛的声音。

“别担心，我没打算报警。”安保说，“看在你帮我教训了阿胜的分儿上……留个IP地址给我吧，我在新冶区里认识一些人，如果你的NFT没有被毁掉的话，我帮你找找看。”

“我和你不熟，你省省吧。”

“你身上绑了一堆破玩具就敢来找麻烦，要不是我今天演技特别好，你还能更丢脸。”

穆若愚惊了。

原来对方早就知道自己身上的武器是道具……

“不愿意就算了，我不强求。”安保继续检查松狮的伤势，“你刚才没打死他吧？”

“他在屋子里玩VR呢！”穆若愚撇嘴一笑，“我叫穆若愚，线上都用菠菜头的那套皮肤，很好找的。”

“殷浩存，叫我浩存就行，第三大道守望人雇用列表中信用最好的那个。”

“原来是你。”穆若愚一副假装失敬的样子，转念又想起了一件事，“你有没有兴趣买这些哑火的模型?”

“汪!”

殷浩存的眉毛跟着眼睛一挑，像是在说：你看不起谁?

“没事，我就随便问一句……今天我可是亏大了。”他自嘲地说着，背着黑布包走出了大门。

陆

距离还唐金的一千丹只剩下两个小时。

电子黄金通货率在二十四小时内暴涨两倍的愿望并没有实现，穆若愚盯着自己仅剩的五百丹发愁。

一下午的时间，为了找到能挣一笔快钱的机会，他变换着身份在十几个元境里投了简历。但他已经很多年没有找过一份正式的工作了，因此无一不以惨败收场。

自以为最有希望接到私活的新治区毫无音讯，而在其他元境，最快的纪录是一个小时内连续被三个机器人拒绝了三次。

最后一位面试官的情商极高，他们相遇在一个阳光细雨的暖冬元境，对方无论是说话的声音，还是温柔的答复方式，都让穆若愚如沐春风。足足扯了八分钟后，对方检索出了他登录过新治区这种无法之地的证据。穆若愚据理力争，连“给我一个机会……我以前没得选，现在我想做一个好人”这种台词都用上了，希望能以真情博得怜悯和收留。面试官姑娘想了整整一分钟，像是陷入了沉思，直到她开口：“穆若愚先生，真是不好意思，刚才我的内置电源出现了一点小故障，现在已经无碍了。您能重复一下刚才说了什么吗?”

非她见死不救，奈何她是个AI！

穆若愚顿感心灰意冷，转身下线，蒙着从沉浸舱里爬了出来，失魂落魄的样子像是刚刚被科技夺走了爱情……

距离还债还有一个小时左右，穆若愚把剩下的五百丹兑换成了电子黄金，心里胡乱想着属于未来的方案：

如果再去一趟阿胜家，把VR头盔抢回来，然后骗说新冶区拍卖的就是这么个货……罢了，唐金如果知道他女儿的生日礼物曾经……如果跟唐金说先还一半……无异于与虎谋皮。

干脆远走高飞！二手沉浸舱也不要了，流浪一段时间避避风头再从长计议，这点钱精打细算够撑一周的。前提是他没有被龙行风搞上物联网的黑名单，否则会被彻底限制交易……说不定现在已经上榜了。花昭从昨天起就没有回消息，这次是真的要绝交了……冲动是魔鬼啊！

还有个办法是装成重症的心理疾病患者，去圣安德森找个床位……可他连个劫匪都演不好，假如到时候被元警问住了，罪加一等，罪加二等，罪加三等……

混乱的思绪像是一条轨道上挤了好几列过山车，直到监控面板上的新消息提示音嘟嘟作响，穆若愚才如梦初醒。

一条阅后即焚的消息，主题是拒信的格式：no-reply。

尊敬的穆若愚先生：

下午好！

我们是弥诺斯基金会旗下的福利机构，今天收到了您的简历，希望能与您有进一步的沟通，如果您方便的话，可以随时前往弥诺斯的官方元境“迷想城”详谈。如果您已经找到了新的工作，或是暂时没有这方面的意愿，我们对于这次叨扰深感抱歉。最后，祝您生活愉快。

面试机会？

一看就是机器人写的公式文，饱含无情的感情。但是为什么要设置阅后即焚模式呢？

穆若愚不理解，也不记得有给这种地方投过简历，更不记得自己当时用的是什么身份。可能是假冒NFR[1]程序归档领域深耕多年的工程师，也有可能瞎扯自己是专攻提升西格玛水平的数智赋能大师。

反正他临时编造的身份基本上都完爆对方的用人条件，其中只有少部分是驴唇不对马嘴的。不过实话实说，对于自己瞎编出来的技术能力，他是完全不懂。

无非是再和机器人畅聊八分钟，反正目前的处境没有丝毫的转机，聊不对味就立即准备跑路吧。

抱着死马当作活马医的心态，他反锁了自己仓库卧室的大门，

---

1. NFR是一种数字资产或具有独特资产所有权的数字代表，NFR使用区块链技术、以计算机代码为基础创建，记录基础物理或数字资产的数字所有权，并构成一个独特的真实性证书。

按下沉浸舱的启动按钮，穿上沉浸服，平躺进了水中，输入迷想城的地址后，开启了浸没式颅电调控模式，在数据抓取的同时合上了双眼。

再睁开眼的时候，刺眼的蔚蓝色电子束被吞没了，周围一片漆黑，像是掉进了意大利黑醋的醋缸，没有一点声音。

糟了！大麻烦！

如果不是二手的破烂沉浸舱爆电了，那就是元警已经破门冲进了他的仓库。

“穆若愚？”黑暗中有人呼唤他的名字。

穆若愚循声在黑暗中转头。

黑暗中，一个橘红的光点无规则地向外蔓延，就像火星儿碰上了黑色的棉花纸，越烧越快，没过几秒，一个明媚灿烂的巨大游乐场降临在穆若愚的身边！

面试官是个年轻的女人，身着鹅黄色的长裙，步态盈盈，面带微笑。她朝着穆若愚走来时，空气里瞬间弥漫出肉桂的淡香。

“欢迎来到迷想城。真是抱歉，目前用来接待应聘人员的场地只有我的私域元境。”女人就站在离他不远的地方，她调整了声音输出的方式，说出来的每个字都清晰地环绕在拟域的每个单位空间里。穆若愚如同在跟AI对话，但对方平添了些空灵与权威的错觉。

“不碍事，”穆若愚站在原地，“我目前只有这么一套菠菜头的模型。”他轻轻指了指脑袋，然后通过遥望远方巨大的摩天轮来缓解自己的窘境。各种古早游乐电动设施的音乐声混杂在一起，空气中都能感受到的粉色少女情结让他不禁怀疑，这元境是专门设计来恋爱约会的？

如果面前的姑娘是个真人，能在这里多聊两句真不错啊！

但他心里盘算着：时间不够了，必须赶紧把自己最关心的问题问了——能不能预支工资？不能就立即下线准备跑路。

“初次见面，叫我海伦就可以了，还请你简单介绍一下自己。”

“我叫穆小飞，今年二十七岁，本地长大。”

只说了三句，他就说不下去了。这三句中，只有姓氏是真的。

穆若愚不知道对方掌握了他哪一份瞎编的资料，担心言多必失，索性闭上了嘴。

此刻，两个人仿佛是游乐场里陌生的游客。海伦还在等他整理措辞，隔了半晌，笑了，“就这些？”

“男。”穆若愚终于幽幽地多迸了一个字。

在游乐场面试的好处就是，有效阻止了尴尬的膨胀，面试官也没有瞬息万变的眼神，穆若愚感觉轻松了许多。

“那你有什么想问我的？”海伦还在笑，但已经失去了提问的兴趣。

“你是图灵控制的拟态吗？”

“不，我是真人，现在和你一样在沉浸舱里……你找工作，是想交朋友吗？”

穆若愚蒙了，“交朋友？”

“经过数据库的比对，我发现你最近上传的NFT档案上，心理健康等级处于新孤独症危机的边缘，”海伦顿了一下，“你是个严重的赛博综合征患者。”

来者不善啊！穆若愚多了个心眼。她能一针见血地说出他真正的身份信息，穆若愚估计自己是被人卖了。

这该不会是元警布的局吧……

“嘿，”穆若愚玩世不恭地笑了，他默默地把手插进裤兜，里面装着能让他强制下线的电源引擎快捷方式，“贵司的背调工作都是由黑客破墙完成的吗？”

“不需要破墙，太不优雅了。”海伦轻描淡写地说，“如果被墙拦住了，最好的解决办法是开一扇门，而圣安德森心理健康元境的绝密档案系统，连门都不需要开……你还没有回答我，你找工作是为了交朋友吗？”

“应该不是吧……”穆若愚抽动鼻子，熏香的肉桂味在四周弥漫，“有没有前来应聘的人告诉过你，他们找工作为的是挣钱？”

“没有，我很多年没有聘用过任何人了。”海伦的语气平常，仿佛理所应当。

“您该不是打着面试的幌子来找男朋友的吧？”穆若愚嬉皮笑脸地问道。海伦脸一红，皱起了眉头。

滴，耳机里内置的一声整点报时打断了穆若愚想要继续浪漫聊几句的想法。

该走了，再不给唐金先生回话，他女儿有可能拿着粉红色的格洛克冲进“灵堂”。

“所以……如果贵司雇用我，是不打算给我钱啰。”他话锋一转，顿时变得不解风情。

“没有钱，至少比关进电子监狱舒服吧……穆若愚先生。”

将军！

穆若愚慌了，对方估计真的是元警，先礼后兵，刚才是为了稳住自己，这一刻要放撒手锏了。

“不过你想多了，”海伦目及远方，像是在欣赏自己的旋转木马，“我能提供给你的只有你的劳动所得，大概永远都没有办法提供友谊。我急需用人，但你是个麻烦制造者。”

“什么麻烦？我很知错能改的。”穆若愚想套话。

海伦对上他的眼睛，深吸了一口气，“单单是今天，你就在新冶区里耗了三小时二十八分钟。”

“这么精确吗？这都能被你监测到，我确实技不如人了。”他快速心算了一下时间，海伦差得不多。

“不单单是技不如人，你还尝试在那里接活儿赚钱，但没人派活儿给你，于是三个多小时全部浪费了。这是属于你的第一个大麻烦。”

“进入新冶区就算是大麻烦？”

“不是，是太不善于沟通，简单概括一下，就是笨。”

穆若愚倒抽一口满是肉桂香的凉气。

海伦继续说：“我们这里的人是很反感新冶区的，主要是那里像个垃圾场，太没有品位了。好在这不是你人生的全部，你唯一常联系的守望人，因为两丹的欠款把你出卖了，现在你已经无法在物联网上订购任何商品。笨就算了，你还交友不慎，对方甚至不承认是你的朋友……”

我就知道！穆若愚在心底疯狂尖叫。

“但这一切都是你咎由自取。你还被唐金这种地痞缠上了，你现在全身上下只剩五百丹电子黄金，唐金在等你还他一千丹，目前已经逾期三分四十八秒，除非元警先把你带进电子监狱，否则你将面对一个地痞毫不留情的折磨。其实，我也不敢说哪个更惨……这种情况下，你能选的只有自杀或者跑路，跑路的可能性更大，因为你从五分钟前就不肯把手从兜里抽出来，随时准备从这里逃遁，好像我会吃了你似的……”

轰隆隆！一列紫色的过山车在穆若愚的头顶呼啸而过。

面试的味道变了，他正在接受一场赤裸的审判，问题是，对方不是元警，但他想破脑袋也没想通，对方到底是站在哪边的。

“你在二十四小时不间断监控我吗?”穆若愚放开了攥在手里的强制下线引擎，他把手心里的汗水胡乱抹在了裤兜里，慢慢将手伸了出来，“你到底是谁?”

“海伦，我一开始就介绍过了。除了新孤独症，你还有其他潜在的赛博综合征吗?”

“没有，你想怎么样?”

“我不想怎么样，”海伦笑了，“我是来招人务工的。”

“你要的是顶级黑客吧，我没有那个能耐。”

“又错了，我需要的是一名守规矩的护工。”海伦说，“其实我没有你的简历，至少没有你主动投给我们的，是我们发现了你。”

“为什么是我?”

“运气、缘分、劫数……这不重要，重要的是弥诺斯的男护工刚刚离职了。天上这辆过山车停下的时候，你就会有大麻烦……我的意思是，你的沉浸舱外已经有人准备好来找你麻烦了，时间不多，最后我简单说一下我的用人要求。”

穆若愚不知道该跑还是该留，他怔怔地站在原地，头顶的过山车发出模拟的人群尖叫声再次呼啸而过。

“每周上七天班，天亮开工，天黑下班，你要记好每天日出日落的时间。我们提供午餐，不提供住宿。你不能向任何人透露我们之间的雇佣关系，我们也不会承认雇用过你。如果你遇到任何小麻烦，都需要自行解决，且不能影响工作；如果遇到大麻烦，我们能给你提供有限的援助。

“还有很多规矩是你上班后需要遵守的，要是坏了规矩，会被彻底清算。现在入职的话，你明天早上就会收到弥诺斯的具体地址，记得地址要严格保密。无论你入职与否，我们都不再继续关注你的行踪。”

“护工?”

海伦放缓了声音:“其实招你来，我的心情也很复杂，我觉得你干不好，所以你现在还是有机会拒绝的。”

“我有选择吗?”穆若愚苦涩地笑了一下，“具体工作内容是?”

“你明天能来得了再说。还有其他问题吗?”

“我们好像真的没有聊到薪资，我现在急需五百丹，电子黄金也可以，我答应你去上班，可以先从下个月的薪水里扣吗?”终于，穆若愚问出了他一开始唯一想问的问题。

“小麻烦都需要自己解决，我刚刚说过的，最后再问你一遍……”海伦并没有把问题说出来，只是朝着穆若愚扬了扬下巴。

穆若愚沉默了几秒。

“我可以试试。”

“穆小飞……呵，你现在可以飞了。”她露出狡黠的笑容。

海伦忽然把手放在了穆若愚的裤兜上，按下了令他强制下线的引擎。

柒

磁极双环传动的沉浸舱看上去更像是一盏巨大的中世纪油灯

笼，随着地形模拟的模组关闭，悬浮在“灯芯”位置的女孩慢慢地踏在了须弥基座上。

海伦顺着自己的长发缓缓摘掉了沉浸头盔。沉浸舱的监控面板前，花昭端着一杯威士忌在等她下线。

“迷想城，自从建成你就不让我进去玩，”花昭故作委屈地说，“我一直以为那是你偷偷给自己准备的嫁妆。”

“没大没小的！”海伦瞪了他一眼，花昭悻悻收声。“迷想城本来就是我的个人收藏而已，”她继续说，“我总不能把他带到老家伙们的地盘上去吧？”

“感觉他怎么样？”

“你说呢？”

“还行吧。”

“像他说的，只能先试试。”海伦给自己倒了一杯酒。

“压力不用太大啊姐姐，他只是一身的小毛病，心地还是蛮善良的，正义感十足，但是也很冲动。”花昭想起他安排穆若愚去阿胜家抢夺VR的事情，忍不住笑了出来，“至于他的那些网瘾啊、新孤独症啊，都是小病。”

“和你不一样，我可不是个良医。”海伦小啜了一口威士忌，“你记得帮我把刚才的访问路径删掉，我还不想让老家伙们反侦到他那个无法见人的小破仓库。”

“我刚才看到死神之子的动态了……你有没有这种感觉，我们打开了棋盘，摆好了棋子，但棋子们开始自行打谱了。”

“观棋不语便是。”海伦说，“棋盘上没什么硝烟的，杀气都在棋盘以外。”

“姐姐你放心吧，我下棋很干净的。”花昭自信地笑道。

捌

穆若愚还没从沉浸舱里爬出来，就已经听到屋外急促的敲门声。他狼狈地起身，沉浸舱里的水哗啦啦地往外溢，监控面板上又出现了一个红色惊叹号。他管不了那么多了，正盘算着门外来者的身份，头顶忽然吹过一阵冰冷的风。

他循着嗡嗡作响的声音抬起头，一架具有全息切片扫描功能的“六翼天使”悬停在天花板上，纯白色的涂装，机身上签着“唐金”的大名，红色嶙峋的字体，像是用血泼上去的。

“灵堂”唯一的四格小窗被撞破了一格，玻璃碎了一地，看来它是从那里暴力钻入的。

“很抱歉打扰你洗澡，我们已经看到你了水狗，起来了就快点把门打开。”屋外的敲门声停了，前来催债的男人不耐烦地冲着门缝高喊。

穆若愚打开了电子锁，门外站着两名不速之客，靠前的是一个戴着墨镜的大鼻子，身后跟着一名梳着金色脏辫的巨汉，巨汉壮硕得像是一头熊，“熊爪”提着一把脏了吧唧的动力锯，只有椭圆的一圈锯齿银得发亮。

就算不给他们开门，他们也会主动“开”门的。

大鼻子没有着急闯进来，他的手上攥着一张皱巴巴的钞票，“我已经敲了整整十分钟了，汤姆说他一脚就能踹开，我说这样会显得我们很没有礼貌……”他转过头去，鼻子的高度刚刚到“熊”的胸口，“我说什么来着，身为一个文明的公民，应该先得到允许再进入别人的房间。”他又转回来，用皱巴巴的钞票戳了戳穆若愚的领口，“我叫杰瑞，拿着，这是无人机破窗的补偿费。”

穆若愚站在门口，对方始终轻轻摇晃着手上的钞票，有节奏地戳在穆若愚的身上，仿佛很好玩。穆若愚看到了杰瑞墨镜里怒目的自己，又僵持了一会儿，直到“熊”不耐烦地抬起了他的动力锯，杰瑞就强行把钞票塞进了穆若愚的上衣口袋里，还用手拍了拍。

“我们是来帮你实现一个既简单又快乐的选择的！”杰瑞径直走进了穆若愚的仓库，身后的“熊”跟着压了进来，穆若愚不得已朝侧边退了一步。

“欠债，还钱，人类社会天经地义的法则。”自说自话间，他一屁股坐在了穆若愚的沙发上，汤姆把动力锯靠在墙根竖好，也跟着坐了下来。沙发顿时挤满了。

“坐啊，自己家，客气什么？”杰瑞挪了挪，希望穆若愚坐到他和“熊”的中间。

穆若愚叹了口气，隔着茶几，盘腿坐在两人对面的地上。

“菠菜头AKA穆若愚，我看过你的视频。每次进入新冶区喜欢买保险，找一个守望人当自己行动的观众，然后再分走你的钱……其实我很赞赏你的做法，安全是很值钱的东西，不论是在现实里还是在元境里……这是我兄弟汤姆，汤姆不这么想……”

“孬种！”汤姆打断了杰瑞的话，沉着脸色骂道。

“你们想怎么样？”穆若愚皱着眉扬起头来，“我身上的五百丹已经兑换成了电子黄金……”

“嘘！”杰瑞的大鼻子顶着自己的食指，他从口袋里拿出一个巧克力大小的黑盒，按了一下上方的屏蔽按钮，原本在天花板上盘旋的“六翼天使”喝醉般地打起旋来，越飞越低，最后歪歪斜斜地掉到了地板上。

“我们会帮你还清欠唐先生的债，但我们的谈话内容不需要他知道。”杰瑞指了指无人机，“若愚啊若愚，我告诉你一个秘密，我一直觉得唐金是个混帐东西!”

穆若愚不说话。

“我和汤姆在来的路上打了个赌，赌你今天有没有机会还清一千丹的债务。我觉得这并不难，你是个相当有能耐的人，虽然你的外设……”杰瑞指了指二手沉浸舱，“就是一个破澡盆，但我很欣赏在这种环境中还惦记着赚黑钱的勇气……可汤姆不这么看!”

“孬种!”汤姆又说。

穆若愚从地上猛地站了起来，握紧了右手的拳头，汤姆没有动，两个人相互恶狠狠地盯着对方。

“你别紧张，”杰瑞笑了，“咱们是朋友，唐金是个混帐玩意，他希望你今天躺在沉浸舱里，然后由汤姆用动力锯，咔嚓……”他在腰间比了一个切割的手势。

“你要多少利息?”

“七成，不讲价。”

“三百五十丹?”

“好像不对，”杰瑞撇嘴摇头，“你每年的收入远远不止五百丹。”

穆若愚明白了，对方借给他五百丹，接下来的一整年，他所有收入的百分之七十都归对方所有。

杰瑞朝他伸出一只手，“大智若愚，成交吗?”

穆若愚没有动，汤姆先从沙发上站了起来。

“说话啊！”杰瑞也站了起来，又问了一句。

穆若愚默默地点了点头，杰瑞绽放笑容，脸上挤出了层层叠叠的褶子。

砰！穆若愚一记重拳，结结实实地打在杰瑞的大鼻子上，杰瑞整个人像根扫把一样朝着汤姆的方向倒了下去。

汤姆单手提鸡仔一样把杰瑞扶稳，跟着一脚踹翻了穆若愚的茶几。这只壮熊冲上来的时候，穆若愚已经顺势闪到了旁边，又挥出一拳，打在了汤姆的脖子上，但对方太高了，穆若愚一出手就知道对方并不吃痛。

汤姆抓住了穆若愚的双肩，连甩带掼，穆若愚像被炮弹轰中般砸在了窗户下的一堆玻璃上，玻璃碴扎进了后背，痛得要命，缓缓扭成一条仿佛沾了盐末的水蛭。

“九成，你加价我同意，不能更低了。”杰瑞从兜里抽出白色的手绢，瞬间被鼻血染红了一大片，他嫌恶地扔在穆若愚身上，“我需要洗一下。”

杰瑞环视了一周，走到穆若愚的沉浸舱前，用纳米溶液冲洗自己的大鼻子，一边洗一边擤，最后吐了一口在里面。

他使了个眼色，汤姆立即把穆若愚从地上扯了起来，单手揪住他的头发，二话不说，把他的头按进了沉浸舱的污水里。

穆若愚拼命地挣扎着，但汤姆的力气有着压倒性的优势。

再被提上来的时候，穆若愚几乎要窒息了，张嘴大口呼喘着。汤姆把他的额头砸在沉浸舱的边缘，“咚”的一声响过后，穆若愚的身体顺着沉浸舱滑到了地上。

“刚才最后一响，就是咱们成交的落锤声。”杰瑞也喘着粗气，一边说着一边踹在穆若愚的身上，“签约的过程不是很顺利，但总算是签成了。我不想再见到你，以后我们只有经济往来，下次你再见我的时候，就是你单方面毁约接受惩罚的时候。”

杰瑞说完，朝着汤姆轻轻挥了下手，汤姆转过身，正要拿起墙边的动力锯。

“你干吗？”杰瑞愣了一下，“我让你把无人机打开，我要摄影留证！”

汤姆木讷地翻了翻白眼，从地上捡起小黑盒，不耐烦地按了几下，“六翼天使”重新飞了起来。

监控面板的右上角闪着红色的“●REC”字样，杰瑞蹲在了穆若愚的身前。穆若愚额头的血顺着鼻梁挂上了嘴角，杰瑞亲密地搂着他的脖子，面对摄像机绽开笑容：

“唐金先生！我们已经收到穆若愚的欠款了，一分都不差，很快就给您送过来，其间出了点小误会，好在我们已经是歃血为盟的好朋友了，你说呢，若愚？”

他好兄弟般使劲晃了晃穆若愚的脖子，随即又无情地抽回胳臂，任其砸到地上。

“这份录像就留在你的沉浸舱面板上，不要删，每次进入沉浸舱的时候都会播一遍，它就是鞭策你努力工作的动力！”杰瑞关掉了控制面板的电源。

他使了个眼色，汤姆操纵“六翼天使”顺着破窗原路飞了出去，然后自己提起墙边的动力锯转身出门，杰瑞也抬脚打算一起离开。

忽然，他又转身回来，蹲在了满脸怒火的穆若愚面前，用手指轻轻地把他上衣兜里面的钞票抽了出来，“不好意思，我算错账了，破窗的费用应该由唐金来承担。”他说完，笑着拍了拍穆若愚的脸，“现在，你真正的债主不是唐金，也不是我们，是法老。没听过这个名字可以去查查，但千万不要有什么趣味的想法，求死变成一种奢望是很痛苦的事情，你听懂了我就帮你把门带上了，世道不安全啊……”

杰瑞狠狠摔门而去。

穆若愚慢慢地从地板上爬了起来，喘着粗气，额角坠血。

糟糕透顶，逃是逃不掉了，他不知道谁是法老，但一定是比唐金更加穷凶极恶的债主……

玖

尊敬的穆威，我们很抱歉地通知您，您的简历与该岗位的需求不太匹配……

穆雪钟先生，我们看过了您的简历，再三考虑后，不得不遗憾地通知您……

亲爱的穆肖然，我们查证过您所提供的身份，但……

祝您能早日找到合适的机会。

夜已深，穆若愚躺在沙发上，手上的T恤被扭成一团按在额头上，接触到头的那一块布料已经被焐热了，里面包裹的冰块刚刚融化，不时有水滴在他的脖颈上。

他很想休息一会儿，但拒绝他的通知像是不间断的闹铃，偏偏就在他快要睡着的那一刻把他惊醒，噩梦也没这么糟心。

索性不睡了，他忍着头痛在黑暗中点了一根烟，红亮的烟头成为他“灵堂”的唯一光源。

嘟嘟嘟，应答程序再次响起，嘀的一声过后，自动开启了录音模式。

“菠菜头，你睡了吗?”黑暗中传来憋着笑的声音，“我知道你一定还没睡，听说你今天被上门催债的打惨了……”

混蛋花昭。

穆若愚懒得理他。

“你别怪我，谁让你每次都不按我的计划行事。快接我的电话，新冶区有笔悬赏的大单子，我觉得很适合你!”

花昭的声音停了五秒，没有回复。

“别说我不帮你啊，这是一单去元境公域的任务，人家指明了要目前没办法在公域活动的人，还要有在新冶区里接活儿的经验。任务超级简单，协助代购一个病毒封装格式的文件。你想啊，你在网疗的假释期，进不去任何公域，又在新冶区里摸爬滚打了这么长时间，这次还有机会用追查不到的身份进去，以你的手段，干活儿的时候顺手黑掉几只贪心小白兔的不法收入，岂不是……”

一分钟留言的时间到了，系统掐断了花昭的声音。

嘟嘟嘟，嘀——

“有没有搞错啊你?佣金有一万丹，这你都不接?”

穆若愚叹了口气，按下了通话按钮。

“怎么分账?”

“你终于学会说人话了!”花昭的声音很是兴奋，“这种活儿没风险那是扯淡，这次我不给你当守望人，你自己搞定，成功了我拿三成，你就说我够不够良心?”

“你一成，不干就不用废话了。”

“两成。”

“一成。”

“干！”花昭骂了一句。

“干就把代购的目标IP发过来。”穆若愚顺水推舟，说完就按断了通话。

他打开了灯，屋子里乱得跟工地一样，无奈叹了口气，开始给沉浸舱换水。

又是一个不眠之夜，穆若愚狠狠地把破烂的沉浸舱擦得一尘不染，气喘吁吁地坐在地上，心情勉强好了点。

生活仿佛总有些希望，又都虚幻得像在元境里痛饮。

咚咚，敲门的声音传来，穆若愚眉头一皱。

“谁啊？”

“送货。”

穆若愚听出来了，是之前那个送了一堆假武器的大胡子送货员。

他拉开门的同时，大胡子把一本书大小的包裹朝着他身上一扔，头也不回地离开了。

沉甸甸的黑色布袋，里面装着大鼻子杰瑞之前用过的同款屏蔽装置。

监控面板的铃声跟着响起。

“说！”

“穆若愚，收到我的东西了吗？”对面却不是花昭阴阳怪气的声音，而是个陌生的男人。

“你是?”他听着声音有些耳熟。

“殷浩存，用枪指过你的头。”

穆若愚愣了一下，那个阿胜家的安保?

“怎么是你?”

“我接到了和你一样的任务，雇主雇了我们两个人，我是你这次行动的守望人。”

穆若愚有些惊喜，虽然之前两人发生过一场冲突，但直觉上殷浩存比花昭要靠谱多了。

“我还是不明白……”

“你接活的时候没有看吗?”殷浩存的反问打断了他的话，“是你的那张NFT！现在已经从新冶区里送出来了。”

“什么?!”穆若愚难以置信，“我接到的任务是去公域代购一个病毒封装格式的文件啊。”

“还能是什么。”殷浩存说，“原来你对自己的这张NFT一无所知。”

“我只知道它对我很重要，是我母亲留给我的遗产。”

“不，它不是你母亲留给你的遗产，”殷浩存坚定地说，“至少不单是这样，它还有一个名字，叫‘死神的数字遗产’。”

“我没心情开玩笑。”

“死神的数字遗产诞生于沉浸舱逐渐取代VR眼镜的变革十年，它又被称为‘被诅咒的NFT’。”殷浩存继续说道。

“不是一回事。”穆若愚笃定地说，“我之前在新冶区的时候就听过一个特别离谱的传闻：这张被诅咒的NFT价值极高，但拥有过它的人，以及参与过这张NFT交易的人，都死于非命!”

“现在你相信了，不过没有这么夸张……”殷浩存轻笑着说，

“你听的是添油加醋的版本，死神遗产不止这么一张NFT，而是有两张。在差不多三十年前，某个公域元境里出现了一个DAO[1]，组织里的每个人都是被通缉的黑客，每个人制造病毒的技术都登峰造极。他们用匪夷所思的手段实现了在元境里破坏人们现实中的感官，把当时最大的元境变成了没人上线的鬼域。造了很多孽之后，有一名成员决定退出，结果一家人都在线下被组织报复了。但身为黑客DAO的一员，他在临死之前，收集了这些黑客真名的电子签名，并把它藏在了NFT的画作里面，而这份画作，就是死神的数字遗产。”

“那这跟‘死神’到底有什么关系?”

“画作诞生之后，组织里所有黑客一夜消失，但他们也留下了一张NFT，据说这张NFT的设计与死神的数字遗产异曲同工，并且两张NFT能够进行哈希值域的合成。如果合成成功，那些黑客的电子签名都会被毁掉，而这群黑客为了报答完成这一壮举的人，承诺为此人做一件他们力所能及的事情。在今天这个元境共生社会，以他们的能力，这件力所能及的事能轻易造成大规模的死亡事件，所以才被称为死神的数字遗产。”

穆若愚迟迟没有发言，听殷浩存津津有味地说着故事，思索了一段时间后，忽然哈哈大笑起来，“太扯了吧，我的那张NFT已经躺在我的私域舱里很多年了，你说它价值很高，我都不太相信。”

“当然了，我听到的也许是个传言。”殷浩存也笑了笑，“不过眼下最棘手的事情，是我查不到咱们雇主的信息，你知道那位雇主是

---

1. DAO是Decentralized Autonomous Organization的缩写，中文译作“去中心化自治组织”，在元宇宙中，它将组织的规则以智能合约的形式编码在区块链上，是“公司”形态的进化版，也是人类协作史上的一次革命性的进化。

谁吗?”

“完全不知道，这个任务是我之前那个很不靠谱的守望人转给我的，成功之后还要分成给他，我没有直接和雇主交涉过。”

“蹊跷。”监控面板上传来殷浩存若有所思的声音,“我从新冶区里接到了匿名雇主的消息，预付了一半的定金，但任务只是让我去做你的守望人而已。他把你的资料传给了我，我心里一惊，但是没有声张。对方挑明了这张NFT就是死神的数字遗产，而且是你在新冶区里被骗走的那张。整件事看上去都像是一场针对你的恶作剧：他本来就知道这是你的东西，偏偏要你转送给他。”

“我想了一下，”穆若愚思考着,“他雇用你，是因为你是信用最好的守望人；雇用我的原因确实很有针对性：既要有新冶区的交易经验，同时又要被公共心理健康元境限制出入。”

“真的是冲我来的……”穆若愚警醒了一下。

“这里面一定有诈。”殷浩存打断了穆若愚的推测,“如果只是把一款NFT文件运送到公域元境，根本不需要大费周折地去寻找被限制出入公域的人，更不需要雇用守望人。”

“明白，所以这个委托一定全程都有可能被元警盯着，如果出问题，我就会因为身份问题，被所有人当成替死鬼。”

“对，”殷浩存也想到了,“归根到底，用病毒格式封装的人心里有鬼，在需要展示的时候才会进行‘消毒’处理。”

“要不然算了，虽然很想跟你合作一次，但我怕这一单有得命挣，没得命花。”

“这钱不挣也罢，”殷浩存镇定地说，“但这一单，我们接定了!”

“嗯?”穆若愚皱了皱眉。

“当然是帮你把属于你的东西抢回来啊！”

“这……”穆若愚听了倒抽一口凉气。

“你暴打阿胜的时候可没这么犹豫。”殷浩存不怀好意地笑着。

当然是帮你把属于你的东西抢回来啊！

“好！”不能再孬种了，穆若愚登时意气奋发。

“安保的事情我有经验，”殷浩存信心满满，“上线前记得用黑盒子把其他信号屏蔽掉，元境地址是‘拜占庭公域’，我们抢到手就下线！”

拾

菠菜头的菜心亮了一下，光灭之时，他已经进入了拜占庭的红灯笼区。

拜占庭元境的服务器在意大利，本地登录以罗马时间为准。为了掩人耳目，他和殷浩存把系统的时间调整到南半球的寒冬腊月。

菠菜头所站之处，头顶是一片悬浮摇曳的灯笼海，这是拜占庭元境专门设立的亚洲服务站点，亚洲各个国家的文明都杂糅在这张灯火通明的地图上。性感妖娆的长腿姑娘来来往往，或是带着精英冷漠的气息，或是夹在一群朋克装扮的男人之间。穆若愚已经不记得有多久没在元境里见到这么多合法用户了，主要是他无法忍受公域元境里的循规蹈矩……

“刚才那是怎么回事？”殷浩存问。

进入元境时，穆若愚的终端忽然出现杰瑞亲密地搂着他的脖子，昭告天下他与穆若愚“歃血为盟”的片段。

“无良的债主，逼着我把全年收益的九成都送给他。”

“这和拿刀抢有什么区别?”

“区别就在于，他们用的是动力锯……”穆若愚自嘲地笑了笑，“不重要，先干正事吧。这次任务不在他们的监控下，我用了黑盒子，以后也都用黑盒子上线，这样我全年都‘没有收入’。”

“我们晚点再处理你的事。”殷浩存没有花昭那么话痨，“登录坐标是‘红灯笼区’，准备传送。”

“帮我更改一下时差，我习惯在夜里做事。”菠菜头说。

天色瞬间暗了下来，菠菜头头顶的所有灯笼都散发出橘红色的光晕。大街上那些明媚阳光下纯洁的虚拟人也都跟着变了样，发色、着装，甚至是身材与肤色都跟着变换，极少数还换了脸。穆若愚过马路的时候，感觉身前有一条各色夜光组成的长河流淌而过。

“我标记了交易的地点坐标，是前方的中药铺，在那里取货，一切按计划行事。”

穆若愚点了点头。他们的计划很简单，接到货立即下线，殷浩存擦干净穆若愚出入拜占庭元境的行踪，死神的遗产从此失踪……

穆若愚知道，殷浩存是出于仗义才无偿帮助自己，心中感激颇多，但他前脚刚踏进中药铺，瞬间明白自己闯进了饿狼的窝。

中药铺的柜台处，官方的虚拟人NPC面前站着唯二的两个客户：汤姆和杰瑞。

两人都用了数字孪生形象，与现实中无异。杰瑞眯了眯眼，睁大的时候，认出了穆若愚的化身。

“嘿！这不是……大智慧吗？我以为你是不能来这种地方的。”杰瑞笑着走到了穆若愚的面前，“我还以为，无论你到什么地方我都会知道。我天真了，咱们是生意的好伙伴，来之前也不打声招呼……汤姆，看看谁来了……”他转头向汤姆笑着说。

“孬种！”汤姆愤怒地皱着眉头。

“你的债主？”殷浩存想起刚才那个在镜头前强行架着穆若愚合影的流血大鼻子，“我们有麻烦了……”

“嗯。”穆若愚极轻地应道。

“不好！你的NFT就在这个大鼻子的身上，系统提示让我与他交易！”殷浩存高声说，菠菜头的叶脉散出绿光。

“嘿，你好！我叫杰瑞，我身边的是汤姆，我们是菠菜头的朋友。”杰瑞察觉到菠菜头在和自己的守望人说话，他对着通信装置自我介绍，同时朝着穆若愚挤了挤眼睛，“长话短说，我没想到你进公域元境也要带个守望人，但我很佩服你顶着被元警带走的危险来给我挣钱！你可以放心，我是个很尊重隐私的人，你不用告诉我你来这里做什么，你的下一句话应该是一个数字，是你这单任务的总额，我会让汤姆帮你记在账上……不，不要和你的守望人商量，吓跑他我害怕你会有所损失，而你的损失，还是会变成我账本上的一部分。”

“不多，也就一千个沙漏而已，完事之后，九百归你。”完事之后我们就永别吧，穆若愚心里想。

沙漏币是拜占庭元境的区块链货币，它的实体加密货币都是纯金的，内里封印着私钥，因为币面上印着一只沙漏，于是就被简称为“沙漏”。

“非常好！”杰瑞比出大拇指的同时转身看向汤姆，“你知道吗，汤姆，就算他在骗我，我也不会问他要更多了。”

汤姆抽动着脸上的横肉，冷笑了一下。

“但前提是我得把雇主交代的活儿干完。”穆若愚补充了一句。

“当然，快去干活吧！”杰瑞亲密地拍了拍穆若愚的肩膀，却发现他根本没有要走的意思，“你是帮人代购中药NFT的吗？”他又问，“我和这里的虚拟人不太熟，没办法帮你砍价。”

“不是。”菠菜头正了正色，“我是来代购你私域舱里那张NFT的。”

杰瑞皱了一下眉头，他的脸突然冷峻起来，下巴慢慢地扬起，吃人般的凶相呼之欲出，“我私域舱里的NFT？”

菠菜头又点了点头，他知道自己撞上了枪口，且在这个节骨眼上没办法和殷浩存商量，最优解就是先拿到自己的遗产，其他的都不重要。

“你真让我失望啊！”杰瑞盯着菠菜头的眼睛，“我早就料到今天的事情没那么顺，但怎么也想不到是你要来添麻烦，你在打法老的主意……”

“法老？”殷浩存惊呼了一声，“他们是法老的人？”

菠菜头点了一下头给殷浩存示意，“我只是完成雇主的任务，也是帮你赚——”

“我明白了。”杰瑞打断了他的话，“你大概不知道我身上这张NFT意味着什么，你被人利用了，蠢货！我和汤姆是专程来运货的，此间不会发生任何交易，也不应该有任何人知道这件事……”

穆若愚和殷浩存看着杰瑞反常的样子，纷纷意识到对方说的是真话。两人之前的计划完全落空了，雇主派遣他们来这接货，他们本来打算一抢了之……

穆若愚完全没想过这单交易其实根本不存在。

雇主从未透露过自己的身份，雇用穆若愚这种游离在系统之外的不法之徒，与业界信誉最好的守望人之一合作，“代购”死神的数字遗产……

这件事怎么想怎么不对劲！

可因雇主付了高昂的定金，以及早已相识的两人心中打着其他算盘，这才忽略了整个事件过于离谱的组合方式，如今已是骑虎难下。

两个人心中同时泛起疑问：莫非神秘雇主的本意，也是让他们一抢了之？

“你死定了穆若愚，”杰瑞一边咋舌一边说，“从来没人敢动法老的货，有这种想法的人，下场都超惨。”他装模作样地叹了一口气，“但我可以放你一条生路……第一，说出你的雇主是谁；第二，你的佣金，包括你守望人的那份，全部都送给我；除此之外，这些沙漏总额的90%，还要再次记在你欠我的账上。一笔归一笔，我希望你的命，比你想的要贵。至于这里面你不理解的部分，可以下线后慢慢推敲，直到最后你会发现，相比法老，我仁慈得就像个菩萨！”

穆若愚有些六神无主，他并不害怕杰瑞的恶意勒索，但原本燃起的拿回遗产的斗志与希望，此刻仿佛被寒冬腊月的隔夜水浇了个冰凉。

坑蒙拐骗抢，所有恶劣的手段于这极恶之人都只显得幼稚可笑。

“跟他交易。”穆若愚耳边忽然传来殷浩存冷冷的声音，“重点是拖住他的时间，我有一堆带有渲染病毒的沙漏，全部送给他，然后我就能黑开他的私域舱！原计划不变！”

在殷浩存的监控面板上，穆若愚的心跳突然加速了。

“我……”穆若愚忽然发现自己的声音有些抖，赶紧清了清嗓子，“我身上只有雇主预付的定金，我全部拿给你。”

杰瑞没有出声，嫌弃地努了努嘴。

“穆若愚，把你的交易权限接管给我。”殷浩存赶紧说。

全息普鲁士蓝色交易面板在穆若愚与杰瑞之间展开，穆若愚填上了五百个沙漏。

“就这么点？不是一千吗？”杰瑞又不高兴了。

“现在只拿到了定金。”穆若愚说话时，杰瑞已经收下了沙漏，交易完成。

“拖住他！”殷浩存再次提醒道，“破解至少需要一分钟。”

“我在想一件事……”穆若愚根本没想好接下来该怎么说。

“想什么？”杰瑞不耐烦地说。

“不是你，是那个大块头，”他指了指汤姆，“他每次都骂我是孬种，感觉从没听过他说别的话，该不会是个低能儿吧？”

果然奏效，汤姆绷着鼻孔站到了穆若愚的面前。

“你说什么？”汤姆压低了声音问他。

“啊！原来你会说其他的话！”穆若愚装作如释重负的样子，“你还记不记得上次你去我家的时候带了一把巨大的动力锯？”

“下次我再去你家的时候，你的身体会被那把动力锯分成很多块。”汤姆恶狠狠地威胁道，“你找死吗孬种？”

杰瑞看着穆若愚反常的样子，困惑地皱着眉头。

“我懂，到时候卸下来的90%都归你的主子，”穆若愚指了指杰瑞，“但是还有10%是永远属于我的，就是我的脑子，你最想要却又从来都不曾拥有的东西。”

“你完蛋了，”汤姆用手指着穆若愚说，“你彻底完蛋了。”

穆若愚当然不能走，他怔怔地看着怒气冲冲的汤姆，心里正在倒数。

“若愚，我破解开了！”殷浩存兴奋的声音传来，“不好！”他突然又吼了一句，“这个杰瑞身上带着渲染病毒专杀程序，从一开始交易沙漏的时候，他就发现了上面的病毒……他在耍我们！”

“你还是不肯下线，就是想看看我杀毒的手段吗？”杰瑞挂上一脸邪笑，“他真的不是孬种啊汤姆，他刚才在拖延时间，让他的守望人黑进我的私域舱。他给我的沙漏都是带着病毒的。”杰瑞一边说着，一边大笑了起来，“你快看看你的私域舱，里面有我送给你的小惊喜！”

穆若愚发现自己的私域舱里面出现了一颗石榴。

“这颗石榴，是个渗透病毒。”杰瑞耐心地解释道，“你有没有听过一种病毒，可以通过元境直接破坏用户在现实中的感官？你的守望人来我私域舱里埋毒的时候，我顺着路径给你塞了个纪念品……”

“NFT不在他的手上，我们偷错人了，NFT应该在大块头的私域舱里！”殷浩存唏嘘地说，“不过不用怕，我也给他们准备了石榴，一人一颗。”

穆若愚心如死灰，殷浩存的计划败露了。

“我有的，你也有。”穆若愚不演了，直接强制取得了病毒的启动权限，“你想给我释放渗透病毒？你猜老子会不会引爆在你身上？”

“如果你真的给我还了礼，那我们不再是朋友了。”杰瑞的样子就像掸掉身上的臭虫，“但我们都不会在拜占庭元境干出这种事情来，一旦招来元警，我们谁都跑不掉。菠菜头，听我一句劝，把我们身上的病毒卸载掉，立刻下线，我保证你的这个善举在未来会有回报。”

穆若愚放慢了呼吸，附近就有元警的车，彩灯频闪，如果动手，元警会在他下线不到五分钟里破门而入……可他却在给自己下决心，使用渗透病毒的冲动正慢慢膨胀起来。

这套菠菜头的模型也是母亲留给他的，虽然什么都还没有发生，但穆若愚感觉这份遗产，他也保不住了。

“下线吧，”殷浩存长叹了一声，“这局我们输了，回来从长计议。”

话音刚落，殷浩存忽然监测到远程的渗透病毒程序启动了，“若愚你要干吗？”

下一秒，站在杰瑞身边的汤姆如同树桩一样栽倒在了地上。

杰瑞露出了惊恐的眼神，穆若愚居然把汤姆身上的渗透病毒引爆了！

滴滴——远处的警车同时发出锐响，汤姆的脚底多了一个红圈，私域舱中的数字遗产暂时无法在元境中交易，会被扣留在拜占庭元境的交易大厅中。

紧接着，菠菜头狠狠地闪了一下光，像是电压过载的灯泡，穆若愚跟着栽倒在了地上……

穆若愚只感觉自己的空间在旋转，他并非没有感受过眩晕，但这一次不同。空间像是被横竖分割成了无数层切片，每层都在带着他无序地翻转，这一秒还是水平空间的转动，下一秒立即切换为垂直空间的摇晃，四面八方，越来越快！

他已听不清殷浩存的呼喊了，仿佛自己被塞进了强子对撞机，每秒都从眼睛里炸出巨大的晕厥能量。

“穆若愚你知道吗，你就是个麻烦界的大笑柄，又是笑柄界的大麻烦！”

突然，在无穷无尽的眩晕感中，穆若愚听到了一句清晰的声音，他认得这个声音。

花昭的声音！

“杀毒……”穆若愚用最后的力气挤出两个字。

“杀毒？你开什么玩笑，这是渗透病毒！从它诞生那天起，就没有程序能够抵挡它的破坏力！”花昭大呼小叫地说，“好消息是，迫害你的买家已经下线了；坏消息是，你的守望人也下线了。不过就算他们在线，以你现在的状态，也完全无法和他们对话。”

“话说……你连什么是渗透病毒都不懂，就敢跟法老的手下对着刚，你没有想过初生的牛犊最后是会被老虎咬死的吗？”花昭又开启了他的话痨模式，“我觉得我有必要先给你普及一下你目前的状况，咳咳……”他清了清嗓子，“人类是一种极其脆弱的动物，对定态环境的依赖性极高，比如全身的体温上升六摄氏度就会被烧死；再比如听到刺激的音乐，看到足球射入球门，或是裸体的异性，都会一瞬间改变你的心跳、脉搏、血压等体征。在元境里，渗透病毒就是通过这种从内向外的伤害方式，先让你的内脏器官，尤其是始终保持运动的内脏器官不断地加速或者减速，同时不断压迫你的脑神经，让脏器在不规律的运动中快速衰竭。”

“不过一般人第一次‘中奖’都不会致死，但根据每个人的身体素质，会出现不同的后遗症，这种后遗症就是被统称为‘赛博综合征’的东西了。和你那个被公共心理健康元境鉴定的新孤独症不一样，等你这次从沉浸舱里出来之后，是不可能养一段时间就能痊愈的，最坏的情况是从此变成植物人……我不知道，我只知道你放倒的那个大块头会比你恢复得快些。”

“救……”穆若愚气息微弱。

“唏……我觉得你还是听不懂，我再给你举个例子好了。吃饭时看到非常恶心的东西，是不是有想要呕吐的生理反应？你说这种情况别人怎么救得了你？你可以把它理解成外界强加给你的‘次级拟态’，发明渗透病毒的人掌握了人类的生理规律后，能够将负面的次级拟态无限放大，神经越敏感，受到的伤害就越多。”

“本来今天没这么复杂的，我料到了你会帮我拖住他俩，但完全没有料到你会乱来！如果不是你，大块头私域舱里的NFT我已经到手了，结果现在又只剩我们两个了。每次见到你，我都超级倒霉。”花昭的声音充满了无奈，“我现在有一个办法，可以让你基本不受渗透病毒的影响，但同时，你有可能直接死掉。”

穆若愚已经没有声音了。

“办法我教给你，具体怎么做，是你自己的事。”花昭提高了说话的分贝，“第一，你需要尽最大的努力去感知双手，这非常困难，但还不是最难的一步；第二，用你的双手把颅电调控模式关掉，但我估计你找不到那个外置按钮，所以唯一的做法，是用尽全力把你的沉浸头盔扯下来……现在你懂了，因为你在老式水平衡沉浸舱里，扯下头盔后，会直接将自己的呼吸系统浸溺在纳米溶液里。除非你进化出了鳃，否则在你憋下的最后一口氧气用完时，你的死期就到了。所以，这才是你最困难的一步，你需要在基本昏厥的情况下，从你的沉浸舱里爬出来。”

“我只能祝你好运了，穆若愚。”花昭最后的声音有些丧气，“你是个糟糕的合作伙伴，但你是个善良的人，这就是我对你所有的评价了。你听懂了吗？听懂了就准备好深呼吸，我要下线了。”

穆若愚依然没有声音。

嘀嘀……不知过了多久，穆若愚的私域舱里收到了一条新消息，那个叫海伦的女孩没有食言，把弥诺斯俱乐部的地址发给了他。

“呃……”过了好一会儿，倒在地上的菠菜头才微微亮了一下。

现实中的穆若愚找到了自己的手，但他感觉天旋地转中有一股巨大的向心力，手臂仿佛已经粘在身上，反复试了几次，只有右手能动。他果然摸不到自己的颅电调控按钮，在指尖微弱地感觉到头盔的瞬间，他用最大的力气去拉拽，连着几次，只摸到了头盔的边缘，头盔像苹果的表面一般光滑，完全无法抓取。

他只能用手指朝着不同的方向推，也不知过了多久，终于推开了一道口子。

眩晕感依旧持续在脑中爆炸，不过他知道自己已经从元境强制下线了，他感受到了真实的身体。但他不敢把头盔暴力拆卸下来，在刚才的那道口子中，已经源源不断地渗入了纳米溶液，正顺着他的鼻梁倒流。

他每一秒都在深呼吸，每一秒都准备在自己强行拔下头盔的瞬间，从沉浸舱里站起来，每一秒都充满犹豫和恐惧。

越来越多的水敷到了他的脸上，顺着他的鼻孔流入。呛出眼泪的时候，他知道自己不能等了，于是用仅剩的力气狠狠一把扯掉了头盔。他心里想着拼死也要站起来，可脑袋却重得像一块大石头，瞬间沉入了纳米溶液中。

他在呛咳的同时感觉到自己在呕吐，纳米溶液倒灌进他的七窍，他人生中第一次嫌弃自己这么恶心，可还没来得及多想，就失去了所有的意识……

砰！

一声巨响，穆若愚“灵堂”的门被暴力破开。殷浩存从门外冲了进来，他扔掉手上的榔头，双手狠狠地抓住穆若愚的肩膀，一把将他从纳米溶液中扯到了地上。

穆若愚的七窍都在渗血，殷浩存双手用力地按在他的腹腔上，穆若愚如同喷泉一般吐出了水，反复几次，终于咳了起来。剧烈的咳嗽整整持续了三分钟，这让他无法抑制地全身蜷缩起来，像是一只刚刚经历过雪季的丧家野鼠，在弥留之际微微颤动。

“这里太不安全了，你的仇家随时可能杀到，我们得马上走！”殷浩存连续几脚踹碎了沉浸舱的全息投影设备，以防下一个闯入者了解到设备记录的信息，同时他环顾四周，在没有发现任何看起来值得留恋的物什后，盘算着一把火烧掉这个地方。

“元警……”穆若愚不想连累他。

“一时半会儿找不到我们的。”殷浩存又颇有自信地补了一句，“一时半会儿找不到，估计一辈子也找不到了。”

看着穆若愚的呼吸已经不会再中断了，殷浩存狠狠一拉穆若愚的手臂，把他架在了自己的肩膀上。

“能走吗？”殷浩存皱着眉头问。

“能……”穆若愚有气无力地说。

两人跌跌撞撞地走出门外。

三小时后，穆若愚从昏迷中醒了过来，四周都是水，当他以为自己仍然在沉浸舱中时，忽然听到身边传来犬吠声。

他睁开眼睛，微微摇晃的空间中，一头松狮犬朝他跑近，两只曾经受过伤的爪子扒在了浴缸的边沿上。

一个身穿保安服的人出现在门口，穆若愚朝水里一看，这才意识到自己正穿着沉浸服躺在满是温水的浴缸中。

“没想到会这么碰面，”穆若愚自嘲地笑了一下，说话的声音沙哑，感觉喉咙破了一般，“我还是有些晕。”

“大难不死……”殷浩存摇了摇头，点了一根烟，又把烟盒拿向穆若愚，穆若愚摆了摆手。

两人都陷入了沉默，不约而同地回忆着差点在拜占庭元境丧命的经历，一时间不知该从哪里聊起。

“这是阿胜家?”穆若愚觉得自己不说话会很容易呕吐，于是赶紧尝试着转移注意力。他看着旁边吐舌头的松狮，想用自己湿漉的大手摸摸它的头，松狮却躲开了。

“是，你来这里打劫过。”殷浩存说。

“阿胜人呢?”

“被你打了一顿后，吓得跑去另一栋别墅了。”

穆若愚虽然心里嫉妒，但偏偏忍住吐槽，“你认识花昭吗?”

“哪个花昭?”殷浩存皱起眉头。

“就是给我派任务的人，他不是把任务转接给我了吗，他就是雇主。”

“你和他在线上很熟吗?”

穆若愚看着灰蒙蒙的烟头亮出红热的光，若有所思地摇了摇头，“我觉得是他帮咱们向元警撒了谎……他才是这次事件的主角，你和我只不过是他的饵罢了，你下线来救我的时候，他的声音出现在我的终端里，亲自承认的。但不知道他通过什么方式接管了我的听觉终端。”

“他居然瞬间跨过我，接管了你的听觉终端?”殷浩存感觉不可思议，“他说了什么?”

“他说自己本来快要破解大块头的私域舱了，结果我释放了病毒，让他功亏一篑。”

“不可能。”殷浩存摇摇头，“除非他是拜占庭元境系统的管理员，否则我不会察觉不到附近隐身的账户，何况元警怎么会离开两个渗透病毒同时爆炸的现场?”

“我不知道……但下次如果遇见他，一定要万般小心。”

“你的数字遗产现在还在拜占庭元境的交易大厅，很安全，除了法老，我不太相信有其他人能够拿出来。”

穆若愚认命地点了点头，“已经努力过了，我差点连命都搭上了。还要多谢你救我，你本来不用搅我这摊浑水的。”

“其实不是。”殷浩存呼出最后一口烟，把烟头掐灭，“事已至此，我需要告诉你关于我的真相。我之前告诉过你，死神的数字遗产一共有两张NFT，另一张，一直都在我身上。”

穆若愚怔了一下，他努力地睁大眼睛，不让猛然袭来的眩晕击倒自己。殷浩存又点了一根烟，吞云吐雾间，在浴室里慢慢踱步。

“只是我这张NFT，是那些黑客用来除名的。几个月以前，我母亲移民去了新西兰的奥克兰，临走前她把一张NFT交给了我，并告诉我这是元境中传说的死神数字遗产，让我在经济有困难的时候卖个好价钱，同时嘱咐我一定要采取匿名贩卖的方式。但无论我怎么追问，她始终也不肯说明白，她一个连沉浸舱都不怎么会用的人，是如何拥有这张NFT的……

“后来，我按图索骥，找了好久，终于在三十多年前的一条采访视频里，知道了那个邪恶的黑客组织。我见过他们，就在我小时候，他们来过我的家，当着我的面抢走了我父亲的水平衡沉浸舱。那天发生在我和我母亲眼前的惨剧从此变成了我的噩梦……从那天起，我的父亲就消失了，生死不明，我也和那个组织结下了不共戴天之仇。很多年以后，我在视频中见到了年轻时的父亲，他曾是那个黑客组织的一员，也是那些人眼中最后变节的叛徒……

“我一直没有毁掉我手上的这张NFT，就是想用这张NFT当作诱饵，找个最恰当的机会，把他们一网打尽！”

穆若愚看着他，第一次感受到了殷浩存的怒火，复仇的火焰能够把他天生冷酷而镇定的个性燃烧殆尽。

“你说另一张NFT是你母亲留给你的遗产时，我就怀疑过你的身份。我查过你，你所有的履历都不干净，却没有一条与我想要拼凑的线索有关，我们的母亲也互相不认识，所以……穆若愚，你究竟是谁？”

穆若愚失笑，“你怀疑我已经去世的母亲是黑客组织的一员吗？”

“她不是。她是非常有名的全媒体自由职业者，写过很多的大稿，而那个时代绝不允许一个黑客把时间用在撰稿上。我知道她在你年幼时死于心脏病。”

“你都查得这么清楚了，还问我干吗？”穆若愚瞥了他一眼，“再说这些已经没有用了，我是不准备再拿回那张NFT了，差一点，它就变成我的遗产了……像你说的，我也拿不回来。如果你还要继续争取，就当是我送你了，不白送……”穆若愚转了转眼睛，“你有没有办法让我也去新西兰避一避？不用太久，一个月左右就行，躲过这些冤家我就可以回来。”

“没办法。”殷浩存掐灭了第二根烟，“我很抱歉没能帮你把遗产抢回来。我打算再去抢一次，如果还是失败，说明我目前实力不够，我会蛰伏一阵子从长计议。”

“哦……虽然你没有第一时间跟我坦白，但还是要感谢你救我一命，比花昭靠谱。”

“不。我能救得了你，是因为我们的物理距离只有几公里而已。花昭可能也是有心无力，除非他在你濒死的时候就在你家附近。”殷浩存无奈地说，“我下一次要面对的，是连那个黑客组织都没有将其干掉的法老，我的这张NFT不能留在身上，我想交给你保管，可以吗？”

“你先自己拿好，不到迫不得已别给我……法老……法老很强吗？”

“破坏力很强，”殷浩存点点头，“我们刚才的恶战，也不过是跟他的手下过招而已……传闻法老就是渗透病毒的发明人。”

穆若愚不信邪地笑了一下，他带着一身的水，从浴缸中摇摇晃晃地站了起来，“既然我大难不死，又清楚知道谁抢了我……如果我现在拿着你的NFT退场，估计这辈子都不会甘心吧！”

殷浩存扭头看向他，“你改变主意，也想要复仇了？”

“不太会复仇，我只知道自己的正义自己来伸张最好不过。”

殷浩存点了点头，“先在这里暂住吧，阿胜一时半会儿也不会回来，你的家说不定已经被动力锯搅成碎片了。”

“我真的需要休息一下，”穆若愚叹了口气，“我给自己找了一份奇怪的工作，明天是多年以来第一天上班的日子。”

“什么工作？”

“护工。”

“护工？”

拾壹

穆若愚希望，这种宿醉般的眩晕感不会跟他一辈子。

他早上借用阿胜的闲置设备，重新下载了私域舱里弥诺斯基金会旗下的福利机构地址，目的地比他预想的要远得多。他昨晚并没有睡饱，在轻轨上睁不开惺忪困倦的双眼，同时被眩晕感折磨着；在骑行时，他逼自己抖擞出亢奋的精神，然后继续被眩晕感纠缠；最后跟着导航闯进了一片松林，经历了一段满是胡思乱想的小跑与徒步后，他感觉自己稍微好了些，却忘了刚才是怎么进来的。

穿过最后一片松林，站在山脊之上，视野忽然变得明亮起来。他终于看到了淡黄色的外墙，一共两层，很像千禧年代的破旅馆。它坐落在一大片短草荒芜、望不到头的沙地上，仿佛很久以前接受过飓风的洗礼，最终被自然选择遗弃在了原地。

“弥诺斯……俱乐部？”

房顶上的大写字母是用LED小灯泡围成的英文标识，招牌饱经风霜，大多数都被风沙糊住，让人觉得到了晚上一个都不会亮起来。

烈风从弥诺斯俱乐部的方向卷到沙地与松林的分界线上，空气里有干尘的呛味，穆若愚皱着眉抬起了头，晴空以下，他疲倦地觉得今天应该在此刻结束。

他知道自己还有机会立即转身返回，挤不上轻轨的时候他这么想过，找不到单车的时候他这么想过，走错了八百多米时他也这么想过。

他没有想到，最后支撑他到达目的地的动力，是他对于在迷想城中遇到的面试官海伦在现实世界长什么样的好奇，以及身体自行晕晕乎乎的机械式指引……

远处的弥诺斯俱乐部忽然有了动静，一个穿着护工服的女孩双手各提着一只空酒瓶，侧肩顶开了大门。在相隔大概三十米的距离，他们发现了彼此的存在，相互默默看着，也不说话。

穆若愚一眼就认出了海伦，她与元境中的形象差别不大，只是在现实中，她换了一身护工服，虽然不苟言笑，却让人略感亲近。

他逆着风沙朝女孩走去，感觉即将翻开人生新的一章。

“没想到你在元境里用的是数字孪生技术。”穆若愚看着海伦，一个迷人的长发女孩，有着天然的微翘睫毛和俊美的脸庞。

以数字孪生直接作为自己的虚拟形象，在这个时代，只有对自己的容貌没有丝毫焦虑的女孩才敢这么做。

“有时候用，有时候不用。我也没想到你第一天上班就会迟到三个小时……”她一丝不苟地看了看腕表，“四十七分钟。”

“还没有进门我就被辞退了吗?”穆若愚问话的同时，接过海伦手上的酒瓶。

“右手边，蓝色的垃圾箱。”海伦指了一下，又把食指竖起，“今天才是第一天，以后不要迟到！扔了垃圾就快进去吧，已经有人憋不住了。”

憋不住?

穆若愚皱了皱眉，他打开蓝色垃圾箱，里面全是威士忌的酒瓶。

“哇！你们这里刚刚开过大派对吗?”

“那是他们一周的量，每天喝起酒来就像明天是世界末日一样。”海伦一边叹着气，一边走进了屋。

穆若愚搓着双手踏入弥诺斯俱乐部。三十多位老人，分散坐在七八张复古圆木桌旁的轮椅上，老人们都穿着统一的碎花病号服，碎花的颜色至少有四种。俱乐部里所有的窗帘都拉得很严实，只有最远处的一帘洒进了一束光，那里坐着一位一手扶着拐杖、一手拿着雪茄的长者，他盯住了刚刚进门的穆若愚，任凭烟雾在一线光中氤氲摇摆。

咚。

老人的拐杖在地上敲了一下。

时间像是停止了，老人们纷纷抬起满脸的皱纹，有的放下正在劝酒的酒杯，原地转过轮椅；有的魔术刚变到一半，手中的硬币叮叮当当地掉在桌上。他们同时噤声，不苟言笑地盯向突然闯入的年轻人。

穆若愚正准备介绍自己，可像是被这些并不欢迎他的目光定在了原地一样，他惊得瞪大了眼睛，一个字都说不出来。

空气里混杂着威士忌与雪茄的味道。穆若愚分明听见，远处的酒桌旁有手枪上膛的声音。

这哪里是一间普通的养老院？穆若愚只感觉自己闯进了墨西哥毒枭们的退休酒吧！

离他最近的一位头发花白的老奶奶扶了扶老花镜，轮椅朝前轻滚了一段距离，慈祥地拽了拽穆若愚的衣服。

“就是他了。”海伦从吧台传来声音，同时把一套白色的护工服扔给了穆若愚。

“总算来了!”

“我差点就尿裤子，哦，已经尿裤子了!”

“冯诺言，我排你前面好吗?上周我让给你了。”

一瞬间，这些老人宛若槁苏暍醒，却没有人跟新来的穆若愚说话，轮椅纷纷朝安全出口灯的方向游离而去。

“他们……”穆若愚有些失语，“该不会是为了见我，连厕所都不上吧?”

海伦没有回答他，不一会儿，她从吧台里抬出一只褐色的托盘，托盘上放着十几个塑料杯，都带着盖子。

“赶快换衣服!”海伦催促道，“就在这里换，然后赶在他们前面去洗手间，每个人的样本都需要……你今天运气好，赶上了每月一度的尿检。”

穆若愚的眼睛瞪得更大了，这个头奖他是不想中的，但还是伸出了手，去接海伦的托盘。

“先别拿这个，先换衣服!快快快!”被海伦催促的同时穆若愚发现，还有近一半的老奶奶坐在原地看着他，一张张脸笑成了十八个褶的包子。

顾不上那么多了，他原地把护工服乱七八糟地套在了自己身上，海伦又把一大卷纸巾和一小卷不干胶便签塞进了他的口袋，“接下每个样本之后，问他们的名字，然后写在贴纸上，最后贴在杯面上，千万不要弄错了。”

穆若愚什么话都说不出来，呆呆地原地摇头。

“我不要新来的这个，换个衣服都毛毛糙糙的，没有章法。”一个老奶奶在穆若愚身后幽幽地说。

他闭紧嘴，正要离开，身边那个轮椅上的老奶奶又拉住了他，

“戴上这个。”她好心递给穆若愚一只口罩。

“谢谢奶奶！”穆若愚微笑着看向她，心怀感激。

“别废话！还不快去！”老奶奶突然怒目圆瞪。

穆若愚吓了一跳，捧着托盘上不停打晃的小杯子，赶紧朝老人们排队的方向赶了上去。

洗手间门口一条长龙纵队，老人们吵成了一锅粥，每当有两辆轮椅相对驶过，总会在左右乱拐中撞上好几次，轮椅上的老头子都骂骂咧咧的，旁边还有人跟着讲道理，空气里充满了“潮湿”的火药味道。

穆若愚顾不上维持秩序，在四个小便池前手忙脚乱。老奶奶给的口罩居然有一股过期糖浆的味道，显然不是崭新的，他吐了一次，干呕三次，然后强忍住了恶心的感觉。

有些老头子很配合，他们能够从轮椅上慢悠悠地站起来，自己领一个小塑料杯，搞定后放在托盘上，甚至还会自己在不干贴上签名，但这是少数中的少数。

多数是不配合的。有的非常高兴，一边扭着屁股唱歌一边脱裤子；有的告诉穆若愚自己眼花了，没办法对准，需要他扶持一下或是在整个过程中让他自行对准杯子；还有两个根本不给穆若愚接的机会，站好了直接倒数，倒数完就开始比赛，穆若愚只能眼疾手快地把塑料杯递进去，最后还得给两人做裁判……

闹哄哄的取样整整持续了一个半小时，又过了半个小时，穆若愚才从淋浴间走出来。他换上了一身新的护工服，身上已经没有异味了，但他还是止不住地反胃。

“以后洗澡要更快些。跟我去厨房做饭，他们喊饿的时候会开枪的。”

开枪?!

顺着吧台的尽头，海伦把穆若愚领进了厨房，厨房的尽头还有个小门，上了一把大锁，像是存放食材的仓库。

“五十颗鸡蛋，全部打在这个盆里，然后戴上手套搅成糊状。”海伦戴上了一顶主厨的帽子，“你的刀工怎么样?”

“不怎么样……你有手套刚才为什么不给我?”穆若愚惊诧道。

“哦，我忘了!”海伦拎着尖刀，忽然失声笑了起来，“不好意思，我是真的忘了，之前的护工都会自己拿的。”

“刚才这种事情为什么不让机器人做?”

海伦使劲摆着手，穆若愚眉头皱得越紧，她就越忍不住要笑，“他们不喜欢机器人。”

她终于努力压下了上扬的嘴角，从盆中拿出一把洗好的芹菜切了起来。

“我们这里的机器人，都是旧型号的监测性机器人，老人们习惯了，维修起来也很方便。这些机器人除了按时提醒他们起床吃药，以及提供脉搏、血压监测等基本医疗服务，既没个人形，也都不具备人工智能。只有二楼医务室里的高级些，但也仅限于细胞培养、毒素检测和配药，取代人工重复性工作的功能居多。”海伦忽然想起了什么，停下手中的刀，“对了，我之前面试的时候没有提醒你，尽量不要带搭载人工智能的设备来俱乐部，如果带了，也不要在这些老人的面前用。”

“因为他们都拒绝新时代的科技？无一例外吗?”穆若愚的手心

里挤出一颗蛋黄。

“不，恰恰相反。”海伦扬声道，“弥诺斯基金会所协助的老人，都是重度的赛博综合征患者，他们中有一部分人出生在千禧年代，对所有的电子产品有一种强烈的痴迷。”

“赛博综合征患者？千禧一代居然也有赛博综合征患者？”穆若愚眨了眨眼睛，这个词是他昨天生死一线间跟花昭学的，一时间幻想起自己晚年坐轮椅的窘样。

“你印象中的千禧一代是什么样子的呢？是不是觉得他们年轻时代的娱乐除了打打人机交互的MMORPG[1]，就是做个愚蠢的网络劳工？”

“元境系统诞生的时候，他们应该已经老了吧……”穆若愚一边说，一边回忆着孩提时读过的那些历史书。

“你错了，在沉浸装备出现之前、VR刚刚兴起的时候，这些老人可都是当时的科技先锋。”

“VR？那都是多久之前的事情了。”穆若愚摘下了满是蛋黄的塑胶手套，“蛋打好了。”

“不要摘手套！”海伦命令道，“把那盘我早上切好的肉放进去，还有这碗调料，继续用手搅……那个时代的拟境产品都有很强的副作用，你见到的那些坐在轮椅上的老人，大都是因为在次级拟态里待的时间太长，患上了空间平衡障碍；还有一些视力严重受损的，不得已用一生赚的钱换上了别人的眼球。”

“你聘用我做这里的护工，该不会是因为我之前进过网瘾治疗中心吧？”穆若愚忽然意识到了什么，海伦说的这些案例，他好像

1. 大型多人在线角色扮演游戏。

都在中心被强制阅读过。

“如果是，你会介意吗？”

穆若愚停下了搅拌的动作，看着海伦把水加进米锅中，传出哗哗的声响，他又沉默了一会儿，脑中回想起那些被束缚衣绑着乱蹦乱跳的病人，眼球电击治疗带来的巨大疼痛让他们恨不得用头撞碎每一块玻璃砖……

“不介意，都已经过去了。”他说，“我是不会再被他们抓进去的。”

海伦微微一笑，“并不是因为这件事才招的你，至少不完全是。上一名男护工请了长假，确实缺人帮我给他们……取样本。”

“如果今天早上的事情发生在元境，我估计也要得赛博综合征了。”穆若愚自嘲地摇了摇头，“三十多位需要被照顾的老人，你们居然只有两个人？”

“偶尔我们也会请义工，”海伦说，“但大多数时间两个人足够了。你别看他们老态龙钟的样子，这里被称为俱乐部而不是养老院是有原因的。他们都不觉得自己老了，多数老头子都有抽雪茄、喝威士忌的习惯，所有人的脾气都比年轻人要大，说翻脸就翻脸。你在这里的本职工作是他们的护工，但更多时候，你的主要工作是调停矛盾。”

“这个不用担心，我比较得心应手，”穆若愚笑着说，“从小我就喜欢劝架。”

海伦摇了摇头，没有接话。

“不过听你这么一说，我又感觉有点难过。”穆若愚又想起了那些赛博综合征的重病患者，“这里就像是一个网瘾治疗中心，只不过大家是自愿来的，年纪大了，染了一身病，还无法进入元境。再过几年，你也许有更好的机会离开，但他们就只能在这里自生自灭，被残酷的社会规则淘汰，这就是千禧一代最后的归宿吗……”

“你想太多了。”海伦看着他认真的样子轻笑道，“第一，我只是说他们都患上了严重的赛博综合征，并没有说他们不能在这里登录元境；第二，我是在这里长大的，弥诺斯俱乐部就是我的家，我走不掉，也不想走。”

穆若愚忽然对海伦肃然起敬：“不过，你防着他们，难道是因为他们会趁着咱俩做饭的时间，跑进拜占庭元境购物不成？我很难想象。”

“白天的时候，我会拉断二楼的电闸，他们只能在一楼活动。但是到了晚上……”海伦仰起头来，“他们每个人都有一台仰式磁极双环传动的沉浸舱，他们就睡在上面，迫不及待地进入‘梦乡’，然后在元境里‘重生’。”

“重生？”

“人在做梦的时候，我是说睡觉做梦的时候，大脑前额区是处于活跃状态的，这你懂吧？”

“前额是什么我不懂，我知道人的脑子和心脏一样，不怎么停。”

海伦被他逗笑了，“严格来说，如果一个做梦的人处于一种混合的‘快速眼球运动’状态时，他们就是在做清醒梦，你可以简单地理解成，梦境中的人清楚地知道自己在做梦。”

“听上去不错，但我没有做过这样的梦。”

“我也没有，这是一种需要被激发的潜力。这些老年人在进入弥诺斯俱乐部之前，就掌握了能够在沉浸舱中通过睡眠与元境的虚拟现实相结合的方法。你也可以简单地理解为，他们没有睡眠的习惯，他们以元境里的旅程控制了清醒梦。他们每次睡着之后，就会进入元境，将梦境与元境连接，继而在睡梦中也能够产生影响——”

“不可能！”穆若愚打断了海伦的话，如果这是真的，那么所有人都能以牺牲睡眠的方式活出整整两倍的人生！但根据他混迹元境的经验，即便是他这种为了挣钱不择手段、被元境劝退、让网瘾治疗中心收容的人，也受不了整夜整夜的元境体验。

“这么多年，他们每晚都在元境，我是能够证明的。”海伦的眼神很是认真，“CT、核磁共振、纳米成像等诸多手段，已经证明这种睡眠方式对大脑没有任何损伤，甚至对精神也没有任何损伤。”

“那是因为现代的科技还不足以被信任。”穆若愚终于觉得自己能够发表见解了，“就像是这群最终患上严重赛博综合征的老人，我猜当年也是因为科技的落后，所以没办法及时向他们告知，其实每次进出拟态都在为日后患病种下祸根。”

“你说得对。”海伦点了点头，“但你不知道一件事，他们每个人在独自面对自身的疼痛与机能障碍时，都非常清楚自己的身体是什么情况，而他们是一群乐观到甚至有时我都不能理解的人。从踏入最初的VR元境，到现在全息无痕过渡的沉浸舱时代，他们与‘最大的敌人’打了一辈子的交道，如果这是一场战争，那他们是知道自己必定会落败的。但他们依然不怕死，就真没有什么输不起的。就像阎罗说的，毒药与解药，大多数时候，只不过是剂量不同。”

“阎罗？他是姓阎吗？”

“我不知道。”海伦并没有说谎，她只是不在乎。

“所以与其让他们在绝对干净的理疗真空病房死去，不如让他们以残年余力，继续掌控自己的人生？”

“谁又比他们更有选择权呢?”

穆若愚被说服了，他扪心自问，自己到了老无所依的时候，也能活得像他们一样潇洒吗？一时间，他觉得这些小便都无法自理的老人，也许是对的。

希望从来都是复杂的，他想。

“好啦，别想那么多了，我不是让你来为此较真的，就算我跟你一起较真，哪里是这群顽固的——”

砰！

海伦话没说完，厨房外的酒吧突然爆出一声巨响。穆若愚赶紧看向灶台，他还以为自己心不在焉地把高压锅引爆了。

海伦一把拉下自己的厨师帽，扭头间甩了甩秀发，“跟我来，老家伙们又开枪闹事了。”说完就小跑着冲出了厨房。

“真开枪啊?”穆若愚一愣，赶紧脱下手套跟了上去。

俱乐部的大厅静悄悄的，穆若愚赶到的时候，整个俱乐部的中间空出了一大块，棋牌与威士忌都撒在上面，乱七八糟的一堆。俱乐部被分成了东南西北四个空间，四群穿着不同碎花颜色病服的病人分驻在四个角落，组成了四个阵营。

海伦站在四组人的中间，穆若愚跟在她后面，真切地感受到四派老人的剑拔弩张。

“这是要分颜色用轮椅当碰碰车互怼吗?”穆若愚在海伦的身后小声嘀咕了一句。海伦没有回他话，只是恼怒地扫视周围，最终停在那个拄着拐、抽着雪茄的老头子身上。

“这还不到二十四小时，你们又闹出这么大的阵仗，是要演给新来的护工看吗?”

“不关我的事，”阎罗微微地笑了一下，“荆横总以为自己手上有把真枪，所以一屋子的人都应该怕他，甚至听他发号施令……唉，他的混帐逻辑说出来也没人信服，就装模作样地朝天上开枪。这一屋子的人听力都不好，荆横，你唬得住谁？新来的接尿小子都不怕你！”

接尿小子？穆若愚感觉自己受到了侮辱，但没敢搭茬。

“你信不信，你的下一口烟，会从额头上的洞里飘出来？”荆横甩了甩手上的枪，他的声音很低沉，说话的时候不疾不徐，威慑力拉满。阎罗却像是在看小丑般，一口浓烟朝着他喷了过去。

“咔嗒”，荆横再次打开了格洛克的保险。

穆若愚一惊，朝旁边撤了半步，随时准备冲过去把荆横扑倒。

“呵呵。”红色碎花阵营里，有个老奶奶忽然冷笑了两声。

“你有什么高见吗，红拂？”荆横感觉自己再次遭到挑衅。

“我哪里敢有什么高见，”红拂奶奶昂起头，话语里尽是咄咄逼人的气势，“太假了，你们俩演得太假了！汤屋不属于在场的任何一个人，你俩在这里大发雷霆，什么都谈不拢，其实是怪女人们占的区域太大，时间太长吧！女人洗澡本来就比男人慢，也比你们更爱干净，混浴是不可能的，别想着我会做和事佬，牺牲利益调停你们两个老色胚。”

“这关洗澡什么事？”荆横大叫，“我就是要和阎罗换地盘！既然他说我们的地盘一样大，那把他的人都安置在庭院好了。”

“你这个月已经换了三次了！”阎罗激动地大叫，“有这个必要吗？本来就是联防守护的体系，你到底想在哪里逞英雄？”

“我最后再说一句，我一寸地都不会让的！”红拂一边说着，一边从轮椅上站了起来，“别打女人的主意，如果你们敢来我的顶层撒野，那你俩今晚就等着被割喉吧！这么喜欢交换，你俩的头不如也换一下好了！”

这些色老头在为男女混浴抢地盘？穆若愚看着他们老态龙钟的样子，一时惊讶地合不拢嘴。他觉得自己听懂了，又想起刚才向海伦夸下海口，说过自己很擅长劝架，于是站到了海伦的面前。

“息怒，息怒，大家不用火气这么大，无非是洗澡的小事情。”穆若愚脸上的假笑绽放，所有人都用惊讶的目光看着他，他却毫不在乎，“大家看这边的绅士们……”他指了指剩下那群穿着黄色碎花病号服的人。

“给我闭嘴，接尿小子，”阎罗忽然打断他的话，“你懂个屁，薛禅不出声，是因为他在全力压制把整个汤屋炸掉的冲动！”

“我……我叫穆若愚。”他感觉自己被阎罗的气场死死镇住了。

“事情到这里就该收一收了。”海伦开口的时候走到了穆若愚的前面，“居安思危是好的，但现在过于早了。我就麻烦你们大伙儿一件事，能不能不要在我做饭的时候耍脾气？”

穆若愚忽然想起他们的赛博综合征来，也许老年躁怒也是其中一种症状。

“各自回房吧，今天看来是没办法一起吃午饭了，晚点儿会有机械臂给你们送进房间，午休后再下楼……眼下几乎所有的来犯者都不是你们的对手，你们巴不得天下大乱呢！”海伦说着瞪了瞪眼睛。

穆若愚完全听不懂了，他不知道此间有着怎样的惩罚措施，但海伦说话之后，所有的老人都不闹了。

“做饭的事情先放一放，准备干体力活了，”海伦对穆若愚说，“先帮我把他们都送上楼。”

海伦打开了升降轮椅自动楼梯的电磁轨道，穆若愚依照指令，将分属四个阵营的老人们送上了二楼的长廊，那是弥诺斯俱乐部所有老人的宿舍所在。

穆若愚很想见识一下老人们争夺的汤屋，但他在楼上并未发现比每位老人的单间更大的区域，更没有红拂说的顶楼……

侧身匀速被传送至楼上的同时，大多数老人都会要求穆若愚或海伦拉住他们的手。穆若愚学着海伦，同样拉起老人，挪着小步保持与滑轨攀升相近的速度。

“午休期间没人通过沉浸舱潜入元境吗？”穆若愚笑着问，他相信这些老人里总有不守规矩的榜样。

“我不是说了没有电吗，连能够放入老式收音机的电池都没有。”海伦凑近穆若愚的耳朵轻声说，“我骗他们说是预算赤字，大多数人都信。”海伦一副古灵精怪的样子，偷笑起来分外可爱。

穆若愚愣了一下，正对面的老太太却使劲捏了捏他的手，他忽然感觉自己的手心里被塞进了一块硬纸壳。

“孩子，你凑近点，我病得比较严重。”老太太一边说着，一边趁海伦不注意给穆若愚使劲使眼色。

穆若愚也没多想，弯腰抓在了她轮椅的两侧，侧耳倾听。

“我听说咱们俱乐部都没钱买电了，我塞给你的纸条上，是一串64位的私钥，根据今天的汇率，兑换出的区块链货币够俱乐部至少维持三个月的电量。”

穆若愚差点被逗乐，身子轻颤，强忍着笑。

“我还没有说完，这些钱你先用着，不够可以再问我要，但你解决电费问题之后，要保证我的房间午休时也可以用沉浸舱……你要是喜欢海伦，我也可以帮你！”

穆若愚装作一副被看穿了的样子，深深吸了一口气。

“不要耍花样，小朋友，”老奶奶在下电梯之后还不忘回头交代，“刚才开枪的那个老头子是我的前男友。”

上上下下三十多趟，直到把最后一个老人送入房间，穆若愚才歇了口气，他仍然站在楼梯口，仰望着空无一人的通道。

“感慨什么？”海伦把水递给他。

“我一开始进来的时候，被老人们的阵仗吓到了，以为他们是一群德高望重且不服老的牛仔，直到刚才……刚才我送他们上电梯的时候，他们大多数因为患有空间失调障碍，眼神中藏不住惊恐。那时我意识到了，无论说出的话多狠多江湖，他们终究是一群普通的、上了年纪的赛博综合征患者，甚至无法像一个正常老人那样借助科技工具独立行动……他们是一群可怜的老爷爷和老奶奶。”

“有人贿赂你了吧？”海伦一边问，一边把手伸向穆若愚，穆若愚笑着把那张写着64位私钥的纸条递给她，“我就知道。”

“我损失了一个能带我飞黄腾达的大客户啊！”穆若愚装作一脸郁闷的样子。

“等他们睡醒了，你还得一个一个把他们从天上接下来！飞黄腾达……”海伦轻轻把那张秘钥撕成了两半。

“老太太可是说了，如果我肯帮她午休时间进元境，她也会帮我！”

“她能帮你什么？不是连遗产继承人都要写你的名字吧……”海伦讪笑。

“不是哦，她说如果我喜欢你的话，她可以帮我。”

海伦愣了一下，“阿妍真是……”她露出笑容，摇了摇头，“在弥诺斯俱乐部，你的第一课就是不要站队，洁身自好。”

“但我已经选择了站你嘛。”穆若愚笑着说，“那是不是该有什么好处啊？”他忍不住油腔滑调起来。

“有啊！等他们睡醒了，我先带你拜访刚才那四个阵营的家主，让你看看，如果站错队会是什么下场……”

拾贰

“201到204是四位家主所住的房间，分别是红拂、阎罗、荆横和薛禅。”海伦与穆若愚并排站在202房间的门口，“这里是阎罗的房间，如果我们第一个拜访的人不是他，他就会觉得我们私下里看不起他。阎罗是个特别要面子的老头子，你尤其不要把他当病人看。一会儿不管他说什么，你只管附和就行。”海伦又叮嘱了一遍，“你可以敲门了。”

咚咚，穆若愚轻轻敲了敲202号房间的门。

“请进。”

屋内的窗棂正对着门口，穆若愚推开门的瞬间，午后的金辉洒在了身上。阎罗背对着两位访客站在窗前，岔开的两只拖鞋中间，可以看到黑色的杖头立在地上。饶是有些驼背，他却努力挺直了身板；虽然一身病号服，那拄拐而立的样子，像极了圣骑士在城楼上眺望远方来犯的邪秽。两人进屋后，他也不着急转身，而是耐心地等待着“下属”给他送来“前线战报”。

“阎罗，这是我们的新护工。”海伦朝穆若愚使了个眼色，演员已经就位。

阎罗还是不转身，背对着他们点了点头。

穆若愚礼貌地上前一步，“您好，我叫穆若愚。”

“这里不需要护工。”他依然不转身，“你刚才不是在下面介绍过自己吗？我看上去很老、很健忘吗？你说一次，我就不会忘记。”他用枯槁却富有力量感的手指，点了点自己的太阳穴。

“只管附和就好。”海伦轻声提示道。

“是，是。”穆若愚赔着笑。

“现在，我问你，”阎罗缓缓转过身来，“你来这里是不是想睡海伦？”

穆若愚瞠目结舌，缓缓看向海伦，眼神中传递着“这也附和？”的巨大问号。

海伦并未看他，不动声色地保持着自己的五官不被气得移位，“阎罗？”她的声音不高，却充满威严。

“放轻松！我只是跟新来的接尿仔开个小玩笑。”阎罗忽然笑了起来。

“穆若愚。”穆若愚提醒对方注意自己的名字。

“我觉得没有幽默感的人没有资格活在这个世界里，也不配活在其他世界里。你今年多大了？”

“二十七。”穆若愚如实说。

“二十七？”阎罗皱起眉头，“你这年龄为什么来这里做这个？照顾比你大了不止一倍的人？去干点更有出息的事！”

阎罗突然就激动了起来，一边摇着头，一边把自己的拐杖在地上点出震响，然后他又忽然停了下来。

“我像你这么大的时候，也有一个同龄的伙伴，他在街角继承了自己家的便利店，那时的便利店还不卖虚拟产品，他是我最好的伙伴。我当时靠炒币已经实现了财务自由。”他说出“财务自由”的时候，单手用两个指头打了下引号，“我去他店里买酒的时候问他，这辈子就准备这样度过余生吗？他告诉我，余生只需要稳定的幸福足矣。你听听，这叫什么屁话！于是我当晚黑掉了整条街的电源，就在他出门找人维修时，我在空酒瓶里灌满汽油，一把火烧掉了他家的店。”

“呃……？”

阎罗说得理直气壮，“他走投无路的时候，自然来找我了。我告诉他，我等他好久了，以后会带着他一起在元境里闯荡。”

“后来呢？”

“后来？后来我们都退休了，他去年去世了，生前住在205号，他一生都是我的守望人，但这不是重点……”

阎罗忽然扔掉了拐杖，走上前用双手揪住了接尿仔的领口。穆若愚一时间感到巨大的压力，不完全是因为直逼而来的气势——对方站不太稳，把身体的重量全压在了他的锁骨上。

“重点是，每个人都需要做出选择，对的，或者错的，但必须是自己选择的。不要总惦记着什么遗产或者横财，你今天晚上就在弥诺斯结薪，明天一早去寻找新的人生。我们这里的人还没弱到需要一个二十七岁的孩子来照顾，顺便毁掉他的大好前程。你需要的是一瓶装满了汽油的酒瓶，烧掉你的过往……跟着我念：‘今晚，我就会离开这个混蛋地方，再也不会回来！’”

“不行，他今晚走了，下周需要便检的时候我就没人可用了。”海伦打断了阎罗凶神恶煞的气势。

“那就……下次便检完毕后再走，”阎罗眨了眨眼睛，“听到了吗？”

穆若愚轻轻点了点头，他害怕力度稍微大一点，阎罗就会被他推倒。

“现在把我的橙汁拿给我，别忘了插上吸管，我感觉自己有点低血糖了。”

海伦马上把插好吸管的饮料塞进阎罗的一只手里，又把拐杖塞进了他的另一只手中。

穆若愚刚要扶他，却被海伦拍了拍，他忽然记起阎罗不服老的顽固。就这样，他看着阎罗慢慢地把橙汁杯的吸管靠近了嘴巴，却因为赛博综合征，手止不住地颤抖，反复试了好几次，才顺利喝到了果汁。

穆若愚面无表情地看着，没有发出一点声音，他生出了从未有过的念头：有没有可能，邪恶的网瘾治疗在一定程度上避免了老无所依的悲剧？

“好了，我们预计半小时后下楼。”海伦说着，又一拉穆若愚的衣角，“我们该走了，还有其他的老人家需要拜会。”

“不要相信红拂的话。”阎罗喝过橙汁，又恢复了他圣骑士的模样。

“当然。”穆若愚一边应和，一边关上了门。

穆若愚轻轻扣上202号房间的门锁，同时压低了声音，“接下来的三个人也都这么戏剧性吗？”

“你做得很好，要相信自己的社交能力。”海伦暗暗笑了一下，“接下来是201，仇红拂。”

“海伦，你什么时候才肯把我的这台沉浸舱搬走？怎么他也来了！我午睡起来都没有化妆！”海伦刚刚推开房门，红拂的声音就传了出来。

“这是红拂…… 素颜的样子。”海伦向穆若愚介绍的时候忍不住笑出了声。

“你真是越来越淘气了……孩子，欢迎你来咱们弥诺斯俱乐部，”红拂一边说着，一边轻轻抱了一下穆若愚，“你身上怎么有股阎罗的雪茄味？真难闻！你离我远点说话！”

穆若愚还没等张口，就被红拂推开了，他只好毕恭毕敬地撤到两米开外。

“不要听阎罗的，自以为幽默的老混蛋！如果这个社会所有的年轻人都由他管理，他会把他们挨个送上战场的。”

穆若愚学乖了，这次还是不敢搭话，默默地看着海伦。

“别紧张，红拂是这里最通情达理的人，也是咱们俱乐部所有女性的负责人。”

“哪里算什么负责人，俱乐部又不是聚落部。”红拂轻轻地摆了摆手，她看着穆若愚，“看到你能来这里，想必这里很多人和我一样，都很欣慰。不仅仅是因为你干得了体力活，最重要的是，如果你能在这里坚持下来，我们会认定你就是俱乐部的一员。

“孩子啊，这个时代太浮躁了，我所见识到的年轻人，都善于发现新的投机方式，幻想这些投机方式能够带来不劳而获的巨大财富。他们嫉妒着身边每一个不劳而获的人，用嫉妒耗费着自己的生命，直到迷失自我。

“‘去中心化’给更多人尝试投机的机会，养宠物都变成了一件投入与产出比极大的金融烂账……你一会儿能不能把这台沉浸舱搬走，我已经很多天没有上线了，我活得很好，今天还有新的小朋友来看我。虽然我总是跟那群老混蛋吵架分领地，其实我更想睡个好觉，在自己的梦里，能不进元境，就绝不进去。”

“暂时还是先搁置在这里，”海伦点了点头，“我们还在搜寻他的消息，如果有消息了……”

红拂摇头示意海伦无须再讲下去，“他已经死了，我在多年前就接受了这个事实。”她跟着微微一笑，却掩不住黯然的样子。

“好的，如果你已决定不再使用元境的话。”海伦默默地点了点头，“我下周就帮你把它搬出去。”

“辛苦你了，它很沉的。”红拂笑着对穆若愚说。

“我们不打扰您了，晚些下楼做游戏吧。”海伦轻轻掩上了门。

“我刚才居然没有说话！”穆若愚有点困惑，“我也不知道为什么，这位奶奶明明很慈祥，但她说话的时候我没有办法插嘴。”

“不要紧，红拂很欢迎你，但你记住我说的，不要站队。”海伦说，“下一位是荆横，他的江湖气很重，也许你可以多说两句。”

“荆横……我还有问题，”穆若愚又问，“你们说的那个‘他’是谁？还有，红拂看不出有任何赛博综合征的症状啊？”

“那个人是这里所有病患的故人，你不需要知道太多。至于红拂……她身体里有一半的器官是仿真打印的，她脊背上有四五条上衣拉链长的疤痕……阎罗也差不多……”

穆若愚还没反应过来，海伦已经把203号门打开了，但她没有进去，而是站在走廊里背靠着墙，“穿好衣服，荆横，我准备进来了。”她大喊了一声。

里面没有回答，倒是传出了节奏均匀的呼吸声。

海伦示意了一下，让穆若愚先推门进去。穆若愚小心往里探身，一个赤身裸体的老人双手扶在地面上，肌肉虬结，慢慢地做出一个标准的窄距俯卧撑。

穆若愚定睛一看，荆横的胸口文着一对眼睛。

“你是新来的?”荆横问了一句。

“对，您好，我叫穆若愚，荆横老先生……”

“别废话，趴过来，先做一百个，我看看你的体能怎么样。”

穆若愚先是一愣，然后夸张地摇了摇头，表示他不会这么干。

“怕死啊？怕死还敢进我们这里？你以为这是什么地方？懂点程序设计很了不起吗?”荆横一边说着，一边用弄脏的手拍着穆若愚的面颊，“我问你，如果我们出了篓子，或是被人卖了，元警找上门来时，你拿什么跟他们刚？你的鼠标?”

“鼠标?”穆若愚愣住了。

荆横举起拳头把自己的胸大肌拍得直响，“要靠自身的力量！不锻炼身体，你连跑都跑不了。我刚洗完澡，你把浴袍递给我，看不出来我这样很容易感冒吗?”

穆若愚环顾四周，没有什么浴袍，只有地上的病号服，于是他捡起来，荆横连灰也不掸，顺手接了过去披在身上。

“他穿好了吗?”海伦在门口问。

“穿好了。”

“一百个俯卧撑都做不了，和废物有什么区别?”荆横还在发问，他忽然看到了海伦，“你女朋友？你来我们这里还敢带女朋友?”他单手撕住了穆若愚的领口，不比阎罗，荆横的力气大到惊人，完全不像是一名年届六十的老人，“小子，谁派你来的?”

“荆横，是我，海伦。”海伦皱着眉走了进来。

荆横像是被卡住了，神情逐渐变得缓和，手劲也慢慢松了下来，“海伦？你怎么来了？这个是……你男朋友？”

“这是穆若愚，新来的护工，按规矩带他来见你的。”

荆横用手扶住额头，短短的几秒钟，他压着满头的银发朝后脑狠狠捋了一下，“老大呢，回来了没有？跟他说，我已经准备好了，随时上线教训人。”

穆若愚这时终于明白过来了，荆横有严重的健忘症。

“老大说从今天开始听我的。”海伦顺势演了起来。

“嘿！”荆横冷笑了一声，“在哪里听你的，是在这里呢，还是在所有的元境里？你别着急回答，我还想问最后一个问题……凭什么？”他邪邪地笑着，转头看向穆若愚。

一瞬间，他愣住了，继而慢慢开合着嘴，“世侄？我……我一直有话想跟你说……”

“荆横！”海伦刚要阻止，却被荆横朝着她的方向狠狠指了一下。荆横面露凶相，示意她闭嘴，再转过头看向穆若愚时，眼中又带了几抹悲哀……

“世侄，我不太会说话，但我说的都是真话。我跟你父亲的时间最久，但到最后，是他错了。这件事情的悲哀之处就在于，这种悲哀还会在你的生活中延续下去。你还这么年轻，你要答应我，很多事情，没查出个水落石出，不要轻易去下结论，但如果你明白了一切，还是气不过的话，我愿意代替所有人接受惩罚。”

这大叔在胡乱嘟囔些什么啊！

穆若愚彻底蒙了，他不知道荆横在跟谁对话。

“荆横，他听到了，你不用再放在心上了。”海伦缓步上前，轻轻地拍了拍他的肩，顺手把穆若愚拉到了一旁，“记得今晚进沉浸舱前吃药，你答应过老大的。”海伦把瓶盖里的两片药递给了荆横，这显然是之前就已准备好的，不知在原处放了多久。

“我们走吧。”她再次带着穆若愚出了门。

“严重的失忆症？”房门闭合的刹那，穆若愚忍不住问。

海伦点了点头，“不仅如此，他在元境里待的时间最长，经历了很多的挫折，还混淆了时间与空间的概念，一会儿活在过去，一会儿活在更远的过去。”

“这样的人还可以管理下属吗？”

“那大概是他这辈子最重要的职责吧，他始终做得很好。”

“但是他对我说话的时候非常真切，一瞬间就变了个人，我不知道他把我认成谁了。”

“谁都有可能。”

穆若愚看了她一眼，识趣地闭上了嘴巴。

“最后一个，204，准备好了吗？”

“没有！有什么需要我预先知道的吗？”

“薛禅，他是个哲学家。”海伦笑了笑，“不用敲门。”她说着，径直推开了。

薛禅坐在正对着大门的椅子上，门外的光闯进房间，撞到他身上，“我不喜欢有人在我思考的时候打扰我。”

“你不喜欢任何人出现在你的视野里。”海伦说。

“是的，尤其是我还没辨别出这个世界的真伪，”薛禅看向他们，“如果你们是真实存在的，我就会真的感到获救，但我拿不出你们真实存在的任何证据；如果你们并非真实存在，那么出现在我眼前的可能性有三种。第一，你们是随机变量，只是为了丰富这个元境的细腻程度而出现的冗余因素。第二，你们不是随机变量，这里又分为两种：一种是你们没有任何目的地接近我，我们在元境中相遇了；另一种，你们是专程派来干扰我的视听感受的，同样，我并不知道你们背后隐藏的真实目的，也不知道这是第几层元境的效果。还有一种可能：我才是真正的数据，我所有的思考、发言以及行动，全凭程序的意志，不会出现任何偏差。上述问题放在不同的元境层，又有着不同的组合。”

“现在我知道他为什么被称作哲学家了。”穆若愚说。

“抱歉打扰，无论怎样，我是带他来认识一下……”海伦带着穆若愚上前，“他是新来的护工，以后白天有什么需要，可以找他。”

“你说得对，无论怎样都是一回事，大不了都炸成碎渣……”

炸成碎渣？

“你们想喝点什么，咖啡还是茶，我去准备。”薛禅客气地说。

“不必了，午休时间马上就要结束了，他一会儿就送你下楼。”

“年轻人，”薛禅转头看向穆若愚，“你有没有怀疑过，这个世界有可能是假的？”

“你们聊吧，我去准备轮椅的电磁轨道。”海伦说着就要走出房门。

穆若愚向她递去求助的眼神，海伦靠近他轻轻耳语：“不用担心，他的赛博综合征只是时刻不受控地思考这个世界的本源而已，其他都很正常，你陪他研究一下，说不定会悟出些什么新的理论。”

“记得第一个告诉我哦！”海伦坏笑着关上了门。

“……在探讨这个问题之前，我们需要先界定一个最基本的概念——什么是真，什么是假？”

拾叁

“…… 太阳快要落山时，海伦就催促着我走了。

“那个时候我站在空无一人的酒吧里，所有的老人都重新回到了他们的卧室，甚至有可能像海伦说的那样，迫不及待地进入了元境。

“夕阳的最后一道光从林脊那边穿了过来，然后透过窗帘洒进屋里，照得一杯没有喝完的威士忌闪闪发亮！

“我正在欣赏景色，海伦居然又催了我一次，分明就是对我毫无兴趣……

“然后过了三个小时，我就又回到了这里……这就是你问我第一天上班的感觉怎么样。总的来说，恍如隔世！”

别墅，第三大道。

穆若愚把他第一天上班的经历絮叨了一遍，疲倦感仿佛随着讲述加强了，他恨不得立刻倒在沙发上睡一觉。

殷浩存对穆若愚一天的遭遇不置可否，反而是听到威士忌后，从酒柜里挑了半天，终于拧开了一瓶酒，倒进两只一次性塑料杯里。

“这瓶是好货。”殷浩存笑着把泛着琥珀光的酒杯递给穆若愚，两人轻轻地碰杯。

“我不懂酒，但阿胜酒柜里的应该都不会差。”穆若愚坏笑了一下。

“我也不懂，”殷浩存又把酒瓶递了过去，“但这瓶不是威士忌，这上面写着呢……”

穆若愚朝酒瓶上看去，上面写着“轩尼诗李察干邑白兰地”。

“1986年的酒，这一瓶怎么也值……”穆若愚的话还没有说完，忽然发现，“啊？你把他二十一岁的生日礼物拆了。”

巴卡拉水晶酒瓶上用激光镌刻着“生日快乐阿胜宝贝，你的饮酒史从今天开始！”的字样，一旁的殷浩存满脸灿烂。

“这很有可能是他这辈子的第一瓶酒。”穆若愚摇晃着手里的塑料杯。

“味道怎么样？”殷浩存问他。

“绝对更好了！”

两人的笑声引来了门外的松狮犬，它如今已经成了殷浩存的好朋友。穆若愚看着它，又想起当初这个小家伙被导电铁丝强行拴在地上的惨状，于是把杯中的白兰地一口饮尽，然后又给自己续上了一杯。

“别喝太多了，晚上不能误事。”殷浩存好意提醒，“但是，如果你需要休息一下——”

“不用，我精神状态很好，”穆若愚说，“还有什么比下班后去元境找死神的数字遗产更刺激的事情呢？”

“前提是我们今晚不能让它回流到新冶区。”殷浩存抚摸着松狮毛茸茸的大头，“我已经在你的新沉浸服里埋好了‘必要的情绪剧本’，如果今晚成功，我们的演技绝对值一座小金人。”

“我还有几个后顾之忧。”穆若愚想了想，神色凝重地说，“第一是这里的物理环境……”

“你放心吧，我刚刚追踪了阿胜的最新定位，看样子是去芬兰度假了，就算他现在坐上私人飞机，明早以前也绝对回不来；你的访问路径进入拜占庭元境前我就会设法擦掉，崭新的身份，不会有人怀疑的。”

“还有，上次黄雀在后的花昭，至今我也没想通他到底是敌是友。在我生命垂危的时候，他好像料到你会施以援手，教给了我一个九死一生的办法。”

“这个我也不担心，”殷浩存虽然这么说，却不自觉地握了下拳头，“虽然我不知道他的技术实力到底多强，但上次我只是你的守望人，敌在暗，我们在明；这次我们不仅在暗，还会主动出击，大不了鱼死网破，我也一定保你全身而退……你唯一损失的，是几个小时的睡眠时间。”

穆若愚点了点头，就在他今天前往弥诺斯俱乐部打工时，殷浩存梳理了今晚的行动计划，事无巨细地考虑了各种突发情况，最终决定扮演“局外人”入场，静观其变。

殷浩存对这次的行动很有信心，在穆若愚回家的路上，他就把全盘计划及细节“灌输”到了穆若愚的脑子里。他们现在唯一等待的，是目标人物上线，然后立即跟进。

殷浩存已经利用算法偏见[1]在拜占庭元境布置好了陷阱，现在他们在元境外等待目标的出现，最大限度减少了事情败露后被怀疑的可能性。

两人都不说话，心里各自预演着强行交易计划的全流程。穆若愚知道殷浩存是个狠角色，如果这次还是汤姆和杰瑞来送货的话，

1. 指算法定向推送。

那他可以在旁看好戏了。殷浩存这家伙……哪怕今晚需要跟整个拜占庭元境过招，他都会毫不犹豫地选择角力对抗。

这次的行动没有线下守望人，两人必须在元境中互相照顾才能全身而退，任何一个人出了问题，下线后的归宿都将是元警的五花大绑！

“好消息，对方上线了，不是杰瑞。”殷浩存一边说着，一边摘下了智能手表，然后把崭新的沉浸服扔给了穆若愚，“坏消息是，我这杯还没喝完。”

穆若愚强压住了心中隐隐的不安，脱下鞋子，把自己套进沉浸服里。

殷浩存已经穿着完毕，他高举右手，迅速地一抹一握，立刻凌空撕出一个全息界面，像是一汪水，水面迅速地扩大，内部展示的像素也越来越接近人眼识别的极限，直到最后形成舞蹈排练室落地镜般的大小——拜占庭元境的景象出现在了落地镜的另一面，微微摇晃。

与穆若愚“灵堂”里那个几乎要被淘汰的水平衡舱沉浸系统不同，阿胜的设备是刚刚上市不久的全息无痕过渡元境系统。

两人坐回沙发上，水滴般的镜面越扯越大，蚕食鲸吞着周围的真实空间，拜占庭元境内部的光追效果也越来越逼真，殷浩存用手轻轻滑动全息面板，找寻着二人预定登录的位置，最终的画面定格在拜占庭元境交易大厅外的许愿池旁。

“月黑风高杀人夜。”殷浩存笑着喃喃道，他把整个拜占庭元境的天色迅速调整成黑夜，穆若愚点了点头，两人同时伸出了拳头，在现实中最后轻轻碰了一下。拳头分开的瞬间，他们已经出现在许愿池音乐喷泉旁。

“小时候，妈妈总是跟我说，从哪里跌倒就要从哪里爬起来，”此刻的殷浩存已经换上了一套晚礼服，肤色却是匀称的古铜色，“她还说，摔倒了并不可怕，而在同一个地方摔倒两次的，准是上回就把脑袋给摔坏了。你同意我的说法吧？”

“完全同意。”穆若愚望向池水，看到自己顶着一张陌生的脸，身穿一套考究的小礼服。

“人生第一次不用菠菜头的身份进入元境。”穆若愚不禁感慨。

随着《土耳其进行曲》渐进高潮，两人同时从喷泉边上站了起来，迈着沉稳的步调，融入了拜占庭元境的夜色中。

拜占庭元境交易大厅的外部建筑风格高度还原了君士坦丁大帝时代的圣索菲亚大教堂。洋葱形的穹隆下，古墙雄浑矗立于东罗马广场。而它内部的色彩装潢完全舍弃了暗系古朴的风格，在五颜六色的灯光下显出锐丽的饱和度，宛若中世纪时的皇室宴会。

上百名虚拟人以不同的形象游走于彩色大理石地砖上，他们非常容易辨认。虚拟人投射在大理石地板上的影子是七彩的，普鲁士蓝的影子是安保人员，粉色的影子是“私密交易”……所有交易者，虚拟人只要与之对视过，就能准确叫出对方的名字，继而免费提供从摇篮到坟墓，所有已经存在的，或是交易者刚刚想象出的交易项目。

穆若愚与殷浩存很容易就锁定了目标位置——两点钟方向，与他们相隔十五米左右，一个其貌不扬的小个子男人，一身简单的休闲服。一看就是套用的通用模型，类似的装扮比比皆是，他混在人群之中，大隐隐于市。

但这并不影响他在交易大厅内受尊重的程度。

他身边的虚拟人是一位戴眼镜的商务女士，举止干练得体，知性但不造作。她的影子是金色的，彰显着其服务对象的尊贵，引来过往交易者们频频侧目。

小个子男人在等待对方通过烦冗的手续验证，这个过程要十分钟左右，穆若愚与殷浩存按事先商量好的剧本，随意攀谈起来。

两个人心里都明白，当这笔交易结束，死神的数字遗产被小个子男人放进私域舱时，就是一切混乱的开始。

“这种说法就很可笑了，”穆若愚摇了摇头，“我们先不讨论吸血鬼是不是真的存在。”

“假设存在，而且是弱势群体。”殷浩存伸出手指强调道。

“所以他们会通过平权游行的方式向人类寻求关注和提出控诉？这是什么？血权吗？”

“我想表达的是，任何个体都有为自己阵营发声的权利，即使是吸血鬼。假如有一个小镇，吸血鬼们安分守己……”

“不吸血吗？”

“当然吸血，但人类也会捕食和畜牧。而我们假设的吸血鬼是对人类没有危害的，也许只是在体格基因上比人类更加强大，但若是因此而饱受歧视甚至遭到极刑，那他们就有资格为自己呐喊。”

“不不不，”穆若愚继续摇头，“我们对弱势群体的定义首先就应该建立在基因的强大与否上。吸血鬼的基因比人类更加强大，这就注定了他们没有办法受到平等的人权对待。”

“你这是种族歧视。”殷浩存斩钉截铁地说，“人类既然能够捕获并杀死更加凶猛的动物，那么从基因上去界定生物链就是错的，更何况其中还有被阳光照射后终身残疾的吸血鬼。要知道，自然资源不属于任何一个群体，我们在这颗星球上共享物化……”

“你扯远了。”穆若愚止住殷浩存，他一边说着一边朝小个子男人走了过去，“我随便帮你问一个人，看他们是否支持你的观点。”

他们二人争辩的主题是元境中很流行的血族平权悖论，正在交易的小个子男人显然也听见了他们的谈话，他警惕地看着穆若愚与殷浩存走过来，撇了撇嘴，似乎并不想与他们发生任何交集。

“这位先生，打扰一下，我和我的朋友打了个赌，我赌你不会支持所谓的血族平权。我们想知道您的真实看法。”穆若愚笑着说，但他怀疑对方就是跟自己不共戴天的杰瑞，因此他已经做好了攻击与防御的双重准备。

“对不起，法老先生现在很忙，不便被打扰。”金影交易员代替客户发声了，这是她的职责所在。

法老?!

穆若愚嘴上还在微笑，心中却在海啸！他没想到法老就这么轻易地站在了自己的面前，这就是汤姆和杰瑞口中神秘莫测的债主，也是造成自己诸多不幸的罪魁祸首!

“那我……找谁合适呢?”穆若愚环顾四周，看似在找合适的对象，实际上是确认蓝影安保的巡逻位置。

忽然，他看到了一位身穿蓝色手术服的医生，隔着上百人远远地向他招手。

“不用找了，如果吸血鬼来了……”殷浩存扬声说。

他看向穆若愚，对方却依然在视察地形。

“我说，如果吸血鬼来了。”

穆若愚这才猛地想起他俩之间的暗号，瞬间盯紧金影交易员的妩媚双眸。

一秒、两秒、三秒……

“先生，请您稍等一下，您没有预约过我们交易所，我会先处理我与法老先生之间的交易，然后……”

然后她忽然说不下去了，高跟鞋下的影子瞬间变成了红色，这代表着有病毒程序侵入了她的系统。

又过了不到三秒的时间，大厅里忽然喧哗了起来，紧接着所有交易员的影子渐次变红，逐一从交易大厅中消失。

所有的交易都被强制中止了，交易大厅内每个用户的终端都收到了消息，“病毒风暴入侵，所有交易暂时停止，管理员正在排查毒源并启用全面杀毒程序，元警也即将陆续上线，请大家不要惊慌……”

“你晚了一秒，”殷浩存说，“还好他没有选择在交易完毕的瞬间连续上传，否则这一秒足够把这张NFT完全毁掉。”

“我错了，”穆若愚在私聊频道满是歉意，“刚才有一个手术医生装扮的怪人跟我打招呼，他刚才就在附近，不过在病毒生效前，他下线逃过了一劫……我觉得他就是花昭。”

“这都没有困住他？果然有备而来！面前的这个可是传说中的大魔王法老，尽量不要节外生枝，我们速战速决！”

穆若愚开启了隐身模式，瞬间消失在了交易大厅。殷浩存走上前，正对着小个子的男人：“先生，你私域里储存的那张病毒NFT怎么卖？”

法老平静地观察着周围的骚动，听见殷浩存的话，咧出了一个笑容，“原来弄出这么大的乱子就是为了留住我，我倒是没有想过会有人为了一张NFT，不惜用病毒黑掉整个交易大厅……你的小伙伴溜走了？小伙子，你很不错，你让我想起了一个死人。”

“千万别客气，改善交易环境是义务，每个元境公民都该尽力而为。”殷浩存说，“如果你肯开价……”

“我开价，你就会收了神通放我走?”法老打断了他的话，“小伙子，你还没有意识到自己犯下了一个足以后悔终生的错误吧?”

“法老先生您好，我是官方专项杀毒程序员，工号RI898。鉴于刚才的排查结果，您的交易员最先感染并发作，我需要检查您是否带有隐性电子病毒程序。请您配合电子秘钥授权，我将对您的私域存储进行全面扫描。”

忽然，一名元警强行介入了法老与殷浩存的对话，隔空亮起了自己的全息职业身份证件。

法老盯着对方的铭牌看了一阵，一时并未发现任何端倪，他又望了望殷浩存，“元警先生，这位先生也跟我有过交谈，我们的对话很少，不如你先扫描他，我就在原坐标等待，哪也不去。”

元警愣了一下。

“没问题!”还没有等元警回复，殷浩存率先举起双手，像是要配合搜身一样。

“殷……浩存先生，您的动作无须这么大，您身着的沉浸服是MataT7型号，只需要您用电子……”

“我没有什么好隐藏的，时间紧迫，您可以直接开始。”

“法老先生请稍等……”元警说完，扫描起殷浩存的私域舱，看到一堆叫不出名字的石榴状渗透病毒和数千只纳米网关渲染病毒。

“可以了，感谢您的配合。”元警转向法老，“到您了先生。”

法老瞬间笑成了一朵花，一脸无所谓地扬起了双手。

“法老先生，我检测到您的私域库里有一个病毒封装格式的文件，您能告诉我这是什么吗？”

“对，病毒封装格式。”法老看着殷浩存的眼睛，“病毒封装格式的文件又不是病毒，你看到的杯中蛇，也有可能是弓的投影。你再仔细找找，我的私域舱里常年存着上百份病毒封装格式的文件，你说的是哪一份？”

“好的，请您稍等，法老先生。”

“妈的，这只老狐狸想鱼目混珠，谁会在自己的私域舱里存储上百份病毒封装格式的文件啊！”殷浩存的私域频道接到假扮“元警”的穆若愚的消息，“比你还要毒枭！”

“按照正规的流程，元警只能抽查十分之一的文件，这估计是老狐狸进大厅前就准备好的底牌。咱们找不到那张NFT，只好来硬的了。”

“敬酒不吃吃罚酒，我演个元警这么不容易，感觉被他牵着鼻子走！”穆若愚一边愤愤说着，一边见元警于四面八方的虚空中陆续上线，取代了刚才交易员的位置，挨个检查用户的携毒情况。

“你等我的消息，我在他私域里打开一道后门，你把渗透病毒送给他。”殷浩存说。

“我准备好了，你一定记得把后台收拾干净！吓唬他一下吧，不用真的把病毒引爆……”穆若愚想起自己中毒后的惨状，“不用真的引爆对吧？”

“现在不是问这个的时候，准备好了吗？”

“怎么样元警先生，十分之一的文件还没检查完吗？”法老问了一句。

“很快就完成了，请您少安毋躁。”

“倒计时准备，三、二、一！载入!”

三个人以三角之势静静地站在交易大厅的灯光下，须臾间像是陷入了静止，没有人说话。

但在这平静的表面背后，一项精密的“种毒手术”正和时间赛跑。这项种毒手术堪比战地医生在尸横遍野的战场上迅速用手术钳从剖膛的伤患体内连续取出弹片，只不过正好是反的：穆若愚负责“开膛”，殷浩存负责“投毒”，然后以潜伏期作为威胁，逼迫法老将死神的遗产交出来。

“搞定了。”穆若愚在说话的瞬间褪下了身上那套元警制服，再次以考究的小礼服形象出现。

“你不是元警。”法老没有惊慌，默默地看着穆若愚，“你是让整个大厅陷入混乱的元凶。”

穆若愚笑了一下，避而不答，他才不会傻到通过任何暗示承认自己的身份，给对方留下监控证据，那是连初入新冶区的新手都不会犯的错误，“我刚才看到您的私域里还有一份渗透病毒，您怎么能带这么危险的东西来交易所呢，法老先生？元警快要检查到你了。”

“渗透病毒？我老了，不太懂你们这些年轻人的新词。”法老笑了起来，丝毫没有惊慌之态，他不受威胁，反而自顾自地展开了一块全息面板，同时搜索出渗透病毒的官方定义：

> 渗透病毒，顾名思义，是以元境为传输平台，在破坏文件数据的同时，释放大量能够瞬间引起人类生理反应的病毒。元境诞生以来，渗透病毒逐渐取代了只能在网络中

肆无忌惮的渲染病毒，它后来居上，成为赛博综合征最主要的诱因。

最早，它是通过违法的色情服务诞生的，沉浸舱刚刚崛起的时代，病毒主要通过影响人类的五官感受，达到影响生理的目的。一些用户在体验元境色情服务时被黑客侵入，看到了极其恶心的画面，听到了无法忍受的声音，嗅到了惊人的恶臭，从此心理上有了严重的创伤后应激性障碍。

直到二十一世纪四十年代，澳大利亚出现了轰动整个世界的“电子金皮树叶谋杀案”。病毒的制造者记录了哺乳动物在受到金皮树叶伤害时的心跳、血压及各项新陈代谢速率等病征上限，最后将这些数据分布储存在一系列单向刺激人体敏感度的情绪包中，缓慢地刺激受害者的精神，并不断升级其毒性，相当于不断地用极为恐怖的画面惊吓幼儿，最终导致被害者经过整整两周痛不欲生的折磨后，在生理极度紊乱的状态下吞枪自尽。

那一年起，渗透病毒被各国政府定性为电子核武器，严格受到联合国虚拟媒介犯罪科的监控。不过，市场上的渗透病毒却依旧屡禁不止，虽然没有再出现过致命的极端案例，却使得赛博综合征的患者与日俱增……

“哦！我想起来了。”法老装作恍然大悟的样子，“有很多人以为这种反人类的东西是我发明的。”

他停顿了几秒，面色微微有变，显然已经在自己的私域舱里扫描出了渗透病毒。

“想必您已经收到我们送给您的小礼物了，容我向您解释一下现状吧。”殷浩存从容地说，“一会儿会有元警来搜您的身，您不用担心我们，我们如今干净得很。他会搜到您为了掩人耳目而准备的一堆病毒封装格式文件，以及其中比较特别的那份，这会让您的嫌疑无法洗清。”

“你现在有三个选择，”穆若愚跟着说，“第一是无动于衷，你的所有NFT很快会再次被元警扣押，但同时，元警会发现你携带的渗透病毒；第二是你立即强制下线，这能解决今天的所有问题，但会被元警认定为做贼心虚，好处是能拖延一段时间。”

“第三，你把我需要的NFT交易给我，我拿走你身上的渗透病毒炸弹，我们从此老死不相往来。”殷浩存最后说。

“你们布这个局真是花了不少心思，失败了还能借刀杀人，真是后生可畏！”法老微笑的表情中满是真心赞扬。

“我们这样做，手段委实不算光明，但最终是为了引起您足够的重视。如果您配合的话，我依然会支付合理的市价，甚至高出一倍……”

“啧啧，果然是死神的遗产，谁拿到谁就会倒霉。”法老幽幽道。

“并且，我们还能保证您全身而退，否则……”

“哈?”法老笑出声来，“小伙子，你们自己都没办法全身而退。如果我是你的话，现在就已经让渗透病毒生效了。你们两个在投毒之后还这么孬种，是没有资格和我谈判的。”

“不要触发，这是激将法！”穆若愚在私聊频道说。

“我们本来就没有其他选择。”殷浩存当着法老的面摇了摇头。

穆若愚紧张了，面前又是一条无法回头的不归路，他还没有想到要说什么，忽然听到法老喉咙里滚出一声吃痛的哑叫。

病毒程序触发了，法老的右手开始不自然地抽搐。

“这是什么病毒，我……你们……有没有找工作意愿，啊……我觉得你们通过面试了。”法老的声音变得不再正常。

“你们这样做可是触碰了我的底线。”忽然，有第四个声音出现在他们的公域频道，“借过一下，我是医生，这里有个病人需要抢救。”

“花昭?”穆若愚梦中惊醒般转身，身后没有人，周围的空气却振动了起来。除了他自己，居然还有人能够在已经被封锁的拜占庭元境交易大厅中随意进出。

殷浩存心头一惊，这人很可能始终站在他们身边，只是刚才用了更加高级的权限隐身。

“你到底是谁?”

殷浩存问话的同时，身边的空气微微颤出一个人形轮廓，光追效果载入后，身穿蓝色手术服的医生出现在众人面前。

“我都说了我是医生，你还记不记得上次你费了好大的功夫让我联系菠菜头，帮你去元境抢NFT?”花昭看了看穆若愚，刻意流露出很失望的语气，“医者父母心，我今天就预感这里会出事，还好我出现了，大家都不用怕，很快就会没事的。”

穆若愚吃了一惊，回想上次的濒死经历，难道真正的雇主就是自己的守望人殷浩存?

法老的小个子模型抽搐着倒在了地上，像是在经历戒断反应的巅峰期，嘴唇微张，不断呼出沉沉的气息，说不出一个字，渗透病毒已经完全扩散到了他的终端以外。他几乎不停地使劲闭上眼睛，再使劲睁开，没人知道他的眼前闪过怎样的画面，但明眼人都看得出来，他的视线已经失焦很长时间了。

花昭用手拨了拨他的虚拟眼睑，摇了摇头，“他本来就是重度赛博综合征患者……你们下手也太狠了。”

“他自己选的，我给过他机会。”殷浩存毫无愧疚，“如果你不介意的话，在他完全失去意识之前，我还有件大事要问清楚，还请你先回避一下。”

“俗话说，别人不给你，你不能抢，”花昭悠悠地说，“比抢更差劲的，是用下三烂的方式逼着对方交出来。”

“喂，医生，我不记得我上次被渗透病毒攻击的时候，你也有救死扶伤的心，”穆若愚生气地皱起了眉头，“但这次你别想妨碍我，你的物理地址已经破解了，距离我不过几十公里。”他一边说着，一边捏紧了拳头。

“你都说是几十公里了，这么远，你让我怎么捞你？”花昭瞥了他一眼，“你记不记得我在你临死前还表扬了你来着？这次我要收回了。”花昭面不改色，两人分明是第一次在元境相遇，却格外熟络，“你威胁我的方式，真是特别。你都不知道自己在哪条船上，干吗要跟着坏人说狠话呢？我有个小提议，你现在就滚下线，还来得及。”

“同样的话。”殷浩存微微点头，“这是我给你的——最后的机会。”

“那就没有什么好聊的啰！”花昭说着手掌一展，掌心上忽然出现了一张全息身份卡，与之前穆若愚假扮元警伪造的相似，但更加高级。这是一张国际认证的元境杀毒专家身份标识。“元警！”他突然大呼了一声，附近立即有元警瞪大眼睛朝他走了过来，“一个不够，我需要三个！”花昭在空中比出“OK”的手势，晃了一晃。

穆若愚与殷浩存愣住了，他们没想到节外生枝的角色居然能够调动公域的执法人员。

“我是国际元境杀毒专家，S+级。你们三个负责看住他们三个，如果有人强制下线，那就是这次病毒事件的罪魁祸首，你们第一时间跟进到底。”他又转头指了指穆若愚和殷浩存，“不要乱动哦，你们的物理地址也保不住了。”

“在此之前，不应该先核实一下他的真实身份吗？”穆若愚对身边的元警提示道，他怎么也不相信每次为了两丹跟自己在新冶区厮混的花昭居然是公务执法者，“如果他是个冒牌货……”

“嘘！”花昭示意穆若愚噤声，“我要做我最擅长的工作了，请你先保持安静。我的身份在亮牌之前就已经上传到了拜占庭元境的数据库里……和你不一样。”

三名元警果然乖乖听从花昭的调遣，穆若愚、殷浩存以及法老脚下都出现红色的圆圈，他们被锁定的同时收到了拜占庭元境的官方通知，一半是道歉，一半是警告，强制他们配合完成调查。

“我改主意了！你的话那么多，我需要先查实你的身份，”花昭忽然转向了穆若愚，他笑了一下之后脸色骤变，“把私域舱都打开！”

穆若愚只能照做，好在这回他的私域舱里没有任何违禁品，只是有一种被对方霸凌式的命令撕破了安全感的惶恐。

“啧啧啧，没什么大问题，就是品性不太端正。”嘲讽完穆若愚的藏品品位，花昭转头盯住殷浩存，轻描淡写地说道，“而你，我感觉会很有麻烦。”

忽然，穆若愚收到了一条私密的交易请求，居然是身边的殷浩存发来的，定价为0，穆若愚想都没想就同意了。

穆若愚以为殷浩存会把身上所有的违禁程序压缩传给自己，正害怕时间不够，毕竟他身上的渗透病毒和渲染病毒太多了，没想到殷浩存在临检之前传来的是一张容量不到1G的NFT，一秒之内，交易完成。

穆若愚偷偷预览了一下，是一张NFT图片，画面上是一块石头。

他立刻反应过来，这是殷浩存随身携带的数字遗产。

“你带这么多渗透病毒进来，是准备把拜占庭元境的所有用户都宰了吗？”花昭话音刚落，身边的三个元警顿时如临大敌，几秒钟后，交易大厅的所有元警都在原地发出信号，一只半圆形的泡泡瞬间将包括三名元警在内的七人罩进了其中，穆若愚、殷浩存以及法老的身上分别出现狙击瞄准般的红色标记点。

“不用我说，你们也知道这是什么意思吧？”

穆若愚与殷浩存深感不妙，最高级别的“隔离沙盒”锁定了他俩，随时能够将包括法老在内的三个虚拟形象以及身上携带的文件一同粉碎。

“你还有最后一个私域舱没有解锁，是等着我帮你挤碎它吗？”

殷浩存面露不忿，“打开了。”

“哦？里面居然是空的？我还以为你心里藏着块大石头呢。”

殷浩存的眼睛亮了一下，可没人意识到，同时因这句话而警觉的，还有正被病毒折磨的法老。

“到你了。”花昭终于转向痛不欲生的法老，“你才是这里最腐朽最神奇的存在。”他一边说着一边开始杀毒，“其实我一开始就注意到你那非常不乐观的状态了，我行医十多年，见过赛博综合征的病龄比你更久的病人也就一个……在现实世界，你恐怕连站都站不起来吧？我早已久仰法老的大名了，虽然现在受渗透病毒的折磨，但和你之前饱受摧残的病症相比，不过小巫见大巫。”

花昭没说假话，他絮絮叨叨的同时，双眼的瞳仁变得灰白，这是他一边杀毒一边保护自己时的拟态。不一会儿，法老的双眼中逐渐恢复了清澈。

“病毒已经查杀干净，你还剩最后一个加密的私域没有打开，”花昭看着法老，“这里面不会是你专门为我准备的谢礼吧?”

“真的要看最后一个私域舱里装着什么吗?”法老朝他狡黠地笑了笑，他又有力气说话了，毫无顾忌地扫视着其他人，“好奇心会害死电子猫。”

“不要紧，电子猫的重生次数可不止九次。”花昭笑着指了指法老身上的红点。

“悉听尊便。”

保险起见，花昭依然给自己的瞳仁蒙上了一层梵塔黑的过滤，“我还以为是什么呢，”眨眼间，他又把角膜上的滤网程序关闭了，“一份病毒封装格式的文件。你这文件还没来得及放进回收站吧，挂载了两份病毒在上面，我拿走顺手帮你丢掉就好。”

“我不信，”法老笑了，“稀罕这份病毒套餐的人并不多，好巧不巧，今天全罩在这泡泡里了。但最会兜圈子的是你，一会儿要秉公执法，一会儿要救死扶伤，最后还要顺手牵羊。”

“再过一会儿，我还会成为代表拜占庭元境的官方媒体发言人，”花昭调笑道，“我现在练习一遍给你们听，顺便帮大家梳理今天发生的所有事：一个患有新孤独症的赛博综合征病人，勾结了一个满舱都是渗透病毒的极端分子，企图报复虚拟社会。他们以投放病毒的方式，迫使拜占庭元境交易大厅的所有交易停滞，并用渗透病毒伤害了一位患有重度赛博综合征的老人……好在我及时赶到，在本地端元警的协助下化解了这场危机。充满感激之情的老人决定将他珍藏的一份文件赠予我，虽然这份文件对我没有什么用，而且文件里还残留着病毒，但不管怎样，都是老人的心意……你们觉得我这份发言稿还缺点什么？”

“不如直说你拿到的文件其实是‘死神的数字遗产’，戏剧效果拉满！”法老当着元警的面一针见血。

“这个故事留给你去电子监狱探望他俩时亲自讲吧。”花昭陡然收起了笑容，吩咐道，“先把他俩彻底销毁，然后帮这位法老先生全面杀毒后，再放了他。”

“不要这么着急，”法老摆了摆手，“现代年轻人的网络社交节奏太快了，你们互相都还不太认识就能打成一片……不如我来介绍一下，”他指了指殷浩存，“这是把自己当成死神数字遗产唯一继承人的死神之子。而这一个，”他又指了指花昭，“从小被黑色梵音养大的赛博遗孤，算是恶人谷养大的孩子，我有没有猜错？”

穆若愚扭过头，看看面色冰冷的殷浩存，再看着同样面色冰冷的花昭，有种小白兔卷入史前巨兽打架的不真实感。

“这么重要的事你都没有告诉过你的行骗同伴吗？”法老撇了撇嘴，“唉……我也是受了一场折磨后才刚想通的。”

“我觉得你是赛博综合征发作了。立即开始定向粉碎！”花昭发出命令时隐隐溢出几分急切，但身边的三名元警居然一动也不动，他狠狠皱起了眉头，下一秒元警像三个大沙袋一样倒在了地上。

“浩存……”穆若愚轻声提示了一句，眼神却始终着了魔般看向防御泡泡以外。

防御泡泡内仅存的四人同时扭头，拜占庭元境交易大厅内，不断有元警轰然倒地，一个接着一个，不一会儿就全军覆没。

“这就是我为什么喜欢老办法！”法老的语气像是刚品尝了一口陈年佳酿，“这种病毒比渲染病毒要强，但比邪恶的渗透病毒更加人性。殷浩存，你应该骄傲才对，”他说，“这是你父亲发明的，我只是进行了改良。”

“现在，我要求还站着的诸位耐心地听我说两句。”法老做出拍打花昭肩膀的动作，让他与另外两人站成一排。三人都比法老高出许多，此刻却像是被笼罩在他的阴影下。

“根据我的推算，你们任何人抢走NFT都没有用。你以为跟你手上那张大石头合成后，就能让黑色梵音满足你的愿望？”他拍了拍殷浩存，“你不知道，真正的数字遗产一共有三张NFT。他就知道，”法老看着殷浩存，又指了指花昭，“而且他一早就知道你的身份，所以才会诧异你‘心里的石头’不见了……”

法老说话期间，穆若愚感觉花昭朝自己的坐标靠近了一些，他以为花昭已经发现那张NFT在自己身上，因此有所图谋。穆若愚很是反感地怒目回视，这才发觉花昭已经站不稳了。

花昭扭着身子，双脚在地上打滑，双眸猛睁，亮起灰白色的眼睛奋力反抗。无奈摇动的幅度却越来越大，他扶住穆若愚的肩膀，死死地盯了他一眼，像是还有话要说，却只能顺着穆若愚的手臂滑倒在地。

“他说得对，有些东西，不是你的，单靠抢是没有用的。”法老瞥了一眼地上的花昭，“放倒了他，相当于我正式与黑色梵音宣战了。唉……”他摇了摇头，“希望这是我与他们的最后一战，”他竖起一根手指，然后又在殷浩存的肩头戳了两下，“换做我是你，心里也会有很多疑问，这是好事，目前我正好需要盟友一起报仇。要不要一起合作，敌人的敌人？”

“我没兴趣和任何人合作，如果你先把死神的遗产给我，我们可以聊聊结盟的事情。”殷浩存盯着法老。

“如果你准备好了，就来新冶区找我，无论来与不来，都尽快决定吧。你知道的，新冶区的环境很复杂……时间不早了，不如就此溜之大吉好了。我不知道你俩谁在被搜身前，释放了大量的纳米网关物理病毒，既然退路都已经铺好了，不如也顺便送我一程。”

穆若愚惊讶的同时，斗志也疲软了，他和殷浩存抽身保命的底牌，居然就这样轻易地被法老知晓。这只老狐狸甚至在被渗透病毒侵害的同时，都有办法干掉他们和所有元警。

“我以我父亲的名义发誓，如果你要诈，我保证你往后人生的每一秒都恨不得猝死。”殷浩存恶狠狠地说。

“如果……”法老最后的话没有说完，数千只纳米病毒同一时间咬断了数千个路由节点，拜占庭交易大厅陡然黑成了一片。

万籁俱寂，世界像是从未有生命诞生过一样，所有人都在现实世界睁开了眼睛……

拾肆

弥诺斯俱乐部的清晨，海伦一脚由内向外踹开了门。

她双手各提一个威士忌的空瓶，打开垃圾箱盖子的时候感觉手臂累得发软。丢过垃圾后，她微微整理了一下刘海，双手交叉抱肩，不住地轻揉着。她仰头看向树林与沙地交汇的土脊，有个非常模糊的人影朝她的方向靠近。

海伦抬起手表，日出过去了两个小时，也就是穆若愚迟到了两个小时。今天早上，三十多台轮椅都是荆横帮她提上升降电磁滑轨的……

第二天上班又迟到，这已经完全不能容忍了！

海伦决定给他惩戒，至少要让他发个毒誓或者被威胁到才行。于是她翻开了垃圾箱，把刚刚丢掉的一只空瓶子重新捡了出来，手握瓶颈，把瓶底狠狠地敲碎在身边的水泥阶上，玻璃刺张牙舞爪地正对着林地的方向。

直到她看清了来者的轮廓，半只酒瓶下意识地从手心滑落到地上，惊恐爬上了脸庞，她飞奔着朝对方跑了过去……

“花昭！”

海伦，真是太抱歉了，我今天因为非常麻烦的事情不能来上班了。我知道现在请假也太晚了，请给我最后一次机会，明天开始，所有的体力活儿都由我一个人完成！抱歉，抱歉！

简简单单的一张请假条，穆若愚擦擦写写，整整编辑了半个小时，却依然觉得过于敷衍。最终心一横，抱着被辞退的打算，在全息面板上点中了“弥诺斯海伦”的头像，将消息发了出去。

弥诺斯俱乐部的工作，他暂时分身乏术。昨晚算是从拜占庭元境捡了条命回来，被强制下线时已是后半夜，殷浩存像是被巨大的失败笼罩着，沉默不语。穆若愚知道他有所隐瞒，但还没来得及问，忽然感到无比的头痛——他的赛博综合征第一次发作了——于是他强忍着痛苦来到客房，一头栽倒在了床上。

等穆若愚从床上爬起来，已经过去了十一个小时。他意识到，精神是养饱了，但工作可能已经丢了。

“你没睡?”他循着浓烈的烟草味下了楼，看到殷浩存还穿着沉浸服，正坐在沙发上抽烟发呆。

“你醒了?”

穆若愚坐到了他的对面，抬眼看着天空海洋翻转的天蓝绘饰，也点了一根烟。

“我昨晚在新冶区绕了半宿，也没找到法老的坐标。没有守望人帮我把风，我只能小心地慢慢找。”

穆若愚静静地看着他，殷浩存的眼神里透出一股不达目的不罢休的决绝。

“我准备在你醒了之后就重返新冶区，我们要快，这次你来当我的守望人。”

“不。”穆若愚斩钉截铁地说，“我昨天忽然想通了一个问题，如果法老说有三张NFT是真的，那么你之前关于两张NFT的故事就是假的。有可能是你听错了，也有可能是你编的……”

“我第一次从这里离开的时候，你就跟踪了我的物理地址?”穆若愚指着他大声问道。

“对。”

“你他妈耍我！我第一次和你执行任务差点儿被渗透病毒弄死!”穆若愚“轰”地从椅子上站了起来，顺手拎起了烟灰缸，长椅砸在地上，烟蒂与烟灰撒在两人中间，腾起一道渐散的灰雾，“你故意制造我们同时接到任务的假象，那任务不是花昭发布的，而是你发布的!”

“是。”殷浩存说，“因为我一时找不到一个好手，况且，你知道的越少，就越安全。”

“汪汪汪！”松狮犬在楼下听到了动静，疾步冲了上来，在门口朝着两人不停吠叫。

穆若愚捏紧烟灰缸的手指慢慢褪白，“看在狗的面子上，我先不打你，你把话都说清楚了。”他说着把烟灰缸砸在了桌面上，内嵌的电子面板被砸出朝四面八方皲开的裂纹。

“自始至终，我都是为了复仇。”殷浩存也不着急了，如果没有穆若愚的帮助，他无法实施接下来的计划，“我只有两件事情对你说了谎。合成NFT会让黑色梵音帮你实现邪恶的愿望，这尽人皆知的传说是我编造的，但我愿意相信诸如此类的不良动机；那个当年最强的黑客DAO组织叫黑色梵音，我父亲确实被其中一个黑客害死了，具体是不是因为父亲良心发现急流勇退，我并没有彻底弄清楚，但这也是我愿意相信的。我只知道那个造成我人生悲剧的黑客叫邢天，我说了，小时候见过他来我家，在很长的一段时间里，母亲因为很难走出悲伤的情绪，禁止我使用任何高科技的设备，间接导致了我在成长的过程中没有任何的伙伴……我听说你有新孤独症，但你体会过那种孤独吗？因为被科技抛弃，而与现代社会格格不入的孤独……这个世界上，我与邢天唯一的联系，就是我父亲消失前留下的NFT，而你的那张也是同时设计出来的，但我一直以来都以为是两张，直到昨天才明白两张是无法进行合成的，还有一张下落不明。但我成功地钓出了花昭，我最害怕的，是黑色梵音对此已不再关心。好消息是，他们也想插手。”

看着殷浩存的眼睛，穆若愚感觉对方说的是真话，但他的NFT是从已故母亲那里继承来的，他的人生中，从没有出现过邢天这样奇怪的名字。“法老跟这一切到底有什么关系？黑色梵音还存在吗？

为什么会有个被养大的遗孤花昭?”

“我不知道，关于那一代人的历史，我也是费了很大的劲儿，才拼凑出一些支离破碎的线索。不过，我之前听过法老的名字，本以为他是游离在外的极恶之辈，但没想到他似乎和黑色梵音有恩怨。花昭很有可能是邢天的养子，但我一直没有查到邢天的死亡证明，我怀疑他还没有死。法老说是我父亲发明了他放倒花昭的伪渗透病毒，现在想来，或许法老也曾是黑色梵音的一员。”

穆若愚沉默了一会儿，试图缕清脑海中杂乱的线团。法老有没有可能就是邢天，他又为什么对这三张NFT情有独钟？为什么那一代的恩怨要延续至此？他想不清楚。

“你的复仇计划到底是什么?”

“如果邢天没有死，我就杀了他。”这句话殷浩存仿佛在心里默读过无数遍，“如果他已经死了，我就找还活着的黑色梵音成员问清当年的原委，有必要的话，我会将黑色梵音连根拔起！杀父之仇不共戴天，我不会放过任何一个元凶！你现在退出我也不会怪你，这毕竟是我自己的事情，我无法评估它的凶险程度，但我知道极高。三张NFT关系着我父亲临死前留下的凶手线索，等锁定元凶后，我不会再麻烦你。如果我拿到你的遗产，也一定会还给你。”

“可你这样做就是犯罪……”穆若愚深深吸了一口气，“现在一张在我这里，一张在法老身上，还差一张。”穆若愚扶起椅子，松狮犬几个箭步跳到了椅子上，用毛茸茸的大头去蹭主人的手，穆若愚捏了捏松狮，“那个谣传是真的，这份数字遗产是受了诅咒的。”

“所以……”殷浩存不太敢看穆若愚的眼睛，“我现在要再去一次新冶区，法老说不定在等我，至于你何去何从，我不勉强了。”

“我翘班了，第一次也是最后一次。”穆若愚摇着头，“像你刚才说的，这次我来做守望人，我也想知道真相是什么，但如果还是接近不了真相，我就准备放弃了。对了，昨晚花昭被渗透病毒放倒了，不会出大问题吧？”

“你也听到了，那是黑色梵音养大的孩子，不用担心他。”殷浩存说着深深呼了一口气，“抱歉。”

“你是该很抱歉。”

“还有件事。”殷浩存说着转过身去，打开了阿胜的古董陈列柜，从里面单手擒出一台限量版的PS5，立放在地板上。突然，他狠狠一脚踏了上去，PS5在地板上弹了一下，外壳碎裂，内部是空的。

殷浩存连着又狠踏了四五脚，塑料壳发出断裂的刺耳响声。

“你疯了吗？”穆若愚不解地大吼了一句，他来不及制止殷浩存，松狮犬被这突如其来的一幕吓到了，穆若愚连忙紧紧地抱住它。

殷浩存蹲了下去，伸手从里面缓缓抽出一块黑铁状的东西。他把那块铁疙瘩“啪”地拍在了桌子上，“时间紧迫，本来是想用智能改锥的。”

穆若愚这才看清楚，是那把老式的左轮手枪！

“你刚才用烟灰缸拍碎桌面的时候提醒了我，”殷浩存说，“我们在拜占庭元境捅了那么大的篓子，从昨晚下线开始，所在的物理地址随时有暴露的危险，虽然屏蔽干扰的黑盒子还在，但保不齐我进入新冶区后，你这里会有意外……”

穆若愚拿起枪掂了掂，卸下弹夹，六个弹巢都是满的，露出子弹尾部黄铜色的同心圆底。他把弹夹飞速地转了一圈，“咔嗒”一声合上。

“我准备离开这里，去一个隐蔽的地方上线新冶区，你作为守望人，在线上的危险不大，用阿胜的外设就好。”

“嗯，安全第一。”穆若愚把左轮枪的扳机口套在手指上转圈，“这把是你上次顶着我脑袋的枪？”

“是。”殷浩存耸了耸肩，终于叹了一口气。

“还是你带着吧，如果有人要在这里发难，早就来了。你进新冶区后，被反追踪物理地址的概率更大些，凶多吉少的时候，我远程拉你下线，剩下的就靠它了。”

“也好。”殷浩存皱了皱眉，“希望用不上。”

“希望用不上……”

新冶区的臭名昭著，还体现在那些无法言说的规则里。

所有用户都只能通过后门黑进来，进入这里并不需要签署任何服务条款与通用协议，但它的潜规则却不比其他任何一个元境少，并且莫名其妙。

系统偶尔会强制接管你的五感；系统偶尔会强制例检你的个人账户余额；系统为了加载本地的广告饰面，偶尔还会强制把你私域里不太能见光的光影记录，在最不合适的时候展现给所有人看……最重要的是，你以为是其他用户假扮系统设局陷害你的时候，却发现这些“偶尔的存在”已经被真正的系统强制完成了。

新冶区是否会对所有用户进行无差别虐待，完全取决于系统的心情，而系统像是个情绪极为不稳定的流氓，所有人都岌岌可危。

好在来到这里的人都不觉得自己是吃素的，更有甚者，闯进新冶区就是为了寻找刺激，或是与系统斗法。

几乎所有人都认为这是一片毒瘴横生的荆棘地，却也有人相信这是无政府主义者实现抱负的破败天堂。

“殷浩存，1，2，3，信号正常吗？”

“正常。”

“你半天没说话了，我以为有什么变故。”

“我在想，一个元境，凭我一己之力毁掉需要几个步骤……”殷浩存摇晃着一身肥胖的赘肉，为了隐藏身份，他直接盗用了阿胜在新冶区里的扮相，这让穆若愚第一眼看到他这副倒霉样子的时候忍不住想点个病毒模组程序炸在他身边，“人类社会为什么会允许这种元境存在十几年？系统刚才非要贩卖一份三百丹的加密文件给我，我还以为是我被法老识别到了，结果交易成功后，居然是一个裸女在厨房做饭的视频……”

“怪不得你没给我看……说到底还是因为这里是私域，除了管理员，其他人都没有资格进来，”穆若愚忍不住笑出声来，“你把交易权限共享给我吧，你没怎么在新冶区混过，接下来还会有各种低级骗子找上你……”

“有问题！”殷浩存忽然惊呼了一声，“新冶区的访问量瞬间暴增突破了两万。”

“跟我想的一样，”穆若愚露出胸有成竹的笑容，“临时拍卖会要开始了，死神数字遗产有可能出现在那里。你先跟着人流往前走，不要跟丢，不过其中有些人是专门负责带错路的。我在这里尝试找到真正的入口。”

殷浩存的眼前忽然有人亮起了“交易拍卖会具体地址”的广告，一个接着一个，色情暴力的AR emoji带着交易链接，毫无顾忌地闪在空中。

“你确定法老会带着NFT去拍卖会吗？”

“说实话，我没法确定，”穆若愚说，“不过我们已经在新冶区里像无头苍蝇一样乱逛了一个多小时，这个元境的变数太多了，完全没有循规蹈矩一说，法老这只老狐狸，如果真的想要拉拢你，怎么也该找个能露尾巴的地方。”

“嗯。”殷浩存觉得穆若愚的逆向思考有理，“上次的拍卖地点在下水道里，这次有可能重复吗？”

“没有过这样的先例。”穆若愚继续分析，“上次我也是在拍卖会开始后，分析常驻用户最集中的地点才闯进去的，只不过我找到的时候，已经开拍倒数第二件展品了。这次不能迟到，你发现任何不寻常的线索随时告知我。”

“感觉哪里都不寻常，”殷浩存跟着大队人马奔跑起来，每跑一步都感觉自己肥硕的屁股要带偏重心，“有寻常的才不对劲。”

“阿胜！”殷浩存身边忽然冒出来了一头直立行走的红鼻子鹿头人，“我以为你去芬兰了，还是说你现在的物理地址在芬兰？”

殷浩存放缓了脚步，他当然不认识红鼻子鹿头，也许是阿胜的朋友，也许是来钓鱼的。殷浩存在原地撅着屁股，双手扶着自己的膝盖，上气不接下气地朝鹿头摆摆手，装成一个刚被剧烈运动折磨过的胖子。

“查到他们的聊天记录了，鹿头的名字叫郝英琦，十年前他们就有联系，应该是阿胜的朋友。最后的聊天记录，两人约定阿胜会把自己在芬兰乱搞的直播链接发给他。”穆若愚提示道，“跟他说话不用太礼貌，这两个人的聊天记录全是污言秽语！”

“郝英琦，你还有心跟我提芬兰，我在芬兰吃坏了肚子，这会儿我还他妈坐在马桶上呢！翻到新冶区马上有拍卖会，就直接跳进来了。”

“好像也不是这么个脏法……”穆若愚看着殷浩存不怎么自然的演技，笑着咧开了嘴。

“你还是赶紧擦了屁股去干该干的事情吧!”郝英琦不怀好意地笑了起来，“我打听到了，这次暗标的只有一件东西，好像还是张被病毒腐蚀过的NFT，刚刚杀了毒，估计收藏价值不高……”

“控制心跳!”穆若愚看着体征监测面板，“你的肾上腺素在飙升啊！附近的怪物太多，别被捕捉到。”话虽然这么说，听到死神数字遗产的消息，穆若愚也登时兴奋了起来。

“所以我才觉得有意思，中过毒的NFT就像是……就像是酩酊大醉的美少女一样……有吸引力。”

糟糕到不能再糟糕的比喻！穆若愚忽然觉得殷浩存是个正直的人，完全没听过色情笑话的那种，对面看着他的鹿头完全没有被幽默到，一双鹿眼都瞪圆了。

“有道理!”郝英琦拖长了猥琐的声音。

“直接套他拍卖会的地址!”穆若愚催促道。

“我听说这次的拍卖会地址在一个垃圾箱里……”殷浩存压低了声音，似笑不笑。

“你听说?”鹿头上硬是挤出了眉头一般的沟壑，“你这货不是阿胜啊!”

“我还能是谁……”殷浩存笑得有点尴尬，完全不明白自己是怎么暴露的。

屏幕上的大胖子摇着头，顺手从怀里拿出了一颗石榴，那是包装过后的渗透病毒。

“不不不，”穆若愚赶紧说，“收起来收起来！你疯了吗？这里人太多了，每个人身上都有可能带着渗透病毒！我知道你想严刑逼供，可如果第一枪是你开的，不但会立即成为众矢之的，而且会引发小规模的病毒恶战，拍卖会结束了也没法脱身！听我的，把石榴收起来！”

“我还能怎么办？我没有其他办法了。”这句话他同时讲给穆若愚和郝英琦两人听，眼神坚定，已经下定决心要瞬间让郝英琦痛不欲生。

“我真是没有想到……”鹿头笑了起来，“你是去芬兰没带够钱吗？居然没有买拍卖会的地址就进来了，这不是你的作风啊，胖屁股？”

形势急转直下，穆若愚都看呆了，原来这些有钱人都是直接买坐标！

“他没认出你来！再重复一遍，刚才是他开玩笑，他没认出你来！问问他肯不肯卖坐标，胖屁股！”穆若愚忍不住跟了一句。

“这次你卖我吧，红鼻子。”

“就等你这句话呢！”鹿头兴奋起来，“一千丹，不打折，或者已经打过折了，看你怎么理解。”

“一千丹？那张NFT值不值这个价都不好说……”殷浩存一边说，一边把手上的石榴抛起来，再稳稳地接住。

“不要我就先行一步了，你可别后悔。”鹿头转身就要走。

“你也别后悔……”

“不不不，不能引爆！给他一千丹！”穆若愚急忙道。

“别走！我在马桶上脚麻了……”殷浩存说，“一千丹，我得换个姿势。”

鹿头笑着转过头来，咧开了大嘴，露出一圈鲨鱼般的尖牙。

“对方把交易链接发过来了，我再最后查证一下他们的聊天记录是不是伪造的。”穆若愚飞速地在全息屏上比对验证，“付款了，这两个败家子的老爹们现在还有生意往来呢!”

“这个也送你，”趁着穆若愚正在解析坐标，殷浩存出其不意地把手中的石榴病毒递给了鹿头，“找个没人的地方打开，里面有我存放的惊喜。”

“我就知道你有新收获!”郝英琦淫邪一笑，像是捡到了宝贝。

“你真是反元境人格啊殷浩存!”穆若愚在屏幕前感慨道，“地址是真的，你跟着这些人往前走，会遇到陷沙，直接跳进去，沉底，就是拍卖会的现场。”

殷浩存不置可否，往前走了两步，听见身后砰的一声，他不用回头就知道，郝英琦已经栽倒在了地上，“多行不义必自毙，不是我引爆的，不关我的事。”殷浩存撇了撇嘴，像什么都没有发生过一样，穿过了附近嘈杂的人群。

“刚才最后一爆……你私域舱里所有的渗透病毒都被锁了！看你自己干的好事，简直就是在帮新冶区的系统修防火墙。”穆若愚对着屏幕摇头感慨，“话说回来，新冶区真是深藏不露啊，系统第一时间就能给个人私域舱强制挂锁，跟它相比，拜占庭这种公域就是颗菠菜。”

他的屏幕上显示着殷浩存的私域舱界面，一堆石榴蒙上了猩红色，禁止使用的黑白标签像卫星一样绕着石榴转动。

“我到门口了。”殷浩存看着面前这片如摩天轮般大的沙海，金色的沙粒仿若活水，由中心向外翻滚出层层涟漪。

黑客们三三两两地围站在陷沙圈的周围，偶尔有人沿着周围的细沙一点一点向中心游走。

但当沙粒没过脚踝之后，无论你踏得多快，都不会再有任何“上岸”的希望，挣扎会让下沉的速度加快，几秒钟后，随着头顶的最后一抹弧线消失，整个人都会被沙粒吞个干干净净。

“沙池有多深?”

“未知。直接跳下去，如果有意外，我这边随时准备让你强制下线。”穆若愚盯紧了屏幕。

“嗯。”殷浩存深深吸了一口气，展开双臂，朝着沙面纵身一跃。

踩入元境的陷沙是一件有失体面的事情，但比这件事更加糟糕的，是整个人被陷沙吞噬后，全身的触觉会瞬间被新冶区的系统强制接管将近十秒的时间。那种感觉像是中了特制的渗透病毒，在被活埋的瞬间开始下坠，不但没有一丝光，身体还要承受被碎沙包裹的、令人窒息的压强，度过十秒左右异常艰难的人生。每个从沙面下冒出的脑袋都本能地吐掉嘴里的沙子，一阵呸呸声后才如梦初醒——嘴里是没有沙子的，一切都是幻觉。

陷沙池底居然是一个巨大的微重力山洞。

每个人都奋力从山洞顶部的沙层钻出脑袋，却发现自己并不会掉进山洞里，而是被倒束在原地，活像一只只打反了洞的鼹鼠。

直到完全挣脱陷沙，身体才能够轻飘飘地掉落在地上，而那些被带下来的沙粒会重新上浮，填补在微重力山洞的天花板上。

随着掉落的人越来越多，山洞里下起了一阵自下而上的沙雨。

拍卖台就在山洞尽头光源最充足的地方，懒洋洋的光头拍卖师“墨索里尼”盘腿抱臂，悬浮在拍卖台的正上空，他微微摇晃着，每一秒都像是在努力叫醒自己一样。

殷浩存拨开沙雨，游到了靠山洞右边石壁的位置，离拍卖台很近，但能见度很低。他在穆若愚的建议下选择站在前面，就是为了过滤起哄时花样百出的AR emoji，但又不至于让拍卖师看不清自己叫价。

见老僧入定一般的墨索里尼打了一个长长的呵欠，殷浩存自己也感到有点困倦。

“这块暗标地已经聚集了上百人，差不多要开始了。”

“拍卖会即将开始，但在此之前，我先给大家说两件事。”穆若愚果然熟悉新冶区的规则，话音刚落，墨索里尼就开始说话。

“那就是我刚刚尿裤子了！”传统的起哄戏码准时上演。

“所以我不得不悬浮着，为的是把裤裆晾干。”

“这一切都是因为我常年不换尿不湿！”

起哄的声音接二连三，大家瞬间笑成一片。

“第一件事，今天是我最后一次在新冶区里做拍卖师，说实话，我早就受够了你们这群口无遮拦的孙子。”他完全不顾台下的吐槽，懒洋洋地说。

“哦哟！好可惜！”有人装出惋惜的声音，“那我们以后去哪里虐你呢？”

“退休是因为结婚了，对象是只虚拟的鸡蛋！”

“人家最后一场拍卖了，大家还是尊重尊重他吧。”有个严肃的声音制止道，“最后一场就是拍卖他自己，起拍价零元，每次叫价要乘以十倍！”

“第二件事，今天的拍卖会只有一件展品。”墨索里尼无视地继续说道。

“因为剩余的九十九件都刚被元警查抄了。”

“最后这件是元警给他开的罚单！”

“胡说！最后一件是他老婆的虚拟蛋壳婚纱！”

“叭！”墨索里尼打出一个清脆的响指，身后拍卖台上的标的物出现了，“大难不死的NFT，这张画之前染上了双重病毒，很不容易才清理干净，起拍价五十丹。”

“之前的双重病毒是喂给你吃了吗，所以你要辞职？”

“我们半丹半丹地往上加价，你也多叫几次，以后没有机会了。”

“你可以声嘶力竭地叫，叫死在拍卖台上才是你命运的归宿啊！”

起哄依然在继续，但山洞里一下子亮堂起来，展品信息已经强行传入在场每位买家的终端鉴别模组中，在场的所有人都细细看着这件展品。

穆若愚调整着全息视频的焦距，终于再次见到了自己的遗产，顿时涌起了炸掉整个新冶区把它抢回来的冲动。

“五十一丹！”有人叫价了。

“你怎么一下子就加了一丹，嫌台上的光头走得不够快吗？”

“五十二丹！没意思了，大家都别叫了，我买了就散了吧，死光头就要离职了，我真的有点伤感。”

“怎么叫价合适？我没什么经验。”殷浩存问向元境外的守望人。

“有难度。”穆若愚看着上跳的数字，微重力山洞里的人越来越多了，“不识货的人都无法估算成本，前期就算加注，也不会太高。我们就先静观其变，每到拍卖师第二次念价的时候，如果没有人跟注，我们就涨五十丹上去，不要空标就行。”穆若愚突然想起阿胜发神经似的自己跟自己叫价的场景。

“现在拍卖场里有近两百人，一多半都是来凑热闹的，不是真心想拍，我可以直接叫个高价劝退他们，缩短拍卖时间，省得有后患。”殷浩存分析道。

“也不是不可以，”穆若愚说，“不要太高，在这里打草惊蛇也会有后患。”

“一百丹。”殷浩存在拍卖价抬到五十五丹的时候叫道。

“这谁啊？捣乱是不是？”

“哪个混蛋？一百丹臭显摆什么？你跟大光头有仇吗？”

“一百零一丹，我们重新开始，你们别阴我啊，其实我不要。”

“现在呢？”殷浩存又问。

“我们既然已经露出獠牙了，就玩到底啰。你根据他们的报价往上加，记得每次加注都是为了和他们拉开距离，不用太多。”

“一百八十丹。”殷浩存又示意。

“死胖子，我认得你，你上次就自己跟自己飙价！”

“胖子你完了，两次同坐标入境比对后，你的物理地址保不住了！”

“这话倒是听着耳熟。”穆若愚想着昨晚在拜占庭元境也是这么威胁花昭的。

“三百五十丹。”不知道是不是嫌这群起哄的买家太吵了，殷浩存第三次叫价的时候，又多飙了一百丹。

“五百丹。”第四次。

“七百五十丹。”第五次。

“三千丹！”忽然有个女人的声音直接把价格飙到了四倍！

“什么情况？”穆若愚和殷浩存同时起疑。

微重力山洞的买家们循声望去，那声音来自他们的头顶，一个刚刚从沙层天花板上钻出来的身影。

她梳着两条长辫子，因为倒吊在空中，长辫在微重力的作用下弯成两条半圆弧，挂在耳边上下摇摆，倒挺像米老鼠的。

“你们别骂我，我认得这张图，起价居然才五十丹，死光头是真的想在这个台子上多待一会儿啊！”女人的嘴笑出弧线时微微露出了牙龈，“如果我没看错，这张NFT应该就是‘死神的数字遗产’！”

“干！她是谁啊？这么识货！”穆若愚骂了一句。

“要让我倾家荡产的朋友来了。”

“是朋友们……”穆若愚看着监控面板上不断攀升的在线人数，“十秒内，新冶区里的在线用户上涨了百分之三十！虽然他们大多数都还没找到拍卖场的入口，但这数字飙升得比竞拍价快多了，所有人几乎都是冲着她那句‘死神的数字遗产’来的！”

“妈的！”殷浩存怒上心头，“法老这老狐狸到底卖的什么药，真要指着这张NFT夺一笔横财吗？”

“三千丹第二次！”拍卖师第一次懒洋洋地举起了小槌。

“四千丹！”殷浩存赶紧跟价。

“嘿嘿，急了急了！”拍卖场里又有人看热闹不嫌事大，“这要真是‘死神的数字遗产’，你加一千丹有什么用？”

“那就六千丹呗。”女人懒洋洋地说。

“一万丹！”殷浩存不想演了，这已经不是暗斗的环节，明争一旦开始，每次出手都要带着置对手于死地的杀机。

“一万五千丹。”女人像是在做游戏，叫出标价的同时扭了扭，两条辫子跟着乱晃。

但她很快就静在了原地。

“四万丹！”殷浩存的报价突然涨了两倍多，已经是起拍价的八百倍了！

起哄的都不说话了，他们纷纷看向倒吊在空中的女人，像是在以注视给她压力。

“哪里值四万丹啊！我不买了，我已经逼得你血本无归了，谁知道是不是真的死神的遗产。”她居然最后还“呸”了一声，从无重力山洞的天花板顺着陷沙又钻了回去。

“都是瞎扯！什么死神，什么遗产，死神的姨妈都没这么值钱。”

“终于有人帮我们教训这死胖子了，这回傻X了吧！”

“四万丹第一次。”

“我们被套了？”穆若愚皱紧了眉头，这个价是他和殷浩存几乎瞬间商量出来的，“四万收了也好，新冶区里的在线用户数没有刚才飙升得那么夸张了。”

“四万丹第二次！”

“这次拍卖会每人的上限金额是一百万丹，我可是带着破釜沉舟的决心来的，四万算白菜价。”殷浩存说。

“四万丹第……”

“四万零一丹！”就在拍卖师即将落槌的瞬间，又有个声音从天花板上传了出来，场内所有人都是一惊，循声望去。这时，一颗脑袋钻出了沙面，一边尴尬地笑着，一边奋力地扭动身子，活像一条泥鳅。

“不好！”穆若愚大惊失措。

花昭杀到场了！依旧是一身手术医生的装扮。

几乎所有买家都鼓起了掌，他们最喜欢这种新冶区式的胡闹叫价风格。对方不多不少，只在殷浩存的基础上加了一丹，这就是纯挑衅，而且是凭实力挑衅。

殷浩存把手塞进了胖子的裤兜里，左右两只口袋，各装着一只石榴状的渗透病毒，但被官方锁死了，没有办法引爆，“你想个办法，把我身上带的渗透病毒都激活，什么办法都行，我来跟他飙！”

“难。”穆若愚只说了一个字。

“四万零一丹第二次。”

“五万。”

“十万！”殷浩存的话音刚刚落地，忽然又有个声音直接翻了一倍，却不是花昭。

离花昭最远的沙层天花板上，一个扎着单马尾戴着墨镜的女人在报价的同时从天而降，稳稳地蹲在了地上。

一身黑色紧身皮夹克，拉链敞着，露出金色的十字架，她从地上慢慢站起来时活像超级英雄出场，白皙的面孔毫无表情，带着十足的杀气睥睨众生。

相比之下，花昭还在费力地从天花板的陷沙里挣扎着脱身，脸上带着自嘲的笑容。

“十万丹第一次。”

“我在新冶区这么久，从没见过这号人物。”穆若愚第一时间去搜女人的ID：布伦希尔德，只搜出这是北欧神话中女武神的代称之一，“现在只能死磕报价了，新冶区的防火墙我已经试着攻击了上百次，所有渗透病毒的激活程序都被斩杀在了墙角。”

“继续寻找漏洞。”殷浩存匆匆说了一句，“十一万丹。”他紧跟着高叫了一声。

“十一万零一丹。”花昭也毫不示弱，却依然贱兮兮地只加一丹。

“好样的！下次你再加一丹的时候，这一丹我帮你出！”台下有人跟着叫好，AR大拇指emoji闪着金光从他头上冒了出来。

“十一万零一丹第一次！”

“十一万零一丹第二次！”

“十二万丹。”殷浩存感觉自己等不到身后的女子抬价了，赶紧补了一万。

“这价格都要赶上上一场的《蒙娜丽莎》了，你别告诉我这条破锁链也是达尔文画的！”

“我呸！那是达·芬奇！什么都他妈不懂。”

“十二万丹第二次。”

“二十四万丹。”女武神开口了，又把价格翻了一倍。

“二十四？我没听清楚，这姑娘叫的是二十四万丹还是二十四完蛋啊？”

“姑娘叫什么都好听，光头听懂就行了，闭嘴吧你！”

“二十四万丹第一次。”

“二十四万丹第二次！”

“二十五万丹。”又是殷浩存，“发现规律了吗？”他问穆若愚。

“何止是我们发现了，但凡稍微注意点局势的人都发现了吧……”穆若愚摇着头，“花昭和那个姑娘是一伙的。他们从来不在对方喊完后飙价，完全是冲着你来的，一个每次只加一丹，故意向你挑衅；另一个每次翻你一倍，要你知难而退。”

“二十五万零一丹。”果然是花昭的声音。

“这样下去不是个办法，我们早晚会被叫死，花昭的身价有多少，我们无从得知，何况他还叫了个外援来，”穆若愚气沉丹田，“我们速战速决！”

“我刚才说了，这位兄弟最后一丹我来出，说到做——”

“一百万丹。”殷浩存打断了起哄者的话，山洞里像是骤降了温度，所有人都不说话了，他们知道胖子挺有钱的，但没想到会这么有钱，而且这么花得起。

“这胖子不可能是其他人了。”只有花昭的声音从后面传出，“但我不知道你是殷浩存还是穆若愚，昨晚睡得好吗？我可是做了个噩梦……”

“一百万丹第一次！”叫到了这个价，墨索里尼的声音都变得精神了起来，之前的懒洋洋像是被这喊价横扫一空。

“比你好，毕竟我们没中渗透病毒。”殷浩存头也不回地说。

所有人第一时间看向女武神，按照刚才的规律，她该叫两百万丹了。所有人这一刻也都相信，台上的这张NFT必定就是死神的遗产，只是这份数字遗产代表什么，又为什么这么值钱，众人各有各的猜测。

“花昭，我没带够钱，你不要拍了，你身上的五十万丹给我。”女武神头也不转地说。

“加起来也就一百万，我们还是要不起啊！”花昭在原地挠了挠头，此时此刻，最后进场却刻意站得很远的这对男女，已经毫不顾忌了。

台下的那群起哄狂魔都听傻了，从没见过拍卖会上还有当着所有人的面融资的行为，而且是一百万丹的天文数字。

“一百万丹第二次！”拍卖师又高声叫了一句，殷浩存快赢了。

“喂，你刚才不是说会帮我们付一丹吗？还算不算数？”女武神低下头，问刚才屡次起哄帮忙加一丹的买家。

“算数！绝对算数！”买家感觉自己这辈子都没被这么重视过。

“那就一百万零一丹。”女武神戴着黑色漆皮手套，朝着拍卖官比出一个“1”。

这回连监视面板前的穆若愚都傻了，对方不但相互融了资，还像乞丐一样向人要了一丹！压垮骆驼的最后一根稻草，也就是这么一丹。

进入拍卖会时，每人携带的区块链货币上限，都会第一时间被系统核算清楚。如果叫出完全不够竞拍的价格，光头拍卖师断不会理睬。

而这次的上限，是一百万丹。

“一百万零一丹第一次。”

“这两个孩子该不会是光头的亲儿子和亲闺女吧，这是给他们光头老爸送行来了。”

“一百万零一丹，下台吧你！”起哄的人也朝光头拍卖师比出一个“1”。

“一百万零一丹，下台吧你！”几乎是所有人，都异口同声地喊出了这句话，一半把“1”比给拍卖师，一半比给死胖子殷浩存。

“我请求跟卖家谈谈。”殷浩存说。

“一百万零一丹第二次。”拍卖师完全无视了他的奇怪要求，“一百万，零一丹……”大光头说着举起了手上的槌子。

“等一下！”殷浩存吼了一句，“我还有一张死神的数字遗产！我申请置换交易！”

“笨蛋！”穆若愚急得朝他大喊了一句，“你忘了台上那张就是我上次因为置换交易被骗走的吗?!”

台下唏嘘了起来，不少却是带着同情的，因为他们都是新冶区电子赌场的烂赌鬼。

“花昭，什么是置换交易?”女武神直接问道。

“烂赌鬼们的基本操作了，”花昭笑着说，“不听劝地乱下注，赌着赌着就血本无归。往往这个时候，烂赌鬼的赌局才刚刚开始，在电子赌场里，没有人能借到一丹，于是赌鬼们开始变卖自己的家产，各种值钱的NFT被押上了赌桌，还有人押自己的虚拟人；然后是不值钱的，比如自己正在使用的沉浸舱设备；最后就开始自曝物理地址了，大吼着要交易自己的器官，一场烂赌局才达到了顶峰。”

殷浩存很长时间都没有说话，这是他没来得及和穆若愚商量的办法，殷浩存目前就是新冶区赌得最大的烂赌鬼。

墨索里尼的定音槌迟迟没有落下，他伸出拇指和食指，卡住自己的下巴，沉思了起来，花昭二人也是按兵不动。没有人起哄添乱，拍卖会自成立以来，第一次长时间保持着全场静谧，每秒都在打破纪录。

“不能给他!”全息面板前的穆若愚板起了脸，“这是法老的陷阱!我不知道老狐狸和你的死神老爹有什么私怨，但他的全盘计划都已经泄出来了：先引我们进新冶区，用他手上的NFT钓我们手上的，对方拿了你的私钥就会立刻消失，这是新冶区最低级的骗术了!”

“你说的我都懂，但到此为止，我反而觉得法老是针对我开了这一场拍卖会，来试探我的诚意。”殷浩存抬头看去，墨索里尼依然用手指夹着下巴做思考状，“你想想他昨天的话，现在最坏的结果，是法老其实有两张NFT，只差我这一张就能进行哈希值域合成，因为我们都知道只有一块大石头和一条锁链是没有用的。”

“他在让你赌，赌他手上有没有第三张。别冲动啊殷浩存!”穆若愚提高了分贝，“我们先不说你身后虎视眈眈的那两匹饿狼，别以为是你主动提出交易的就没问题，说不定我们的每一步都走在法老设好的局里！”

“我知道，但我赌法老也没有第三张。”殷浩存笃定地说，“这个拍卖会里还有黑色梵音的人，第三张在他们身上的概率反而更大，不然解释不了法老用渗透病毒把花昭放倒，并宣布与黑色梵音开战的逻辑。”

穆若愚闭紧了嘴，深吸了一口气，“有点道理，但我有些害怕咱们会像前几次一样中圈套……”

“你把64位字符的NFT私钥发给我公证。”殷浩存收到了墨索里尼的私信。

“总不能让花昭把这张NFT用一百万零一丹买走吧。”殷浩存摇着自己的肥头大耳，“我们没有退路了兄弟。”

“？”拍卖师发来了一个问号，他似乎有点不耐烦了，随时可能关闭交易窗口。

“穆若愚，石头在你的私域舱里，拿出来给他吧。”

穆若愚看向天花板，头顶的虚拟海洋中，几头黑白相间的虎鲸无声地穿过天花板。

“上传完毕。”

穆若愚只觉自己的思绪紊乱：我为什么会在这儿？我现在在干什么？我不是刚找了一份养老院护工的工作吗？

他从砸碎的液晶桌面上拿起了烟，猛吸了一口后，发出一声苦笑，他感觉自己和殷浩存在打水漂，而且在用“大石头”打水漂。

“新冶区为了一张NFT，连仅有的脸都不要了！”已经移到花昭身边的女武神瞬间就察觉到了异常，“那还有什么拍卖的必要？”

她说着，双臂交叉，居然从风衣里抽出了两把霰弹枪！

与新冶区陈旧破败的画风完全不同，两把霰弹枪黑得锃亮，别说马赛克，连一个坏点都没有。

“去死吧光头!”她不由分说地开枪了，左右两根枪管几乎同时喷出震耳欲聋的一响。

浮空的拍卖师的脑袋瞬间被自己的脖子顶了出去，整颗光头也跟着一起被拉长，变成一堆牙膏般柔软的灰白马赛克，径直喷到了微重力山洞的天花板上。极不稳定的膨胀像素斑正在将他覆盖，足足十秒，他的脖子不断生长——如果那条七歪八扭的像素软膏还能够被称为脖子的话——黏附在了山洞顶部的沙面上，而身体还保持着盘膝悬浮的样子，看起来像只可笑的大钟摆。拍卖槌从他的手心滑落，悠悠地荡了一下，悬停在了他的身边。

“这他奶奶的是什么病毒？完全没有见过啊!”微重力山洞的拍卖现场再次沸腾，但与之前不同，一多半骂骂咧咧的玩家都第一时间开启了下线特效，各种脏话夹杂在悦耳的世界名曲中，他们的身子也随着浮夸的光效扭动，不一会儿就消失在了山洞里。少部分的玩家选择了原路返回，如同初春探景的地鼠被猛兽震山的脚步吓到了，纷纷从天花板缩了上去。

不过三分钟的时间，拍卖会现场的人几乎走空，局外人只剩不到十个，依然站在原地，可能是艺高人胆大，也可能是因为八卦之魂熊熊燃烧。

“姑娘的大枪真是好看，还能造病毒……”就在女武神与花昭朝着殷浩存的方向走去时，一个说烂话的买家路过，他一边说，一边还在头顶亮出一个不雅的AR emoji。

瞄都没瞄，女武神单手朝着emoji喷了一枪，emoji原位炸成了一堆马赛克碎片，接着她把左手的霰弹枪一扔，被花昭稳稳地接住上膛。

“哇哦！我……”

砰！

女武神顺手又是一枪，那人的话还没有说完，牙膏状的马赛克就从他的身体里喷了出来。她重新拉栓，身边又有几个买家赶紧开启了下线特效，现在只剩下靠着山洞壁的几颗脑袋，藏在光线微弱的区域，希望被继续无视。

手持霰弹枪的一男一女，以三角夹攻的路线，缓步走到了大胖子扮相的殷浩存面前。

“你是死神之子的什么人？”女武神单手端着枪，瞄着殷浩存的头，“或者，就是本人？”

“其实并不重要……”花昭跟着把枪栓一拉，“重要的是，死神的数字遗产。如果我没有算错，两张NFT此刻都在这里，还有一张在我们身上。不如你现在联系一下法老，我们把各自的都拿出来，现场哈希值域合成，再定鹿死谁手啊。”

“穆若愚，他们说还有一张NFT在他们身上！你查到了吗？他们枪里喷出来的是什么病毒模组？”殷浩存并不接话，他通过私频给守望人发消息。

“查到了，这种病毒简直可以拿来拍卖了，是大概三十年前流行的程序，伤害并不大，对应的杀毒程序很快就能将其根除。但有一个难点，目前大多数的沉浸舱防御系统和古老的杀毒程序不匹配，之所以能在新冶区用，是因为新冶区不过是个私域，至少十年没更新过，用户黑进这里都会被系统进行降维自适应调整。”

“只听说过病毒太高级、系统跑不动的，第一次见病毒要连系统一起干掉的。”殷浩存冷笑了一声，“这对伉俪真是够疯，费心把病毒包装成这样就是为了在新冶区招摇……把一头驴打扮成恐龙的样子吓唬老虎，挺有成就感的吧。”

“还是要小心点，就像我刚才说的，新冶区本身是个陈旧的元境，同样也是滋养他们喷射病毒程序的培养皿。这种病毒在附着的同时会让整个新冶区如临大敌，优先调动系统的所有闲置算力来清除它。有点像是早年蒙骗安检带上飞机的象牙手枪，好在它的威力对用户是没有任何渗透性的。但你也看到了，这种病毒繁衍的速度极快。”

“我懂了，在他们开枪的时候，新冶区会因为算力调用而变得异常薄弱可攻，所以他们并不知道我在与墨索里尼私下交易，开枪挑了拍卖师只是以防万一，但他们现在应该已经检索到了。目前这里所有的渗透病毒还是处于禁用状态，他们的渲染病毒反而能够制霸。”

“我累了。”见胖子不回复，女武神再次把枪口提高，“我数到三以前，你可以选择强制下线，一……我家长辈不让我来新冶区的，我也不想来，二……”

“别着急开枪！”花昭阻止道，“你先走，这里的事情交给我来处理。我和死神之子很有缘分的，上次如果不是我低估了法老，死神之子已经被我大大方方地送进电子监狱了。”

“三！”女武神不听。

咚。

女武神的扳机按不动，身后忽然传来了一声闷响。

她和花昭下意识地回头，一个赖在拍卖场迟迟没有离开的买家倒栽葱般地扎进了地里，同一时间，原本悬空的无头拍卖师也砸在了拍卖台上。

“系统关闭了微重力系统，感觉是要反扑了！”穆若愚说。

“可惜货已经交出去了，我们只有等，没办法强制下线。”

咚、咚、咚……

除了殷浩存、花昭以及持枪的女武神，所有滞留的买家都瞬间倒地不起。

“这一幕我很熟悉，上得山多终遇虎，”花昭喃喃地说，“这就是我带喷子来的原因。昨天在拜占庭元境，我就是这么被老家伙放倒的，后来我才知道，这不过是种有一些渗透功能的渲染病毒。呵，我应该被吊销执照才对。”

因为微重力的消失，山洞中突然下起了沙雨，顶空的厚沙淅淅沥沥地坠落下来，转眼形成了一帘仿佛永无止境的沙幕。细沙无声地顺着每个人的轮廓、每把枪的轮廓、殷浩存大肚子的轮廓浇个不停，很快在地面积起了薄薄的一层……

突然，拍卖台的沙面上响起轮子碾过沙粒的声音。

“好久不见。”

三人回头望去，一个佝偻的身影坐在镶金的轮椅上，双手转动着两侧的金轮，慢悠悠地滑到了拍卖台的中央，他低头看着倒在面前的拍卖师，咋舌间面带微笑。

“我刚才不是在和你们说话，”法老转过头来，“我说的是这堆脖子里的病毒。”

女武神的霰弹枪第一时间朝着法老的位置瞄了过去，“如果你不想变成这样，我建议你把私钥发过来。”

“小姑娘，”法老把轮椅原地转了半圈，正对上台下的枪口，“我查过你们的私域舱了，你们没有带NFT来……不过不要紧，我像你这么大的时候，也经常撒谎。”法老说着弯下腰来，把正在受沙粒洗礼的拍卖槌捡起，“后来，我真的没有办法靠撒谎赚到钱了。你知道吗？我一生都只是个简单的生意人，现在行将就木，不奢望大富大贵了，只是偶尔做做掮客，赚点吊命的差价，却还要被你们一群后生折腾，今天一天下来，我是真的赔了不少啊。”

“欢迎光临寒舍，新冶区元境，是属于我的私域。”法老微微一笑。

“我只不过有这么一个破烂不堪的居所罢了，残垣断壁，四面透风，进来的人从不跟主人打招呼，偶尔还有你们这种杀我仆人、拆我家的狠角色……啧啧，都多少年了，我的义肢不知换了多少副，几十年前，我怎么也想不到，年轻时的仗会干到下一代还结束不了。”

穆若愚调整画面焦距，镶金的轮椅占住整个画面，他再度审视法老的脸时，才发现果然与昨天在拜占庭元境见到的差不多，只不过个子更小，也更苍老。

“这么多年你就没有学会一个简单的道理吗？不是你的，终究不是你的。”女武神微微扬起下巴。

“作为后辈，你再这么没礼貌，我就要送客了。”法老收起了笑容，“这里毕竟是我家，你们两个各带一把渲染病毒枪闯进来捣乱，而我的虚拟拍卖师尸骨未寒……”他指了指躺在地上的尸体，威胁的意味不言而喻，“我的收藏还缺一个角，我可以在这里等你们拿回来给我，只要交给我，你们想要多少丹，我就给你们多少丹，不过是数字而已，拉垮整个虚拟交易市场我都在所不惜，但我不建议你们耍花样。当然，你们也大可以挑战一下，挑战一下我这个风烛残年的老人家仅剩的决心。”

“那就没什么好谈的了！”女武神转过头看着花昭，“我说对了没有，跟老头老太太打交道最麻烦了！”

说完，她转身，瞄准法老的金色轮椅，决绝地扣下了扳机。

“先别……”殷浩存上前阻止时已经晚了，他的声音被巨大的枪声吞没，七颗子弹旋转着在空中绽开，如同霎时怒放的玫瑰。

法老愣了一下，但也只是愣了一下，子弹从正面钻了进去，仿佛把他佝偻的身体钉在了轮椅上。可是，没有一颗从他身后钻出来，他的身上也没有任何变异之兆，子弹宛如泥牛入海，完全被吸收了。

第一次，女武神的脸上闪过一抹惊慌。

法老摊开一只手，只见一枚完整的弹头从手心里涌了出来。

“你们知道为什么新冶区的货币单位被称作‘丹’吗？当年这里还不叫‘新冶区’的时候，加密货币都是金丹的形状，”法老双指捏住弹丸，“而你用的这种病毒程序，是我发明的。”双指一松，弹丸在地上弹了几下，“你知道我为什么被称为法老吗？在新冶区里给金丹挂载病毒的，我是第一个。但凡反抗我的人，脖子就会像被挤出的牙膏一样，他们管这种病毒，叫作‘法老之蛇’。”

“说开枪就开枪，沉浸舱里泡大的一代真是越来越猖狂了！既然你们这么着急，我今晚就带上死神的数字遗产，去黑色梵音拜访你们好了，该来的总会来……下面该删除报错程序了，晚上见。”

法老说完，花昭和女武神的头顶忽然传来哗啦啦的震响，所有的沙粒都加速砸向二人，天漏了，根本无从躲闪。

他们低头看着沙粒快速淹没了脚面，再抬头时已经埋过了肩膀。

不过十秒，沙雨立刻停了下来，两个人形沙包像是融化了一样，化为尘埃，不再有任何痕迹。

“活埋了?”殷浩存看着眼前的一幕，有些没反应过来。

“不，他们早就被踢下线了，你刚才看到的，只是删除程序后的AR呈像。”穆若愚还是有些唏嘘，“千禧一代里还是有高手的，但不是我们。就像法老说的那样，我们在他的私域里，不过是报错的程序，不仅没有退路，就连拍卖场本身都被系统粉碎坐标移除了。现在这里只剩你们两个人，你的渗透病毒还是没有办法解锁，所以，小心点……”

殷浩存默默点了点头。

“我大概真的已经很老了，还是喜欢人少、清静一点的场合。”法老看着殷浩存朝自己走了过来，“你最近没怎么控制饮食啊!”

“你要我带来的东西，你已经收到了。”殷浩存说话时微微抬头，肥胖的身躯在仰望时带着桀骜不驯。

“其实，我是一个很看重诚意的人，我查过你在新冶区的货币数量，也就一百万丹而已，所以你赌上了全部身家和死神的数字遗产，足见诚意。”法老微微笑了一下，“但我也一直认为，利益从来都比诚意更加有吸引力。而你现在还不知道，从你出生的那一刻起，我就和你系上了数十年的互利链条——因为我们有共同的敌人:邢天，和他的黑色梵音。”

殷浩存忽然收到一个新的交易请求，法老主动要将两张NFT免费转送给他!

“接受交易吗?”穆若愚问。

殷浩存没有答复，他在等法老说完。

“和你一样，我也不知道邢天在哪里，到底死了没有，但你要帮我毁掉黑色梵音。”

殷浩存深吸了一口气，他没想到自己赴汤蹈火也要得到的死神遗产，现在只需他首肯，就能进入自己的私域舱。

“黑色梵音手里的那张NFT于我而言并不重要，既然你是死神之子，什么东西归什么人，你的遗产我不想要。”法老目不转睛地看着他，“想必这几天的交手也让你看清楚了，如果不把黑色梵音翻个底朝天，死神遗产的最后一部分，你是无法得到的……现在，如果你接受了这笔交易，就代表答应了我的条件，我是个言而有信的人，今晚就去拜会黑色梵音。”

法老绝不是会贸然强攻的人，一念及此，殷浩存接受了交易。

“我也有个要求，你得把你的计划和盘托出，并且不能以损失我父亲的遗产为前提。”

法老笑了，“你听好了孩子，现在，你把刚刚收到的两张NFT都交还给我，你的第一步……”

法老开启了加密模式，身为守望人的穆若愚什么也听不到了。

几分钟后，他收到了一条来自新冶区官方的广播风暴消息：

拍卖补偿这种东西从来没有在新冶区出现过，这次也不例外！今晚新冶区会进行无限期休整，也许再也不会开放了，也许明早就会开放。如果你今晚很无聊，就带上你最强的病毒去下面的地址啰。但是你不敢，谁不知道你是个只敢在新冶区里观望的孬种呢！后会无期了！

消息的最后，是一个名为“黑色梵音”的私域直达超链接。

穆若愚一口气读完后，又细细读了一遍。

殷浩存的遗产之战正式打响了，看来他和法老谈得不错。法老真心险恶，他的一条广告能吸引数不清的新冶区混混杀进“黑色梵音”释放暴力，然后一夜之内把那里夷为比新冶区还要破烂的马赛克集中地。

穆若愚忽然感觉有点累，他本就不打算再跟殷浩存干下去了，无论正义与否，都不关他的事。他想等殷浩存从新冶区里出来，管他借一笔不多不少的钱，退出这种血雨腥风的生活。

殷浩存会尊重他的，过去一周的交情堪比来往十年的朋友，但他现在还没有出来。穆若愚百无聊赖放空时，脑子里第一个想到的，居然是弥诺斯俱乐部的海伦。

与此同时，他悲伤地发现海伦整整一天都没有回他的消息。

难过涌上了心头，穆若愚想，如果不在这里做守望人，不仅自己的工作能保住，也许还会收获一份爱情吧……

他打开了殷浩存的私域舱，以此提示对方自己在线，只是找不到与他会面的路径。两张代表死神数字遗产的NFT都在里面，一颗愚蠢的大石头和一条扭成“∞”的锁链，也不明白为什么会有人为这种低辨识度的古董画大动干戈，一瞬间，穆若愚只觉得可笑。

他继续向下翻，居然在两张NFT的文件后面翻到了一个隐藏文件。穆若愚登时一惊，心想法老这只老狐狸难道早已将第三张死神的遗产纳入囊中了？

好奇心驱使他打开了第三张文件的预览，一时间穆若愚反复确认自己是不是开错了私域仓。

殷浩存的私域仓里居然有一份自己被弥诺斯俱乐部聘用的邮件！那是海伦亲自转发给他的，不知道为什么会被殷浩存偷偷拷贝出一份。

突然一道刺眼的镁光灯在穆若愚身边炸开，这是他触发了殷浩存隐藏文件的保护机制，被抓拍了一张NFT证供。

穆若愚心里蹊跷得紧，自己的聘书被别人拷贝后加密，算是什么操作？他不由地回忆起殷浩存曾经利用自己的反常举动：下达莫须有的赏金任务，编造死神遗产的传说……

“我在想，一个元境，凭我一己之力毁掉需要几个步骤……”这是殷浩存在元境中发呆时无意讲出的话。

而这份聘书，上面的信息量极其有限，只是规定了他到岗的时间与地点……难道，黑色梵音的真正所在，就是弥诺斯俱乐部？

突然，穆若愚如遭雷击！

慌乱中，他赶紧联系物理坐标未知的殷浩存。

对方杳无音信。

穆若愚一把拉断了设备电源，用最快的速度跑出了第三大道的别墅区。

拾伍

海伦轻轻地把磁针放在唱片上，巴赫的大提琴协奏曲与柔红色的光融在了一起，淌进弥诺斯俱乐部的每一个角落。窗外已盈满夜色，酒吧的一楼只剩三个人，海伦刚刚把其他的老人分别送进二楼的沉浸舱。

红拂的轮椅靠在窗边，她看着夜色下透明小窗倒映出的面孔，慢慢喝了一小口香槟。

“我们都老了，阎罗，”她并不回头，“年轻的时候，我答应我的初恋男友，如果有一天他得了疾病，需要一颗肾，我会把我的换给他。”

坐在桌对面轮椅上的阎罗并不答话。

“我的肾脏都换成了和你一个品牌的3D打印产品，”她笑着转过身，把香槟杯放在桌上，用手指轻点桌面，意思是让海伦添酒，海伦顺从地将吧台上的酒瓶拎了下来，“如果你不服老，又怎么会留恋这样一间小酒吧呢？”

“红拂，你混淆了概念。”阎罗吐了一口雪茄，“守护和放弃，与年龄从来都没有关系。”他顿了顿，像是正在做很艰难的选择，“我可以接受这份邀请，前往这个世界上任何鸟不拉屎的地方，但前提是，我并不是被别人从家里踹着屁股赶出去的。”

“你会接受邀请？”红拂愣了一下。

阎罗默默地抽了口雪茄，然后点了点头，“如果你先答应我把这个狗窝守住。”

红拂摇了摇头，“我并不做选择，是因为我已经做出了选择；我并没有做出你期望的选择，一定是因为我还少一个这么做的理由。”

“你以前不是这样的。”阎罗把半根雪茄碾灭，扶着轮椅的双轮后退了一圈，“也许是你后来再也没有安装3D打印胆囊的缘故。”

海伦扶住了阎罗的轮椅，回头朝红拂摇了摇头，然后慢慢朝前推去，费劲地把他连同轮椅一起挂上了电磁轨道，小心翼翼地跟着上滑的轮椅拾级而上。

红拂独自叹息，又重新拾起酒桌上那张纸片做成的邀请函，翻开后拿远，努力辨认着右下角龙飞凤舞的签名。

“邢天，我以为你已经死了。”她轻声地说，脸庞上微微绽开喜悦的笑容。

砰！一个冒失鬼撞开了弥诺斯俱乐部的大门，带进门外卷着沙子的风。

穆若愚喘着粗气，环顾空无一人的大厅，直到看见停在窗边的轮椅，眯着眼睛辨认了一下，“红拂奶奶？”

红拂合上了邀请函，镇定地默默看着这个风尘仆仆的青年。

穆若愚瞬间冲了过去，“海伦在哪里？有没有陌生人来过这里？”他咽了咽干涩的喉咙，“所有人都应该尽快离开这里！这里不安全了！”

红拂没有被他冲动的语气感染，她拿起桌对面阎罗的香槟，“这一杯还没有人喝过，你先坐下来润润喉咙，不要冒冒失失的。”

穆若愚看了一眼，他确实渴了，接过酒杯昂头饮尽，“红拂奶奶，再不走就来不及了！事情很复杂，有一群坏人发现了这个地方，要毁了你们的居所！”

“他们在哪里？”

“海伦在哪里？”

两个人异口同声地问出了问题，红拂笑了笑，“海伦很安全，这里也很安全……你是觉得我年纪大了，所以那些高科技词汇我听不懂吗？”

“OK！”穆若愚终于坐了下来，“现在的情况就是，有一个元境，被称为新冶区，那是个黑客的集中地。它的管理者把弥诺斯俱乐部当作‘黑色梵音’组织的大本营，还暴露了弥诺斯俱乐部的真实地址。我不知道他是怎么把这两件事扯在一起的，但他们已经怂恿了新冶区所有的黑客来这里，那群黑客都是没有道德底线的疯子，你一定要相信我！”

“我相信你，孩子。”红拂平静地朝窗外看了一眼，远处的林墙随狂风哗啦啦响着，“这么晚了，我估计除你以外，那些年轻人都不会来弥诺斯俱乐部了，而是像你说的那样，聚集在元境里喊打喊杀。你看，其实我能理解你说的话……除了一件事，楼上的人可不是在什么‘养老的元境’里遛鸟养花，这里，就是‘黑色梵音’的大本营。”

“我就知道！”穆若愚声音又激动起来。实际上他并不知道，他有若干个扑朔迷离的想法，这一刻被证实了其中的一部分。

穆若愚抬起头来环顾弥诺斯俱乐部的四周：这里就是黑色梵音？那群轮椅上的老人就是十恶不赦的黑客？

他飞速梳理逻辑的同时，身后忽然有人说话。

“嘿！你是来等我当面炒你鱿鱼的吗？谁让你回来的？现在立即滚出去！”海伦站在楼梯的下方，靠着电磁轨道，双手抱臂。

穆若愚赶紧从椅子上站了起来，“海伦！”他一路小跑了过去，“我知道，我被炒了，完全明白！但是目前这里有危险，你应该立即执行私域元境的脱线工作，有一些黑客正在你们的元境里作恶……”

“这就不劳你费心了。”海伦打断了他的话，“你只工作了一天，是没有工钱的，你走吧，永远不要再回来。”说完她径直从穆若愚身边头也不回地走过。

“不！你们没有理解我说的。”

“你想说什么？”海伦愤怒地转过头，“我们的元境正在被黑客攻击？我知道！你无缘无故不来上班，我也知道！我们的地址是你泄露的，我更知道！”

“我不是有意的！有人偷偷复制了你发给我的聘书。”穆若愚指了指自己，“我从来没有主动向任何人透露过这里的地址!”

“我不知道，也许是你的新孤独症犯了，要交朋友？弥诺斯俱乐部存在了十几年都没让人找到，你只上了一天班就暴露了。而且还暴露给了新冶区，黑色梵音的死敌！目前的事态确实很紧急，但我不想问罪，我再说最后一次，滚出去!”

穆若愚噤声了，巨大的信息量在他的脑海中爆炸。黑色梵音是新冶区的死敌他是知道的，那么殷浩存知道吗？他是死神之子，他一定知道……第一次在线上联系到殷浩存的时候，刚好是自己被弥诺斯俱乐部录用的那天……海伦说这里的地址是自己泄露的……殷浩存在利用自己寻找真实的地理位置……

殷浩存果然又利用了我!

穆若愚感觉自己的脸发麻，比刚才猛地吞下一口香槟的麻劲还要重些。

本来他只是在乎海伦的安危，所以特地跑来发出警报，没想到得到的却是一个因不可悔改的错误而被绝交的结果。

他最后看了海伦一眼，不知道该说些什么，转身朝着门外走去，慢吞吞的，像是夹着尾巴的败犬。

“好啦好啦!”红拂一边摇头，一边出声拦住穆若愚，“风暴已经到来，不要再对他怄气了……海伦，以你的聪明还看不出来吗？这个孩子喜欢你，就算他泄露了我们的地址又能怎样？如果时间倒退三十年，有哪个男人在我有危险的时候奋不顾身地跑过漆黑的树林，只为给我报个信，我会考虑嫁给他的。”

“乱说!……无稽之谈!”海伦摇着头，却下意识地瞥了一眼门口的穆若愚。

“穆若愚，你过来，”红拂朝他招手，“快过来，别听海伦的，你已经被她炒了，现在是我的朋友。”

穆若愚偷偷看了一眼海伦满是怒气的脸，想了想，朝红拂的方向默默走了过去。

红拂又给他斟满一杯香槟，微笑中满脸慈祥，“你真是个傻孩子，既不知道是自己泄露了地址，也不知道我们早已做好了被攻击的准备……你忘了那天中午喊打喊杀的老头子们了吗？这里就是黑色梵音，一个绝不会让新冶区黑客随便撒泼的地方，几十年都没有变过。”

“对不起。”穆若愚郑重道歉，他依然很是内疚，“我还能为你们做点什么吗？”

“你喜欢海伦吗？”红拂又笑。

“红拂！”海伦提高了声音。

“她可知道你是什么样的人，而你还不算认识她呢。”红拂轻轻与他碰杯，“你没做错什么，今夜的混乱对于楼上那些老家伙来说，是一场节日盛宴，十几年一度的节日盛宴……你会做守望人吗？”

穆若愚沉默着，先是摇了摇头，然后又点了点头。

“海伦，扶我上去，我们有一个新的守望人了，我要下场，和你一起去黑色梵音看看。”

海伦大吃一惊，“你已经很多年没有登录过元境了……”

“我说看看，又不一定动手……看到这个傻小子，居然一时技痒，终于有理由进沉浸舱了，我感觉不错，趁我还没改主意之前送我上去吧。没有我，他们会有点棘手。”

海伦皱着眉走到了红拂与穆若愚的身边，先是瞪了穆若愚一眼，然后扶住红拂轮椅的后把手，朝电磁滑轨缓慢移动。穆若愚手足无措，尴尬地坐在原位。

“你还愣着干什么?!”海伦忽然停在了吧台前，扭头厉声道，“二楼236号，你就去那里给所有人做守望人，我不叫你，你不许说话!”

给所有人做守望人?!

穆若愚赶紧起身，跑到楼梯附近打开了电磁开关。

海伦又白了他一眼，红拂把手搭在她的手背上摩挲了几下，在穆若愚低头检查轨道的时候，她朝海伦露出恶作剧得逞般的可爱坏笑。

拾陆

古香古色的钟楼汤屋下方，是镂空的环氧磨石地坪，每隔数米就“长”出一块奇形怪状的镂空黑色石雕，矮的只到膝盖位置，最高的那块却像是一只远古猛犸矗立在地上。

汤屋的门紧闭着，白色氤氲的水汽从木质建筑的四周散出，如同一口巨大的蒸笼在跑气，水汽消失在被橘红色地灯点亮的暗夜里。

最先从新冶区抵达黑色梵音的两个人站在汤屋前的地坪上，汤姆靠着一块齐肩高的黑石，杰瑞则是一步一步地围着他绕圈，像是排雷般走得小心翼翼。

“快停下来吧,”汤姆不屑地拍了拍腰后石头上不规则的圆洞，他环顾四周，没有任何的声音，“你有试过用病毒把一个元境炸穿吗?”

杰瑞摇摇头，自顾自地走个没完。

“我也没有，但我觉得这件事很愚蠢，”汤姆又开始打量空无一人的四周，“法老为什么要派我来这里？我又不是新冶区那些愤世嫉俗的蠢蛋！把这个破地方变成一堆马赛克对我有什么好处？上次跟黑色梵音的小子交手，我就吃了大亏。”

“因为这里有蹊跷，”杰瑞笃定地说，“不过我们还没找到。我没有炸过元境，但上周有个新冶区的赌客赢了一只水晶海鸥的道具，在他出门的瞬间，砰！水晶就被我悄悄炸成了一堆黑白块，你应该看看他当时的表情，我笑了整整一个星期。”

“你已经是第三次在我面前吹嘘这个故事了，”汤姆一把按住了杰瑞的肩膀，“法老在耍我们，这里什么都没有，而你不过是在视频里看到了大家都疯传的‘光头爆米花’，如果你真的想找点什么，不如用渲染病毒摇一摇这些大石头……”

“‘光头爆米花’是以讹传讹？”杰瑞用力把汤姆搡在了大石头上，“当时在新冶区，只要看到那一幕的人就都知道，那根本不是什么爆米花，拍卖师肩膀以上都变成了一大坨牙膏一样的东西，喷到了天花板上。咱们玩渲染病毒这么久了，什么时候见过那种高级货？”

“所以呢？这和我们现在在这个私域元境里有什么关系？”汤姆反驳道。

“你怕什么？这里是把拍卖师头炸掉的那个女人的元境！我在想这里会不会有个军火库，里面尽是那种带劲儿的渲染病毒。”

“我怕？我身上带着四个能瞬间让人患上赛博综合征的渗透病毒，天王老子我都不怕！”

咔嗒——

突然，汤姆背靠的大石头后方传来打火机的声音，两人都是一惊，不约而同顺着石头上的圆洞向里看去。第三个人不知何时登录在他们的附近。

“渗透病毒在这里有什么用?”

男人背对着他们，默默地吐了一口烟。他戴着一顶黑色的礼帽，看上去不过二十出头的模样，一身考究的英伦风套装。

每走一步，他都不忘记把随身携带的绅士杖点在地上。

“你们进来的时候就已经遭到了限定，这个私域跑不动渗透病毒的。”

“你也是从新冶区来的?”汤姆问了他一句，却不等对方回答，转头又开始催促杰瑞，“很多人马上就要杀到了，这里肯定会乱起来，如果你不准备搞破坏，咱们现在就下线，我可没精力陪你寻宝。”

“我觉得你说得不对，”抽烟的年轻人说，“应该说……”

“我说话的时候你给我闭嘴!”汤姆上前一步，立在了男人的面前，用手指弹了一下他的帽檐，“你刚才听到没有？我身上带着渗透病毒，而我现在心情很不好，如果你识相……”

绅士没等他说完，连续往后撤了两步，举起绅士杖瞄着他的头。

砰!

绅士杖居然是一把火枪！汤姆的头瞬间破碎，或者说重新组合，牙膏一般的马赛克从脖子里流淌出来，顺着镂空地坪上的洞淌了下去。

“你……你在哪里找到的?”杰瑞完全不顾汤姆的死活，欣喜胜过震惊，这就是他想要找的宝藏。

“就在这里。”绅士用拐杖指向杰瑞的头。

“哦，是吗?”被威胁的杰瑞本能般地冷静下来，悄无声息地向对方释放了渗透病毒，却发现自己的双脚在石坪上不由自主地跳了起来。

见绅士的脸上没有任何异色，他低头定睛一看，那不是跳，而是双腿连续卡顿延迟。

“都说了这里跑不动渗透病毒，你就是不听。”绅士摊了摊手，装作一副无奈的样子，“你以为——”

砰！砰!

突然两声枪响，一个穿着迷彩装的硬汉出现在杰瑞的身后，第一枪把他崩成了人体马赛克牙膏，第二枪又打在倒地的汤姆身上，汤姆瞬间被肚子里流出的马赛克顶了起来，整个身体悬在了半空中。

“我话说完了吗?!”绅士瞬间怒了，“你每次都这样，我甚至还没介绍‘黑色梵音’，你就疯疯癫癫地闯出来！这个已经卡顿了，走都走不了；另一个已经倒地了，你还要补一枪！荆横你就是个纯疯子!”

荆横放下了喷子，炙热的枪口冒着烟，“你吼什么吼？这是我的地盘，我进来的时候就说清楚了，我不爱玩暗杀的游戏，陆续还有人要来，你喜欢讲大道理，离我远点就行，我是……”

话到一半，忽然又有人登录在地坪上。

砰!

荆横二话不说就是一枪，“我是见一个就要放倒一个的。”他补完了刚才的话，“而且你上线迟到了，我听说你还在犹豫要不要去和老大汇合？大家都要听老大的，他的邀请函摆在你面前，与军令无异！阎罗大哥，赛博综合征会不会已经影响你的神经系统了？老大什么时候亏待过你？只要他一声令下，我从此过数字游牧生活都无所谓。”

“哼，”阎罗冷笑了一声，“我们整个弥诺斯俱乐部，只有你这里有问题。”他用手指点了点太阳穴，“你在元境里不健忘了，但有什么用？你但凡踏进这里立刻就成了疯子。”

“渗透病毒都被这孩子爆出来了，我还不开枪？”荆横朝地上的杰瑞踢了一脚，“懒得跟你废话！”

阎罗呸了一声，头也不回地朝着汤屋里面走去，他关上门时，门外不断传来霰弹枪喷射与上膛的声音。

汤屋内部，象牙白的温泉池旁，隔着白色的雾气，两个神神道道的人看阎罗拄杖走过湿漉漉的橡木地板，迟疑了一下，等他走开，才又开始小声攀谈起来。

“一个送你，一个卖你，如假包换！”

身穿碎花病号服的男人双手各捧一只小巧的礼盒，他身边是个浑身刺青的刺猬头，“你用过一个就知道了，这种病毒很神奇，介于渲染病毒和渗透病毒之间，效果拔群！就和你视频里看到的那个拍卖师没有两样！”

刺猬头伸出挂满金属装饰链子的手，毫不客气地去拿，穿着病号服的男人却往后退了一步，“能够在黑色梵音里找到这个，可是我花了几千丹在新冶区买来的消息，做生意一定要讲诚信，你不会拿走一个用了，然后就直接下线吧？”

“当然不会了！”刺猬头佯装愤怒，“先尝后买的规矩不是你定的吗？”他一边说着，一边不由分说地抢走了左侧的礼盒，礼盒刚到手上，他顿时一脸邪笑，“现在我们来算一笔账，你手上有一个病毒，我手上也有一个，我们是不会相互攻击的生意好伙伴，对吧?”

“对啊!”男人叫得很大声，但他感到不安。

“所以我建议你，把你的那一个也给我，我去帮你卖个更好的价钱，回来我们平分。”他伸出手来，索性去抢浴袍男人的另一个礼盒。

“等等，等等……”男人慌张后退，差点踩到汤屋的积水滑倒，“怎么变成这样了？你说好要买我一个病毒程序的!”

“没错啊！我买和其他人买不都一样吗？所以你先给我，我卖掉之后回来我们二一添作‘六四’，”刺猬头伸着手走过去，胳膊上的链子丁零当啷地响个不停。

“这不行这不行，”卖家使劲地摇着头，“你还给我吧，我不和你做生意了。”

“这不就是没有诚信了吗?”刺猬头捏起了拳头，露出指节上带有尖刺的指环，“如果你不拿来，说明你的货有问题，我可要把它用在你身上了。”

“你去别人的身上试!”男人如临大敌般地摆起手来，他货也不要了，惊恐地转身向后跑去，一不留神，脚下一滑，栽进了另一口温泉池中。

刺猬头嚣张地大笑了起来，同时掀开礼盒的盖子，里面是一颗大脑形状的渲染病毒程序。他正看得入神，没有注意到水面上伸出一只胳膊，坠进温泉的男人轻轻地打了一个响指。

刺猬头手上的病毒瞬间爆开了，强大的气流带动温暖的水冲出一人的高度，水幕落下之后，再也没有什么刺猬头，也没有什么叮当作响的手链，只剩一堆膏状的马赛克在木地板上糊出垃圾桶的高度。

温泉中的男人这才脱掉了病号服，用手抹了一把湿漉漉的头发，同时把另一只礼盒放到地上，他正笑得惬意，忽然有个人影站到温泉池上面，遮住了他眼前的光。

“我在讲道理，荆横在乱杀人，那你演得爽吗？”阎罗嘴里叼着雪茄，伸手把一件浴袍递给了池中的薛禅，“穿好了！楼上的女人们要是看到你不穿衣服要流氓，还以为是我唆使的，就算年轻了三十岁也不应该没有公共素质。”

“我是在做实验，”薛禅重新裹住了身体，将礼品盒抬到了眼前，“我想知道我的‘哲学炸弹’在新兴的杀毒程序面前，还有多少威力。”

“现在你知道了。”阎罗指了指被炸出缺口的温泉，“炸坏的缺口都由你自己补。”

“刚才那个叫‘缸中之脑’。”薛禅像是没听到阎罗的责怪，“这个则不同，这个叫‘薛定谔的兔子’。”

他摇了摇礼品盒，里面传出哗啦啦的轻响。

穆若愚面对三十来个不断闪切的全息监视模块，黑色梵音正在上演的戏码让他目瞪口呆。

为了实现“及时”，守望人都是一对一的服务，从来没有一个人监控三十多个人的情况，而且他们的行动完全无法预测。

红拂居然让他来当所有人的守望人，要知道，守望人最重要的任务，从这个职业诞生的那天起就没变过：当用户在沉浸过程中感到不适，或者遭到病毒攻击时，通过物理断网的方式，让用户及时下线。

但他根本干不了这个，他完全不具备AI的算力，没办法在危险发生时确定哪个房间出了问题，然后火速赶去支援。

他只能看着。像是元境诞生以前的年代，一个人同时打开了三十多台电视，每台电视都在上演精彩的犯罪电影，他则是唯一的观众。

新冶区决战黑色梵音，在这场战役打响之前，穆若愚从来都对新冶区心有敬畏，他曾在那个黑客集中地般的元境游走，见证了许多人性的狠辣与狡诈。对于自己能够在满是邪魔外道的地方长期生存下来，他甚至有些引以为傲，如果能写进简历，或许将是最浓墨重彩的一笔。

他忽然想到自己和海伦第一次见面的迷想城，在面试的过程中，海伦警告他不要在老人面前提到新冶区，当时的他还天真地以为这些老人可能曾经在新冶区里受了委屈……事到如今，这个想法无疑给自己的额前贴了一张超级蠢蛋的标签，所有来自新冶区的凶险在黑色梵音里不值一哂，所有来自新冶区的黑客在这群身患赛博综合征的老人面前，被虐得体无完肤。

今晚访问过黑色梵音的游客数量，已飙至四位数，但第一时间发觉情况不对并立即下线求自保的却没有多少。穆若愚曾以为新冶区背后是一个黑帮，可与黑色梵音相比，只不过是黑色帝国统治下的一群流浪汉罢了。

穆若愚更没想到，这群连走路撒尿都存在问题的老人，在黑色梵音的元境里，无不有着年轻貌美的外表与顶级杀手的从容。

荆横一直在开枪，他只用子弹说话，见到陌生人便是面无表情的一枪，上膛，然后再一枪。只有几个幸运的家伙，在他换弹的时候闯入黑色梵音并立即选择下线，才免遭他的屠戮。最初被他干翻的汤姆和杰瑞倒在汤屋的门口，左右各一个，像是在昭示来此撒野的下场。荆横为数不多的几次交流都用来驱赶同伴，他一个人杀惯了，不想有人打扰。

那患有重度失忆症的病人，竟是黑色梵音最凶悍的杀胚。不过，每隔几枪，他都会听到汤屋内传来巨大的爆炸声，然后扭头骂一句“变态”。

毕竟，单就破坏力而言，薛禅才是此间最恐怖的存在。

这个在现实中不断反思着世界是否真实的“哲学家”，至少在一个小时内推销出去了二十多枚哲学炸弹，比“缸中之脑”更恐怖的是“薛定谔的兔子”，那个礼盒一旦打开，就会释放出九个小型病毒程序，贴身折磨攻击目标九次。虽然每只“兔子”的威力不如“缸中之脑”，但被病毒程序感染的模型，最终都会被炸成马赛克片一样的东西，漂浮在温泉上。

而最神奇的，则是看上去不太喜欢打打杀杀的阎罗。他只攻击自己看不顺眼的目标，并在攻击后给出一句话的理由，这与他在现实中教育穆若愚“男人至死是少年”的理念背道而驰。他的拐杖从不需要上膛，最远相隔三个温泉池，他能在一枪轰翻不速之客的同时嘟囔出各种教条的大道理。

有个黑客居然想在黑色梵音体验一次温泉浴，结果连人带马赛克都给轰出了浴池。

“去别人家做客的时候，洗澡是很不礼貌的。”阎罗说。

穆若愚甚至还看到了阿妍的身影，他之所以能够认出那个曾经在电磁轨道上捏着自己手的老太太，是因为她的虚拟形象神似奥黛丽·赫本，保留着自己最年轻、最性感的气韵。但这位想让自己帮忙在午休时间作弊的老太太，是黑色梵音中最能打的女人。

她在汤屋顶层的门口，双手各套一只带着刃牙的指虎，采用近距离出拳、猛攻要害的格斗术，每一拳都能给对方灌入渲染病毒，即便被三四个来犯者围住，她也能轻松打趴所有人。

目前为止，他还没有看到海伦和红拂，监视器顶楼的一圈汤屋都是锁着门的女宾区。穆若愚猜测，她们可能是为了避嫌，屏蔽了自己的监测权，并在其中大杀四方。

混乱持续了一个小时，黑色梵音的访客数逐渐少了，大难不死者的恐惧正在网络上弥漫，这是一个比新冶区混乱数倍的修罗场，擅闯者无一善终。

直到又过了半个小时，在庭院里一夫当关的荆横连续五分钟没有开枪了。

但并不是因为访客数量变少，而是私域的在线人数突然激增！面对上百名同时来犯的外敌，荆横慢慢地垂下了枪头。

新来的黑客们并不主动攻击，只是一排排站在磨石地坪上，手里拿着各式各样的武器，列队站满了汤屋前的地坪。

“你们别冲动，等我五分钟，”荆横对着第一排的众人指指点点，“就五分钟。”

他刚要进入汤屋，却有个声音从人群中传了出来：“急什么，我们也可以先叙叙旧。”

人群逐渐朝两边分开，一架金色的轮椅，如同摩西分开了红海，摇摇晃晃地滚行在镂空的地坪上。

“荆横。”佝偻着背的老男人坐在轮椅上笑着叫住了他。

法老来了！

荆横转过头去，“你还没有死啊？坐好了，等五分钟！”他不屑地看了对方一眼，继续朝着汤屋内走去。

汤屋里忽然钻出个人，看见荆横就问："你有没有见过那个卖病毒的浴袍仔？他说他要卖——"

荆横不由分说地一枪爆掉了对方的头，径直走进汤屋。

拾柒

弥诺斯俱乐部二楼的廊板因快跑而震动，紧接着穆若愚一个急刹，在海伦房门前喘着粗气。

他轻轻敲了两下，希望里面的海伦能够回应他，毕竟，他并没有在黑色梵音中见到海伦，在强敌法老登境砸场的危急时刻，他希望海伦还没用上沉浸舱。

等了一分钟，他又敲了一下，依然没有任何应答。穆若愚觉得自己是个失职的守望人，本来他也无法在弥诺斯所有老人受到威胁时强迫他们下线，但至少，他能够保住一个。法老之前已经在新冶区展示了极高的病毒程序用法，顷刻让所有用户的模型倒地不起。黑色梵音的人还没有见识过法老的手段，这是威胁到生命的元境战争！

或者，只是因为自己对海伦颇有好感……因为心里挂念着，总会下意识地在心中提高关于对方所处环境的危机感，于穆若愚这种性格而言，随便一个理由，就足以让他赴汤蹈火。

终于，穆若愚鼓起了勇气，轻轻扭开了海伦的门。

海伦的房间里充盈着橘红色的暖光，她穿着沉浸服，静静地躺在磁极双环传动的沉浸舱里，像是睡着了，呼吸匀净。

关上了身后的门，穆若愚突然不知道该怎么办了。

强制让她下线，然后解释自己是为了她的安全？他不久前才看到海伦生气的样子，这样做的最坏结果，有可能因为自己的蛮干破坏黑色梵音所有人的计划。

这些老人藏得太深了，当他们进入元境的时候，完全蜕变成自己年轻鼎盛时的模样，并且有着至少六十年的人生经验。这是穆若愚也曾有过的幻想：带着自己丰富的人生经验，回到自己的人生起点。

但只有这些老人做到了，在他们不受束缚的、自己的元境里，每个人都以跋扈的姿态给年轻的黑客们授业解惑，而传道的方式则是残酷如血的教训。

这不是自己可以简单理解的世界，不是自己可以随意左右的人。

叭叭叭叭叭叭！

穆若愚还在愣神，监控室的方向突然枪声大噪，他猛地回头便跑！

气喘吁吁地回到了监控室，屏幕上的法老静静地坐在轮椅上，脸上的笑容神秘莫测，跟随着他闯进来的新冶区来犯者，如今已经横七竖八地躺在了地上。汤屋的门口，荆横推来了一挺架在简易车厢上的加特林重型机枪，精准地将法老身边所有的喽啰扫倒在了地上。此刻他漫不经心地靠在炮筒般的枪管上，一颗薛禅的“缸中之脑”正不停地被他抛高，再稳稳接住。

荆横的身边，黑色梵音所有人都换上了漆亮的黑色风衣，手中无一不拿着各式各样的火器，俨然成了一堵颇有威慑力的墙，盯着修罗场上唯一坐在轮椅上的幸存者。

只有薛禅依然穿着浴衣，大概是他早就不相信哪个世界更加真实了，死死抱着一只装着“薛定谔的兔子”的礼物盒。

站在众人前方的，是个梳着单马尾、扛着一把霰弹枪的女人——女武神布伦希尔德，正是之前在新冶区拍卖会上连花昭都惧怕三分的神秘女子。

穆若愚这才认出她的另一个身份：海伦，花海伦，原来是花昭的姐姐！

“穆若愚！你刚才在我房间干吗?!”面对法老，海伦却跟元境外的守望人对话，“你那么想我，现在就来汤屋门口，我赏你一梭子霰弹！”

与现实中的海伦不同，元境中的她浑身都是戾气，不等全息屏幕前满脸通红的穆若愚答话，伸手一指台阶下轮椅上的法老，“我说到哪里了？来就来，还带这么多来撒野的伴手礼，真是恶心。”海伦的霰弹枪口耷拉着冲地，双目间的凶光却足以胜过枪口的威胁。

“阎罗，你不介绍一下你们黑色梵音的新当家吗?”法老没有搭海伦的话，目光扫过正在吸烟的男人，然后又转向海伦，“我是来拜码头的，上次在我的私人养老院里，真是冒犯了。”

海伦肩头扛着霰弹枪，一步步走下木阶，站到法老的轮椅前，低头看着他，仿佛下一刻就能吃了他似的，“上次是我大意了，你现在解开防火墙，再释放一份你的病毒程序给我试试。”

“我是来谈判的。”法老笑得很从容，“我从来不觉得我能赢过黑色梵音的当家，更何况是在你们的元境里。”

“我叫海伦，我跟你没什么好谈的，你听清没？听清了就把你身上的NFT都放下，然后摇着你的轮子滚。”

“海伦小姐，真是幸会，”法老面不改色，“你让我想起了殷航年轻的样子，他的脾气像是遗传给了你一样……不过话说回来，你何苦陷到上一代人的恩怨中呢？你比这堆躺在地上的同龄人优秀太多。”

“我数到三！”忽然又有个女人的声音从房顶上传来。

法老抬起头，汤屋的顶部，一把狙击枪后，趴着一名短发的女性，散发着极致的静气和优雅。她的狙击镜上蒙着一块军用网格布，这是老练的狙击手最专业的做法，将沙尘、光斑等影响瞄杀的因素排除在外。

“一。”

“红拂！”法老朝着房顶挥了挥手，“我刚才还在想你会去哪里。”

“你是以为我已经死了吧！二！”

海伦往后退了几步，将轮椅上的法老完全暴露在红拂随意射杀的范围内。

“黑色梵音这么多元老新锐都赶我走，我的排面未免也太大了。你们任何人打个响指，我就会在这里变成一堆马赛克片，不过我听说你们最近要远行，我就蹊跷了，邢天还没有死吗？”

“三！”

“死神的数字遗产，我带来送给你们！”子弹射出的前一刻，法老突然放开轮椅站了起来，他高举双手，用高出两个八度的声音喊给全场人听。

海伦扬起手，示意红拂先不要开枪，一瞬间，地坪上只剩下轻轻的夜风。

“我有两张，特地都带来了，你们可以检查我的私域舱，我知道在黑色梵音，所有外来者的私域舱都无法加密。”

穆若愚点开了法老以微型的木乃伊棺当作饰面的私域舱，里面是两张NFT，上次见到时，殷浩存果然与他达成了协议。

殷浩存在黑色梵音的附近吗，还是已经藏身在弥诺斯俱乐部？穆若愚心里犯起嘀咕。

屏幕上突然出现了交易，价格为0，交易的双方正是法老和海伦，但只有一张，是那条“锁链”。

“这一张NFT是我求和的降书，本来是要交给邢天的，我怕这次再不拿出来，我的新冶区元境就要保不住了。”法老说得很诚恳，“除了你们的新当家海伦，在场的各位都是一身赛博重症，包括我。我很多年都没有站着走路了，我们斗了一辈子，最后每个人都靠3D打印的器官吊命，这些日子，我越来越想做个平平凡凡的老头子。我是不奢求各位既往不咎的，但希望你们收下我的诚意后，能够放弃杀我的念头。”

“我还是不能保证啊法老，”屋顶上红拂扬声说，她的眼睛始终没有离开狙击枪的瞄准器，“你的孽障太多，我虽然年纪大了，但修为还不够，从看到你第一眼起，每秒都有宰了你的冲动。”

“把另一张NFT也拿出来，废话太多，红拂的子弹会失去耐性。”海伦又威胁道。

法老摇了摇头，“第二张NFT是我想要从这里全身而退的赎金。”

第二次交易也显示在了屏幕上，依然价格为0，一张大石头NFT落进了海伦的私域舱。

“我个人觉得，你全身而退的可能性……微乎其微！”荆横一拉炮筒，加特林的六个喷火口都瞄准了法老。

“听我把话说完，”法老并不畏惧，“我既然敢来这里，当然抱着一命呜呜的心理准备。我的私域舱已经空了，没带任何渗透病毒，黑色梵音的运算能力再古旧，红拂一发送我入土是没问题的。但你们现在还没动手，于是我就想打个赌。”

“赌?”海伦眯起了眼睛，宛若猎豹注视着食物临终前的活泼。

“海伦，小心点，这根残烛可是个狡诈的怪物。”阎罗在海伦身后提示道。

海伦摇了摇头，眼里无所畏惧，“把你的遗言一口气说了，说完就赴死吧。”

“我想赌命，就赌再计时三秒，红拂的渗透病毒狙击子弹能不能把我宰了！如果我赢了，你们还得接受我一件礼物。”

海伦身后的众人相互交换着眼神，他们很清楚法老身上是不会有任何渗透病毒的，但他也绝不是来寻死的，他说的“礼物”绝对不是好东西，却让人猜不透。

穆若愚也在屏前分析着法老的阴谋：先是在新冶区里散布流言，让诸多完全无法与黑色梵音匹敌的混混前来送死，然后他只身前来，送出两张死神的数字遗产，以示“诚意”，最后定下求死般的赌局，这一系列的行为过于吊诡，如果他还有后招，那这后招一定在殷浩存的身上。

但殷浩存……

穆若愚还没想明白，突然感受到一阵剧烈的头痛，痛得他不得不用最大的气力封住眼睛。他的赛博综合征第二次发作了，偏偏在这个节骨眼上。

穆若愚咧着嘴睁开眼，转头看向身边的沉浸舱，他无法在现实中忍着剧痛做守望人了，心一横，拨开了沉浸舱的电源。

“你应该是监测到我很久没有上线了吧，”红拂一边说着，一边快速地检查自己的狙击枪有没有被做过手脚，“我的技术到底有没有退步，我也说不准，但我早就想送你一程了。”

“悉听尊便。”法老昂起头来，微微一笑。

海伦转过头去，看着屋顶上的红拂，目光交汇的同时，两人都轻轻地点了点头。

“三。”红拂轻声倒计时。

“二。”

法老收起了笑容，深深地吸了一口气，然后闭上了眼睛。

她没有数出最后一个数，也没有枪响的声音……

又过了三秒，依然没有……

法老慢慢睁开了眼睛，笑着抬起头，所有人也跟着抬起头。

所有人朝房顶的方向看去，狙击枪稳稳地立在三脚架上，但红拂消失不见了！

“红拂？”阎罗默默叫了一声。

“你们终究还是没能杀得了我！哈哈哈……”法老忽然坐在轮椅上大笑起来，直到他笑出剧烈的咳嗽才停下，“从前有一个吸血鬼，他吸了一辈子的血，也被阳光灼伤过无数次。很多人想知道，当他老了以后，会不会努力实现‘血族平权’的诉求保护自己……他不会的，吸血鬼只会在临死之前，把那些无法享用的血液供体，重新关进豢养他们的牢笼里。”

“黑色梵音的坐标已经暴露！各小队不要冒进，你们面对的是穷凶极恶之徒，再重复一遍，各小队不要冒进，等待隔离沙盒启动完毕！”

夜空中突然出现了元警指挥官的声音，海伦抬头时，天上闪过一层透明的网格状离子膜，并迅速扩大。有个半透明的泡泡正全方位将黑色梵音包裹起来，如同拜占庭元境最高级别的隔离沙盒，当所有人都被罩住时，元警将会开启无差别的强制粉碎命令，此间所有的建筑、武器、虚拟形象都会被摧毁。

“穆若愚，立即强制所有人下线……穆若愚?”海伦叫了两声，耳机里没有应答，“见鬼!”

“别着急啊小姑娘，”法老没打算离开，“你们的汤屋建得很高，隔离沙盒还没有成型，那些元警不会这么快出现的。我想这就是永别了，我还没打算回家，有生之年，能看到黑色梵音所有的狗杂种连同他们的狗窝被粉碎成马赛克，我死而无憾。”

“那我就要扫兴了。”

突然，汤屋的顶棚传来穆若愚的声音!

众人朝上看去，红拂留下的狙击枪前，一只菠菜头静静地伏在汤屋的顶部。

叶脉的明暗富有节律地交替着，仿佛匀净的呼吸。

“一。”菠菜头代替红拂完成她未竟的倒数，随着叶脉狠狠一亮，穆若愚指尖轻扣……

一声枪响，子弹穿过了法老的眉心。

法老口吐白沫，整个身子倒在了轮椅上，抽搐不已。

“所有人！立即下线!”海伦高声命令道,“穆若愚！去红拂的房间！马上去!”

拾捌

丧父之后，成年以前，殷浩存所有的见识，仅仅来自几乎要被时代淘汰的纸质书籍。

他在学校的成绩一向都很好，他掌握着课本上所有的细节知识，但没有小朋友愿意和他做同桌。每当他的同学们眉飞色舞地聊起沉浸舱与元境，他只能表现出假装听得懂的尴尬笑容。

母亲说那些东西是有邪性的，很多人因为沾染而患病，更有人因此失去生命。

他想起自己无端失踪的父亲，对此深信不疑。

关于父亲失踪那天的记忆，只剩下一些至暗的细节：那是一个灰蒙蒙充满低气压的下午，他趁着父亲不在，偷偷地躺进水平衡舱……他的面前忽然出现一张独眼的恶煞之像，不由分说地把他从纳米溶液中撕扯出来……母亲的周遭站着一圈黑压压的身影，没有人说话，诡异沉默的气氛中，只有母亲小声地哭个不停……他也哭了起来，沉浸舱的纳米溶液从他头发上流下来，和咸苦味的眼泪混在一起……

成年之后，他只把这段噩梦般的过往告诉过大学时代心仪的女孩，也许是女孩的怜悯，他陷入青涩的爱河，又在几个月后匆匆失恋。分手的原因，是他拒绝参加女朋友在元境中的生日派对。

但他依然在现实中违背了母亲的意愿，他看着屏幕上的前女友在元境中吹灭虚拟的蜡烛，人生的弧光却在那一秒被点亮。

第一次踏入元境之前，殷浩存已经做了无数次的守望人。他隔着全息屏幕，小心翼翼地体味着赛博空间中的欢乐与悲伤、懦弱与野望。他意识到科技的所有邪性也不过如此，于是披上戾气制成的铠甲，红着眼杀进了元境。

黑色梵音剥夺了他所有童年应有的快乐；黑色梵音威胁了他的家人，害死了他的父亲；黑色梵音险些毁掉了他人生中所有的美好……

如今，他终于站在了黑色梵音真实的栖地上，距离复仇与清算的夙愿，只差一步之遥。

殷浩存切断了201号房间沉浸舱的电源。

红拂从射杀法老的“梦境”中醒了过来，她刚从元境下线，疑惑地看着站在她身边的年轻人。

“你是?”

“邢天还活着吗?”殷浩存正视她的眼睛。

红拂深深吸了一口气，对于这个年轻人的诸般身份，她已经大致猜到了。

“我不知道，我很久都没有见过他了，”红拂摇了摇头，“长久以来，我都觉得他已经死了，但我希望他还活着。”

“他在哪里?”

“你找他有何贵干呢?”

当然是杀了他。

“如果你告诉我他在哪里，我会多给你们一个选择。”

红拂默默一笑，“什么选择?”

“圣安德森的精神重症科，或者电子监狱。”

“这两个地方，对于我们没有区别，”红拂缓缓站了起来，“我们确实准备出趟远门，但目的地不是地狱。”

“黑色梵音所有人的名字都还在通缉榜上，二十四小时内，你们的这间小酒吧会被爆破正法，而从现在起，你们哪里也去不了。”

“你对我们有很大的误会，孩子，”红拂的声音镇定而慈祥，“在你知道真相以前，不要贪图赶尽杀绝的快感。”

“想必你已经知道我是谁了。”

“我老了，但并不糊涂。”

“你们用渗透病毒害死了我的父亲！”殷浩存提高了声音，“我没有对你们大开杀戒，已经仁至义尽。”

“这是法老告诉你的吧……”红拂长吁了一口气，“你没有自己的判断力吗？这一点，你和殷航差了太多。”

殷浩存忽然抽出左轮手枪瞄准了红拂，“最后问一次，邢天在哪里？”

砰！

穆若愚一脚踹开了201的大门，殷浩存回头的瞬间，他已经扑住了殷浩存的手臂，奋力夺枪。两人铆足了力气互相撕扯着，殷浩存被一路拽出了房间，他狠狠地用头槌攻击穆若愚的鼻梁，跟着一记重踹，穆若愚流着鼻血倒在了门廊上。

殷浩存还要追打，站上门廊却是一愣，整条门廊上，一台接着一台的电动轮椅排成了一条长龙，能够供人通过的路径完全被封锁住了，轮椅上的老人齐刷刷地看着他。

殷浩存举枪朝天鸣警。令他失望的是，巨大的枪声完全没有起到任何震慑效果，老人们像是没有听见一样，只是默默地看着他。

穆若愚已经站起来了，只身从他身边走过，把他一肩膀怼到门廊的墙壁上，冲进了红拂的房间。

“有没有受伤?”

红拂摇了摇头，“楼下的吧台有冰块，你需要冷敷一下。”

穆若愚点了下头，用手揪着鼻头正了正鼻梁，狠狠一吸的同时胡乱抹了一把嘴边的血，再次冲了出去。

203号房间的门口，荆横已经从轮椅上站了起来，海伦被夹在众多轮椅的后方，也在奋力朝着殷浩存的方向挪动。

穆若愚再次挡在了殷浩存的面前。

“你的垃圾朋友法老刚刚被我宰了!”穆若愚面上糊着血，仰头一指殷浩存。

“我给你最后一次机会，看在以往的情面上，立即滚出去!”殷浩存再次举枪，瞄准了他。

穆若愚像是听到笑话，他笑着上前一步，主动用额心顶住了左轮枪的枪口，“又不是第一次了，你能唬得住谁?想继续撒野，就先打死我!”

殷浩存盯着穆若愚狠厉的眼神，“你就是要淌这摊浑水?!”

“废他妈的话!我是这里所有人的守望人!”穆若愚吼道，“开枪啊!”

“别开枪!”海伦在后方大喊了一声，“你不是想要死神的数字遗产吗?我给你，我现在就给你!”

叭!忽然一声枪响!

中弹的却是殷浩存，荆横握着他的格洛克，近距离打在殷浩存的肋间，人也跟着冲了上来，“这个不懂事的小王八蛋由我亲自解决。”

他魁梧的身躯撞开了穆若愚，在殷浩存即将倒下的时候单手攥住了殷浩存的脖颈，穆若愚趁势夺下了殷浩存手中的左轮枪，却拉不住荆横的碎花病号服，荆横五指发力，越绞越紧，殷浩存早已面色惨白，气腔中咳出一口血来。

咳——

突然，荆横臂膀上的力道全松了……

“世侄？”荆横像是突然从大醉中清醒，“真的是你！这次是你父亲错了啊！你……”

穆若愚瞬间醍醐灌顶，同样的一番话，他在第一次面见荆横的时候，荆横也说过一遍。

殷浩存抓住了这个唯一的机会，用最后仅剩的力气一拳掼在荆横的左颊上，奋力朝身后挣脱。

荆横的眼神瞬间切换，像是再次被心里的恶魔唤醒……

“这里地方小，我们下去单挑啊！”

荆横突然又健忘了，猛地撕住殷浩存的衣领，殷浩存还没意识到怎么回事，一双铁钳般的大手伴随着荆横声嘶力竭的吼声，试图狠狠将殷浩存从二楼的长廊上摔下去！

穆若愚则死死拽住两人，想要把他俩分开。

下一秒，荆横瞬间将全身都压了上去，殷浩存的上半身悬在了门廊栏板外。穆若愚去拉的时候已经来不及了，殷浩存慌乱中抓住镂空的木栏板，栏板却应声断裂，殷浩存手里攥着一片碎木头，身体一抖，瞬间和荆横两个人一同栽了下去！

伴随着两声快速沉重的闷响，他俩砸在了一楼的地板上，三米的高度，荆横当即昏了过去。

殷浩存完全用自己的侧身着地，吃痛地倒在地上慢慢扭动。中了枪，却一直没有感到大面积的流血，看来那是空包弹，但自己肯定有骨头断了，他两次试图起身，却连续摔倒在地，再强大的意志力也无法支撑他重新站起。

海伦第一个转身朝楼下冲，她拔步的瞬间，却发现一楼酒吧的窗外频闪着诡异的蓝白双色灯。

元警来了！穆若愚意识到的同时睁大了瞳孔。

“快啊，救人要紧！”海伦在楼梯上催促道。穆若愚这才连跑带跳地向楼下冲去，险些摔在荆横的身上。

门外突然笛声大作，越来越多的蓝白双色灯隔着窗棂闪烁，至少来了七辆，都停在弥诺斯俱乐部的门口。

车灯逐个熄灭的同时，车门开关声频响，夹杂着许多沉重而快速的脚步。

砰！

突然，有个身穿医护服的男人，拉开了弥诺斯俱乐部的大门，他看到地上的三人，诧异了一下，忽然觉得高处有人在盯着自己，抬起头时，发现一排坐在轮椅上的老人正纷纷朝他行注目礼。

“花昭回来了。”有人叫出了他的名字。

“这是……”

“看看荆横！他刚从二楼摔下去了！”海伦焦急地说。

花昭愣了一下，他先看到躺在地上痛不欲生的殷浩存，专注地看了几秒，然后面无表情地从他身边走过。

此刻，穆若愚抱起荆横的头，正在使劲掐他人中。

“你个蠢货。如果你没有接受过任何医疗培训的话，就不要乱动病人。”花昭轻轻摆了摆手，示意穆若愚闪开点，“把他的头轻轻放回原位！”

穆若愚只好照办。

花昭调出了AR全息电子病历，同时用手指轻轻探在了荆横的脖子上，“《解剖学》第一章里，我现在按着的部位，是他的颈静脉，而你，刚才抱住他头的时候，挤压了他的气管，你是嫌他死得不够快吗？”

穆若愚露出尴尬和抱歉的神色，抬起头时发现海伦已经走到了身边。

“去外面叫两个医护人员抬担架进来，我们要去医疗车上做一个超声心动图，他的脉搏有点弱。”

穆若愚赶紧站了起来，海伦却比他更快，已经拔步走向了门外。

“你是穆若愚？”

“对。”

“我是花昭。菠菜头，你好像还欠着我的钱呢。”花昭笑了一下。

穆若愚的瞳孔狠狠地缩了一下，无数回忆的画面从他脑海中闪过：话痨的守望人；对他见死不救的雇佣者；国际认证的S+级元境杀毒程序员；新冶区拍卖会每次只加一丹，跟殷浩存作对的海伦跟班……原来这才是花昭，现实世界中真正的医生。

“海伦是我姐姐，我不知道她有没有炒掉你，至少她之前是这么跟我说的。现在请你帮个忙，去那边打开电磁轨道，把二楼的病人们都接下来。”

屋外的门又开了，海伦扶着门，让两个同样身穿医护服、抬着简易担架的医生走了进来。

门外的元警都是花昭带来的，跟元境中正在粉碎黑色梵音数据的不是同一拨。

穆若愚打开了电磁轨道，忽然发现轨道是上行模式，又赶紧关掉，三步并作两步跑上楼，这才调成下行状态。忽然，他又想起轮椅还没移动到轨道上，又赶紧关掉电磁轨道……

排在轮椅最前方的阎罗朝他摇了摇头。

“我有点后悔，我不在的时候居然让他来接替我的工作，”花昭协同医护人员一起把荆横抬到担架上时，对海伦说，“带他去满氧舱做超声心动图，有情况随时通知我……这小子愣得够呛！”

“大概是紧张吧，”海伦说，“他今晚做守望人做得挺好的。”

“你一个人能搞定吗?”花昭站了起来，朝着正在把红拂的轮椅送上滑轨的穆若愚高声问了一句，穆若愚向他比了个大拇指。

“剩下的这个，看来就是咱们的宿敌了。”花昭说着走到殷浩存的身边，“嘿，欢迎来到弥诺斯俱乐部，你流血了，什么血型?”

殷浩存脸色惨白，只是狠狠地盯着花昭，他的肩头插入了木片，背脊压着一摊血，面积正在缓慢扩大，巨大的疼痛让他说不出一句话。

“希望你是B型，这样如果荆横一会儿需要输血，你将会是个最合适的血袋。”花昭一边说着，一边用手轻轻地从殷浩存的肩头开始向下压，“别躲，我是检查一下你断了几根骨头。”

花昭顺着肩头一直按到了他的肋骨，殷浩存疼得全身抽搐，“根据你脸上的表情，至少三根……”

花昭说着邪邪一笑，他打开医护人员刚刚提进来的医疗箱，掏出针管和两剂药，快速地配药，用针头抽进针管，再轻轻一推，滋起细细的液柱。

“身为宿敌，这一针一开始会让你有点疼，”花昭说着，毫不留情地把针管刺进了殷浩存的肌肉，“再过一会儿，会特别疼；到了最后，会比你这辈子感受过的所有疼痛加起来都要疼。”他一边说着，一边狞笑着将药液全部推了进去。

“真的吗？”海伦有点诧异。

“当然不是啦，这是镇静止痛和强效安眠的混合剂，”他再说话时，殷浩存已经完全昏了过去，“吓唬一下宿敌总是有必要的。”

“今晚就走吗？”海伦又问。

花昭收起了坏笑，凝重地点了点头，“今晚不走，就只能等着元警把大家绑进圣安德森‘安度’晚年了。等所有人都下楼，我们一起喝一杯，然后点一把火，跟这里告别。本来是明天的……”

“我也没想到今晚会闹出这么大的动静，”海伦说得很轻，“法老进入元境，就是为了给这小子拖延时间，好让他及时赶到。法老打算鱼死网破，黑色梵音的汤屋注定是保不住了，但这小子是准备彻底毁掉弥诺斯俱乐部……”

“我还有个想法，不过等一会儿人到齐了再说吧。”海伦说着站了起来，起身去帮助穆若愚运送老人们下楼梯。

“啧，”楼上的薛禅从牙缝里挤出一个音节，试图吸引花昭的注意，“花昭小子，我不知道这是第几重的元境，但我觉得你姐姐有点喜欢那个新来的接尿仔。”

“怎么会！”花昭的语气根本不买账，但当他朝楼梯口看去时，穆若愚和海伦正扶着阎罗轮椅的两侧，海伦用力的时候轮子不小心转了一下，险些失手，阎罗瞬间勃然大怒，穆若愚和海伦两人却流露出一丝淡淡的笑意，把轮椅挂在了电磁轨道上。

花昭无奈地撇了撇嘴。

拾玖

不眠之夜。

弥诺斯俱乐部的一楼穿插着七八名来来往往的医护人员，他们不停地把楼上每个房间的必需品打包，再搬进门口的救护车里。所有的酒桌都被撤到了靠窗的一边，海伦站在吧台的中间，花昭在指导穆若愚快速调酒的技巧。

吧台以外，三十只轮椅挤满了剩余的空地，有的老人已经拿到了自己的酒，有的正在不耐烦地催促，有的忍不住指导搬迁的医务人员轻拿慢放，所有的语气都是倨傲的，倒像是一群受了委屈的残疾老人前来此地示威静坐。

当所有人的手里都拿到酒之后，花昭把自己的香槟杯举高，“老当益壮！我听说各位长辈今晚在元境的手段丝毫不逊当年，没能亲见，有点可惜，我先敬大家一杯！”

“哈哈！”骄傲的笑声哗然一片，执着酒杯的老人们纷纷把酒举高，然后吞下一大口。

“一杯估计不够，你照着我刚才教的，再给他们调一杯吧。”花昭扭过头，看见穆若愚正在水池旁用鬃毛刷清洗酒壶，听到花昭的话，他呆了一下，然后默默点了点头。

“言归正传，花昭已经为在座的所有人安排了救护车，这是我们在弥诺斯俱乐部的最后一次正式例会了。一会儿大家喝完了酒，根据花昭名单的顺序依次上车。好消息是，邢天既然已经发来了邀请函，那么他的船应该已经装修完毕……”海伦看着大家，似笑非笑地撇了下嘴。

“咳咳……”阎罗在抽雪茄的时候像是不小心被呛到了，或者只是借着咳嗽表达自己的不满，咳了好一阵子才停下来，引来红拂不忿的眼神。

“拿杯水给他，”海伦朝穆若愚吩咐了一句，穆若愚立即接了一杯清水，阎罗一边摇手示意不用，一边接过放在了地上。

“我和花昭都是在这间俱乐部长大的，”海伦抬起头来，仰望四周，“你们教育我、照顾我，给了我和花昭能够立足于世界的能力。现在我们要从这里搬走了，我和花昭虽然年纪小，但也对这个地方充满了不舍。我之前把邀请函发给大家看的时候，很多长辈依然不愿意离开这里，所以我对此也很迟疑。我是相信邢天的，花昭也是，在座的所有长辈都是。但我们没有一个人能够保证到了那边会比这里更好，我能保证的，只不过是继续好好照顾大家罢了。”

整个“会场”静谧了三秒，海伦轻轻地举了举杯，自己喝了一口。

“哈哈哈哈哈哈！”

会场忽然爆发出哄堂大笑，穆若愚惊讶地转头，海伦刚刚的自白像是开了一个劲爆的玩笑，“等等，我刚才是听到了一串动员大会的套词吗？”红拂佯做皱眉的样子。

“动员大会？我听到的是独立宣言！”阿妍接着玩笑道。

“我刚才用咳嗽提示过你不要煽情了，你是个孩子，在这群养大你的老顽固面前，还是有话直说的好。”阎罗又露出他反正怎样都不会高兴的表情。

“你在另一个元境里可是我们的当家啊，现在的角色扮演太出戏了。在元境的哪一层，就要扮好哪一层的角色，虽然都是假的。”薛禅耸了耸肩。

海伦翻了翻白眼，见身边的花昭也在偷笑，“为什么你说话的时候他们就不笑话你?”她说着一口饮尽杯中的红酒。

“谁让你是当家呢，欺负管理员是他们毕生的日常。”

“那我就不废话了，”海伦把空杯敲在吧台桌上，“目前的坏消息就是，黑色梵音的汤屋估计已经被毁了，这个地方也不再安全，这点归功于穆若愚。”她抬手轻轻一指，穆若愚抱歉地说：“弥诺斯俱乐部的物理地址暴露了，本来大家有更充足的逃亡时间……”

“不是逃亡，是战略性转移。”阎罗纠正道。

“不管是什么，今晚我们已经把渗透病毒送给了法老，以他赛博综合征的病情而言，还能继续作乱的可能性很小，但这一遭也搭上了我们黑色梵音的元境，算是尘埃落定吧……”海伦摇摇头，“接下来元警或圣安德森会不会直接来我们的俱乐部地盘闹事，谁也不敢保证。毕竟，这里除了花昭，大家都是元警通缉的对象，包括你……”她又指了一下穆若愚，“所以我们才启动了这个凌晨的紧急撤离计划。如果任何人对这次的撤离计划有疑问，就请说出来，否则，请永远保持缄默。”

“这句我听过，我第三次婚礼的时候，我当时应该说点什么的。”

“海伦，我怎么感觉你想嫁人了?”

“千万别是新来的那个接尿小子。”

台下的老人们又纷纷起哄，穆若愚心里七上八下的，这些千禧一族说烂话的能耐堪比新冶区的拍卖会现场观众。

“你们的尊严都到哪里去了?”阎罗依然不高兴，“你们都忘了刚才在黑色梵音被法老算计的事吗？我们什么时候在元境被这种混蛋阴过？”

他的话果然让所有的老人家纷纷闭嘴。

“死神的孩子怎么办？花昭，他摔得怎么样？”阎罗又问。

“你应该先关心荆横的伤势才对！”红拂指了指他。

“荆横暂时没有脱离危险期，”花昭正了正色，“好在他常年健身，一点外伤对他影响不大，但这次估计磕到了脑部，我会在上了火车之后再做更加细致的检查。”

“荆横还是好样的，如果是我，骨质疏松了这么多年，大概会摔成一堆碎玻璃。”薛禅用鼻子嗅了嗅手中的威士忌。

“我倒是希望能把他的健忘症一次性摔没了，这家伙有时候病得太严重，真是太烦人了。”阿妍撇着嘴说。

老人们都是嘲讽的语气，但穆若愚能听出来其中夹杂的担心。

“和他一起摔下来的那个，身上骨折了三处，分别是臂骨和两条肋骨，但脑袋没有问题，我已经帮他接骨，然后包扎了外伤。我又免费送了他一针‘醉生梦死’，估计一时半会儿也醒不过来。”

“脑袋没有问题，脑子有问题，而且不好治。”底下有老人搭茬。

“居然敢闹到弥诺斯俱乐部来，要不再打断他一条腿好了。”阿妍义愤填膺道。

“这也是我想要跟大家商量的最后一个议题，”海伦停顿了一下，“我们就要离开了，可以在他行动不便的时候让他在此自生自灭。但是夜长梦多，不如把当年的真相告诉他……”

台下顿时没有了搭话的声音，真相在弥诺斯俱乐部是个敏感的词汇，所有人保持着缄默，像是生怕开口会引发新的错误。

“荆横不在，台下有三个说了算数的，红拂、阎罗以及薛禅，再加上我和花昭，一共是五票，我们投票决定好了，少数服从多数。”

众人都跟着点了点头。

“那么，反对将黑色梵音的历史告诉他的，请举手。”

阎罗举起了手。薛禅停了一会儿，也跟着举起了手。然后是海伦身边的花昭，海伦一愣。

“为什么反对?”红拂问。

“真相这种东西，毫无意义。”薛禅说。

“我倒并非不想告诉他，但我觉得太便宜他了。”花昭说话的时候并不看海伦，“我是医生，他的骨头摔断了，我帮他免费接好，已经仁至义尽。在元境里，我更愿意遵循另一套他亲口说的规则：多行不义必自毙。”

穆若愚想起来了，上次在新冶区的时候，殷浩存貌似说过这样的话。

“而我的理由更简单些，”阎罗最后说，“你们两个就是最好的证明，”她说着，朝海伦和花昭指了指，“‘有其父必有其子’。在座的都是过来人，对于性格遗传学的研究我不敢造次，但我相信自己愿意相信的那部分。换做是我的话，无论是怎样的历史，或者真相，我都不会放过你们的。”

“阎罗，”红拂微微一笑，“我知道你是不愿意离开这里的，当时我们收到邢天的邀请函，除你以外，我们所有人都很兴奋，但你几乎没有感觉。是啊，搬迁这件事，自古以来就很麻烦，那意味着你需要强迫自己去适应新的环境。但你最后还是同意了，绝不是因为我进入元境架好了狙击枪，而是你的目标人生，和大家一致。”

“你到底要说什么，红拂？我们在说殷航孩子的事情。”

“其实我是个害怕拖延生命的人，这点和邢天相同。因为赛博综合征，我换了一堆的3D打印器官延续生命，现在我准备换个地点延续生活，但我也很清楚，我需要延续的绝不是仇恨。为了避免类似今晚这种畸形事件的发生，我希望这个从二楼摔下来的孩子能够知道真相。”

“他不会变的。”阎罗摇头。

“变不变是他的选择，我只负责呈现。如果荆横在场，他也一定会支持我，无关健忘，你想想他每次想要赎罪的那些废话。”

“海伦，少数服从多数，你刚才定的规矩。”阎罗从座位上站了起来，“三比二。”

“是三比三，弥诺斯俱乐部有四分之一是归荆横管的人。”红拂强调道。

“那就僵局啰。”阎罗坐了下来。

“我想听听你的意见。”红拂朝着穆若愚的方向指了一下，阎罗从雪茄盒里掏出了雪茄。

“我?”穆若愚放下调酒杯，惊讶地指了指自己。

“你想听听一个外人的意见?”阎罗又说。

“他是晓烟的孩子，怎么是外人?我刚才被强制下线的时候，狙击法老的子弹是他帮我们打出的，几十年的仇都被他报了，我觉得他不是外人。”红拂说得有理有据，“我们需要他投出关键的一票，他很公正，也有得知真相的欲望，同时还被殷航的孩子利用过。我们能信任你吗?”

穆若愚环顾四周投望自己的眼神，轻轻点了点头。

“我也可以信任他。”海伦说得很轻松，却不看向穆若愚。

“这个时候请不要感情用事。”花昭看着穆若愚，不停地摇着头，像是早已看穿了他倾心于海伦的伪装。

“说吧。”阎罗催促道。

“我……我同意。”穆若愚不好意思地举了一下手。

“你同意谁?”阎罗急了。

“我同意把真相告诉殷浩存。虽然他利用了我，陷害了大家，但这和要不要告知真相是两回事。假如真相能够让他幡然醒悟的话最好，如果不能，至少他理亏。另外于私而言，我也想知道真相是什么……”

阎罗失望地摇起了头。

“一个逻辑。”红拂说，“四比三。”

“既然如此，我们就准备启程，”花昭仿佛也不是很在意这件事的结果，“姐姐，看来需要你和他留下来带死神之子回到过去了，小心点儿这小子，打得一手好牌。”花昭指了指穆若愚。

海伦走上前去与花昭拥抱告别，“一路上注意安全，我这边结束了，就坐飞机去找你们。”

花昭郑重地点了点头。

贰拾

好痛……我在哪里？救救我。

殷浩存在弥诺斯酒吧的电动担架上醒来，睁开眼睛的时候，满目皆是昏暗的灯光，他感觉自己在一艘船上，摇摇晃晃地向前驶去。

我已经死了吗？这是卡戎的冥河摆渡，还是我在谁的元境里？

他感到呼吸有些不畅，左手不知道在胸口上压了多久，同时感觉衣服在漏风，尤其是腰部的左边，完全没有被遮好。如同熟睡中试着拉一把被褥取暖，他下意识地探手，却发现左手完全无法动弹。

“我……”他发出吃痛的声音，左侧身体的剧痛更加强烈了，这也让他清醒了一瞬。殷浩存低了低下巴，这才发现自己哪里是衣服漏风，如今正赤裸着上半身躺在一块金属板上，左侧的身体从心脏的位置到腋下都缠紧了绷带，整条左臂都被打上了石膏，连着脖颈上的吊绳，压住了心脏上方的胸膛。

“他醒了。”殷浩存听到模糊的声音。

“沉浸舱的情绪茧房系统还没有调试完毕，让他继续睡！”他又听到一个女声，语速很快，像是在极端的忙碌中好不容易才抽出时间说一句话。

穆若愚的面孔出现在他的面前，带着医用手套，手里拿着一只针管。穆若愚盯着针头，手指微微推动，淡蓝色的液体滋向空中，紧接着，殷浩存裸露的腰间感受到了轻微的刺痛。

“如果他从情绪茧房出来之后，依然死性不改怎么办？”

这是殷浩存听到的最后一句话，转头便昏了过去。

殷浩存再次醒来，仰面冲着刺目的无影灯。

这次要清醒许多，他扭头望了望，自己躺在巨型橄榄球一样的水平衡沉浸舱中，琥珀色的液体淹没了头部以外的周身。

殷浩存蜷腿一蹬，试图从纳米溶液中起身，脖颈伸直的同时，有人把颅电调节的头盔罩在了自己的头上。

他还没有适应棕褐色的眼罩，头盔中传出了穆若愚的声音："测试，测试。"

"放我出去。"殷浩存有气无力地命令道。

"通信设备正常，准备倒计时五秒，接入过渡元境，5，4，3，2，1。"

倏——

殷浩存站在地上，周围一片漆黑，像是掉进了意大利黑醋缸，没有一点声音。突然有一根细丝般的光出现在他的眼前，接着是第二根、第三根……无数蚕丝般的光绕在他的周围，接触到他的瞬间，如同"磁重联"现象一般，立即顺着他的身体卷成一环。就像是看不见的黑暗中有无数只朝他喷丝的蜘蛛，一分钟内，殷浩存被缠成了一个由无数细丝包裹着的人形光球。

细丝的光开始呼吸闪动，又像是在一点一点将内里的殷浩存消化殆尽。当最后一丝光熄灭后，殷浩存半透明的身体出现在了穆若愚监控的屏幕上。

"过渡完毕，准备接入情绪茧房，5，4，3，2，1。"

他又听到了穆若愚的声音。

情绪茧房？谁的情绪茧房？

殷浩存内心的疑问无法得到答案，身边逐渐明亮了起来，像是被包裹在初升的暖阳中，起初只有琥珀色，琥珀色过渡出五彩斑斓的同时，幻化出各式各样规则的形状，构建出虚拟的空间。

当他终于看清的时候，自己站在了光洁的大理石板上，顶空却是清澈的海洋，人影开始在这间巨大的海洋馆中来回走动，不断有光勾勒出他们的盛装。

一位捧着香槟托盘的妩媚少女朝着他走了过来，然后径直从他的身体中间穿过。

他回头诧异的瞬间，听到了悠扬的小提琴声……

情绪茧房时空切片一

三十年前，距离“VR时代”被“沉浸舱时代”全面取代只剩最后五年。

《一步之遥》的高潮乐章在虚拟海洋馆中响起，忽然有一束天顶的聚光罩在了首席小提琴手的身上。那是个身着燕尾服的青年，运弓的同时缓缓从座位上站了起来。他始终没有张开眼睛，醉心于顿弓时的天籁之响，他身后的交响乐团还沉浸在黑暗中，只有一个夜山般的轮廓。一时间，仿佛所有的旋律都是从他肩头的云杉琴箱中飘荡出来的。

上百人的欢呼与掌声惊动了海洋馆水晶壁里的鱼群，无数聚集在一起的银亮色小鱼飞快地摆动着尾巴，一只巨大白鳍豚伴着婉转的旋律，游上了小提琴手的头顶，悠悠划出一道流星般的弧线。

舞池里正在跳探戈的男人留着长发，在头旋的地方扎出一条短尾的髻，他轻轻地用手扶着女孩曼妙的腰线，女孩的野莓色高跟靴无声地踢踏在地板上，旋转时露出香草冰激凌色的绝对领域。

女孩是个虚拟的人偶，她紧紧抿着双唇，专注的表情像是冰雕出来的，眼神保持着专业的坚毅；男人的脸上始终挂着自嘲的笑容，他的舞程线掌握得很好，能够跟上女孩行云流水的走位，只不过几乎没有什么肢体动作，偶尔大开大合的样子让他宛若一名杂技团的驯兽师。

但在场没人敢笑话他，他是年轻的法老，金丹坊的创立人。

一曲终了，舞女的幻象消失在鞠躬致礼的瞬间，舞池内幻化出一座演讲台，法老合掌谢过场内连绵不断的掌声，漫步走到了演讲台前。

“感谢诸位！感谢这一年为金丹坊付出辛勤劳动的每一位员工。”他开口的时候，台下逐渐没有了声音，“也感谢你们能够携同家人一起参加公司第一次在元境私域中举办的年会。”

“在各位的努力下，金丹坊终于成功拿到了Bluesea交易市场上唯一区块链货币流通权；同时，我们的元境通过海洋生物NFT的集换式交易，成为全球最具规模的元境之一！当然，还有我们DeFi拍卖行延伸出的游戏领域，让所有用户都体验到了‘修仙飞升’的快乐！”

舞池周围的众人都笑了起来。

“我知道比起团聚，大家更在意的是我们今晚的特等奖——一千八百个月的工资——最后花落谁家。我的策划人曾经告诉我，说起话来不围绕用户最关心的问题，那会让你在商场上刚刚弥漫起硝烟的时候，第一个倒下……所以我不废话了，寄希望于新的一年我们能够做出更好的成绩，金丹坊的年会抽奖环节立刻开启！”

这一次，舞池周围的人群爆发出欣喜若狂的吼声。

“邢天，你来陪我喝一杯！”就在虚拟演讲台消失的瞬间，法老扭过头，微笑着招呼身后的首席小提琴手。

手持琴弓的男人微笑着点了点头，就在法老转身的同时，他却立即收起了脸上的笑容。头顶的光柱随着虚拟交响乐团一起消失了，邢天的眼神中闪过一丝黯然与晦涩。

金字塔，法老的办公拟域，他特意将空间模型的内部设计成三角结构，空间的挑高是一般的三角帐篷的十倍左右，其间又从顶角垂直的地方把整间办公室分隔成了两部分。

邢天躬身坐在沙发上，会客区的沙发靠背与墙面平行，因此也是斜的，像是要把坐在沙发上的人“倾倒”出去。他抬了抬头，头顶的侧壁上挂着栩栩如生的雄狮头，标本脖颈处的展示木板被设计成一摊鲜血的形状，仿佛狮子在怒吼的瞬间被定格斩首。

如果这是在现实世界，那只狮子头从天花板上掉下来，刚好能垂直咬住邢天的头……

“你在家吗?”法老坐到了他的对面，手里拿着黑金色的威士忌酒杯。

“对。公司年会，刚好能带女朋友一起来，我们就都窝在家里。”

“我在飞机上，去意大利，那里正在招标兴建一个被称作‘拜占庭’的元境，我得试试有没有中标的运气。”法老说着摇了摇头，“我真是很讨厌年会这种东西，我能想象自己刚才在飞机上带着VR乱舞的样子，活像一个智障。我一个已经年过四十的人，不仅需要游说那些股东和政客，居然还需要给手下员工演讲，本末倒置，浪费时间。”他忽然颇有顾虑地顿了一下，“你女朋友还没有下线吧?”

“还没有，她还在海洋馆的元境里记录素材，稍后会直接下线，然后通宵赶稿。”

“像你女友这种全媒体自由职业人，才应该是我今晚唯一要服务的对象。她个人账号的影响力很大，希望明天能够在头条上看到她的雄文，顺便帮我省下几百万的宣传费用。”法老狡黠地笑了笑，

“我找你来是关于我年前告诉你调岗的事情，我要砍掉你那个NFT海洋生物的10K Project[1]。”

“我听说了……”邢天叹了口气，“可惜我的制作团队今晚还在一边加班一边开年会。”

“不要再帮别人打工了。”法老不屑一顾地摇摇手，“Bluesea最新的年度报告我看过了。我举个例子给你，我买下一条六鳃鲨鱼的版权，再制作成NFT，假设每张售价是一金丹，在市场上经过三次倒手，它的价格能暴涨到一千金丹。可笑的是，这一千金丹完全跟我没有关系！我像是个拉皮条的，辛苦一番后只挣一笔微薄的掮客费。”他自嘲地笑了笑后，正色道，“你只保留你团队的精英，我说的是像你这种，能靠完备的图灵脚本语言撒谎的高手。”

邢天苦笑着摇了摇头。

“我下一步的计划是把新的NFT项目引进DeFi拍卖行的延伸游戏里，你负责牵头引流，目的就是让那些喜欢在元境里玩修仙的低智玩家掏空自己的腰包。”法老的话永远都这么露骨。

“但这样做很容易影响到虚拟货币的通货膨胀率，金丹一旦不值钱了——”

“不不不，金丹一定会越来越值钱，”法老打断了邢天的话，“我同时会提高虚拟物品的价格，增加挖矿难度，上调Gas费用[2]。”

邢天思考了几秒钟，“这会导致用户留存率大幅度下跌的。”

“你不用担心，我有秘密武器。”法老邪邪地笑了一下，“我组建了两支队伍，你负责带其中一支，任务是把所有游戏虚拟物品的静

1. 10K项目，指由约一万张不同的图片组成的NFT收藏品。
2. 矿工费，指在区块链上进行交易产生的手续费用。

态NFT都升级为动态的，剩下的你就不用管了。”

“我不明白。”

“你始终不明白才是最好的，术业有专攻，你只需要写好程序，保证明年能赚个盆满钵满……知道的太多，会引火上身。”

邢天表面上微微笑了一下，心里却掀起了惊涛骇浪的怒意。

他不知道法老又在打什么算盘，海洋生物10K Project是他亲自提交的，运营一年来能为集团实现平稳盈利，虽然远不如刚上线半年的元境修仙，但后续开发的价值很高。上个月他刚刚与国际海洋环保组织建立联系并得到认可，这个项目就要被腰斩了。

如今，金丹坊正朝着纯暴利的方向大举进军，商者趋利，他能理解；于他而言，将NFT从静态改为动态也没有什么技术上要突破的难关，NFT本来就是能够以视频形式呈现的非同质化代币。

但根据他对法老的了解，法老刚才的意思，是要剥夺他在产品最终上线前的所有信息知情权，这就意味着产品里有猫腻……法老像是给他展示了一把吹毛断发的长刀，而且告诉他要做杀人不见血的买卖，却不告诉他谁是真正的目标。

“别想那么多，组织一下语言，今晚就精简你的团队吧。”法老最后命令道，“还有一件事，你有没有听过一个DAO，被称为‘梵音’？”

“梵音？”

“嗯，一个由黑客组成的去中心化自治组织，人数不多，藏匿自己的手段很高明，大概是偷偷看了我的年报，嫉妒我今年的收入……最近在金丹坊的虚拟交易平台闹事。”

“从来没有听过。”

“没有就好。我估计他们很快会跟我手下的程序员过招，如果你接触到了，记得第一时间告诉我。”

“明白。”

邢天一把拽掉了头上的VR眼镜，一瞬间回到昏暗的客厅。

为了年会，女友晓烟特地只开启了具有太空投影功能的LED小灯烘托气氛，星星点点的微弱亮度不停渲染着周身空气的颜色，一声声凝重的叹息间，邢天的脸色也跟着变幻。

他身边的晓烟还戴着VR眼镜，蜷腿倚躺在沙发上。邢天瞟了一眼电脑屏幕，海洋馆内的狂欢还在继续，一千八百个月工资的大奖即将揭晓，她的脚趾都跟着勾了起来。

“别抽烟，我闻到了。”晓烟握着小拳说，“不会是你吧不会是你吧不会就是你吧……”

屏幕上，金丹坊的年会达到高潮，特等大奖揭晓！

“果然不是！”她瞬间懈怠了下来，撇着嘴摘掉了头上的外设。

“就这一根。”邢天面色凝重地说。

“你怎么了？没抽到奖就这么不开心？”

邢天摇了摇头，“法老刚才又跟我提了关于调岗的事情。”

“看来你答应他了。”晓烟瞬间收起了乖巧，默默地看着邢天，直到他抽完烟，把烟蒂掐灭在烟灰缸中，她才继续道，“自去年底，金丹坊的玩家因为沉迷元境引发光敏性癫痫后，所有媒体对金丹坊的风评都不高，它的口碑随着那个该死的修仙游戏的用户增多而不停下滑……法老也恶心他自己的游戏，但是他不恶心钱。他想投资意大利的元境‘拜占庭’……我还是建议你急流勇退，我之前调查过很长一段时间，‘拜占庭’是有黑手党背景的，法老在走一条邪路。以你的履历，从金丹坊离职后，可以在任何一家大型元境公司任职。”

“估计那些公司会对我避之唯恐不及吧……我只不过是一个年过三十五岁的程序员而已，你还不到三十岁，没有我这么大的职业危机感。做我这一行的，没办法靠资历吃饭，所有的人都会1+1=2的时候，年轻人写起代码来更具活力。”邢天用手捋了捋头发，“可惜我还没赚够自己的退休金。”

往往到了这个时候，晓烟都会开玩笑说让邢天来给她做助理打工，但她今天看邢天愁容满面的样子，终于欲言又止。

“我最近还查到一个消息，法老跨界投资了本地一家综合性的私人医院。”晓烟说。

“医院？你说的是元境里的消毒所？”

“我说的是现实中真正给人看病的医院，”晓烟强调道，“我忘记叫什么了，只知道口碑很好，神经内科的主治医师团队很强。”

“完全没有听说过。”邢天摇了摇头，“听上去倒像是员工福利，我团队里有好几个程序员坐骨神经都不舒服。”

“也有可能是法老自己有神经病没有告诉你们。”晓烟坏笑着说，“再不然就是黑心钱赚多了睡不安稳。”

“事情有点蹊跷，”邢天皱起眉头，“他要裁掉我的项目，让我负责更简单的事情，感觉他已经做好了当一只貔貅的准备，但又投资医院……”

“他要裁掉你的项目？不是说你可以转岗带走的吗？”晓烟瞪大了眼睛，“他在这个节骨眼上不准备和国际海洋环保组织合作了？”

“估计他一开始也没把这当回事。”

“混蛋！”晓烟破口大骂道，“我不知道他要干什么，但一定是见不得人的买卖，所以才会和主流正派划清界限。你明天早上就递交辞呈吧，我们想办法自己把海洋生物NFT的项目接下来！”

“不可能的，我早就算过这笔账，倾家荡产也不够。”

“邢天，你是个很有正义感的人，这是我跟你在一起的原因之一。你不能够因为一份回报，泯灭灵魂里最可贵的东西。”

“不会的，我会弄清新项目具体做些什么的，如果触碰了我的底线，我不会坐视不管。”邢天说着，心中忽然生出了莫名的不祥之感。

“我要去写文章了，本来没什么动力，现在好了，我一气之下就能码上万字出来。明天贵司的公关部门有得忙了，准备迎接我四千万粉丝的质问吧！”

“我还在金丹坊工作啊，你笔下留情吧……”邢天对气冲冲走向书房的晓烟喊道，“我告诉你的很多都属于商业机密的范畴。”

“我有分寸的。”晓烟关上了书房的门。

邢天叹了口气，又拿起了桌上的烟。

裁员、新项目、拜占庭、光敏性癫痫、医院、梵音……邢天感觉所有糟糕的事情都被一根线牵连着，如同区块与链的关系，但他想不清楚其中有着怎样的关联。他看着这间烟雾缭绕的狭小客厅，奋力分辨妖娆散尽时的微弱星光，可越努力睁眼，就越觉得模糊。

情绪茧房时空切片二

金丹坊程序大厦三十六层。

距上次年会已经过了一个半月，在这一个半月的时间里，金丹坊始终在各路媒体控诉的风口浪尖上，晓烟的新媒体矩阵不断发稿，几乎引发了整个社会对金丹坊的反感。法老的公关部门连续通宵了三周，他们的主管甚至亲自带着厚礼来到邢天的办公室，一边乞求一边威胁，要晓烟停笔。直到娱乐圈的明星曝出连环性丑闻，才终于将舆论的关注全数转移。

但法老始终沉默，即便金丹坊被钉在数字世界的耻辱柱上，他依然没有发声。

邢天从茶水间托着咖啡杯走出来的时候，心里还在嘀咕这件事，同时耳边又想起晓烟和他吵架时的论调：

“给一个心比黑洞还要黑，血比液氮还要冷的人打工是一种什么样的体验?”她把这句话写在了公众号的专栏里。

“老大，事情有点不对劲。”薛禅看上去与邢天的年龄相仿，是邢天手下的引擎师。他急匆匆地跑来，打断了邢天的思绪，“有两个用户的元境在线时长达到了十二小时。”

“这么点小事你慌什么?”邢天看着杯中险些洒掉的咖啡，“想在线上待多久是人家用户的自由。”

“如果真的这么简单，我干吗还要给你说?”薛禅无奈道，“我说在线十二小时，是连续的十二小时，而不是一个简单的挂机行为。”

邢天立刻从困倦中惊醒，“你看过他们眼球跟踪的全部交互资料了吗?”

“我看了整整三个小时！确实是连续十二个小时，一秒也不间断。正常人即便戴着VR眼镜吃饭，总要隔一阵子去上厕所吧?诡异的是，这两人在最后的八小时里，始终处于监测天空的状态。如果他们不是把自己的眼球连着视觉神经系统一起抠下来贴在了VR眼镜上的话，那他们一定睁着眼也能睡着，而且刚好坐在马桶上。”

“马上带我去看看。”邢天一路小跑赶到了薛禅的工位前。

管理员的监控面板上，果然显示着两个一动不动的用户，无论是物理地址，还是元境内的虚拟距离，他们都相隔甚远，其中一个玩家在线时长达到了十二小时，另一个则将近十三小时。

一时间，邢天希望这两个人都是高级程序员，研究出了能够完美利用系统漏洞的挂机程序，虽然这意味着自己的整个部门都会被扣奖金。

但他知道这几乎不可能。在线时长并没有与元境内的任何经验等级挂钩，如果只是炫技，这样一个挂机程序除了浪费时间，不会有任何收益。它更像是一种哗众取宠，类似于把树砍倒，两头削尖，然后声称发现了世界上最大的牙签。

那么只剩最坏一种情况，两名用户在元境中以死不瞑目的方式猝死，或者持续了整整半天的濒死状态……

“所以我刚才发现的时候没敢强制让这两人下线，断了线我们就无法搜到他们的物理地址。”

邢天调出了两名用户自注册以来的所有运行数据，用算法偏见得知他们从创建角色以来，从未和对方有擦肩而过的交集。唯一的共同点，是在十二个小时前，分别与元境中一个名为“大只佬”的用户在两个不同的拍卖行进行过短时间的交易，交易的物品则是一张刚刚上线不久的“符箓NFT”，但两笔交易都以“未能成交”而告终。

“奇怪吧！”薛禅站在旁边说，“一定是金丹坊的那个幽灵程序团队搞出来的花样！不过再怎么玩，也不可能制作出能够把用户变成僵尸，轻轻一贴就能定住的符箓NFT啊？”

幽灵程序团队正是法老当日跟邢天提过的部门，负责将邢天部门研发的所有半成产品加工上线。法老像是故意找了一群黑客来制约邢天一般，两支队伍各司其职，但邢天从未在金丹坊的员工名单中找到他们，法老说他们是友邻团队，传着传着，就变成了“幽灵”团队。

“这样吧，你还是强制让这两人同时下线，”邢天对薛禅说，“我现在就戴VR进去一趟，你帮我定位大只佬的坐标，目前他是唯一的线索。你在外界帮我看着点，我隐隐觉得这个大只佬不干净。”

“没问题，你去穿装备，我先录制一下强制他们下线的视频证据素材，然后就把这两人踢下去。根据统计，用户一般会在被强制踢出服务器的一分钟内主动联系我们，我们多等一分钟，你再进入。”

等邢天戴好了设备，薛禅强制两名用户下线后，他们足足等了三分钟，也没有任何用户联系官方……

邢天出现在金丹坊的拍卖行附近，很快锁定了大只佬。

就在准备建立私聊时，一个吹着泡泡的短裙女孩从他身边走过，一只两米来长的剑旗鱼摆着尾巴跟在她的后方，穿过人声嘈杂的交易广场。

邢天心中一惊。

他认识那条剑旗鱼，那是他一年前刚刚启动海洋生物NFT时，做出来的第一批试验残次品。当他查到剑旗鱼在海中游弋的速度堪比陆上猎豹时，还为此唏嘘过一阵。

可自己一个半月前被砍掉的NFT项目，如今居然在这个DeFi衍生品中“重生”了。法老在私自倒卖他那些作废的NFT作品，包装的方式正是邢天团队的工作，将静态变为动态，但这个项目从未让邢天知晓。

“老大，别愣神了，你又不是没来过这里。”薛禅的声音同时出现在他的耳麦与现实中，“我要开始检测大只佬的在线状态了，等检测完毕，你就可以锁人。

“语音交互功能开启。

“实时翻译功能开启。

“双方的通信装置正常。

“三秒后屏蔽周围单位，建立私人对话空间。”

邢天忍不住回头又看了一眼他的剑旗鱼杰作。

“3，2，1。”

“锁住了。”邢天说。

几乎是和邢天同一时间，薛禅打开了后台的过滤系统，拍卖行瞬间不见了，所有嘈杂的玩家只剩下虚拟的轮廓。

大只佬的脚底多出了一个红色的圈，他愣了一下，但对周围的静音环境并不特别惊讶，仿佛之前也接受过官方的例检。

他的模型设计要比普通人胖整整一圈，缓缓转过大肚子的同时，露出了一张随机的模板面孔。在刚刚见识了诸多完美的脸庞后，邢天甚至有给他介绍一位“捏脸师”的冲动。

“大只佬先生你好，我是金丹坊的官方程序负责人邢天，”邢天亮明身份，“很抱歉这么突兀地打扰您，因为系统报错，所以我们想了解一下您在十二个小时前售卖的NFT商品，为的是保护您的私有财产不会因病毒攻击等原因受损。”

大只佬长长吐了一口气，“我觉得你一定是搞错了，官方先生，我近期并没有交易过任何NFT。”他发了一个受到打扰却努力保持着礼貌微笑的表情。

“原谅我没有说清楚。”邢天跟着一笑，“您确实没有成功交易的记录，但系统检测到您尝试在一个小时内与两名用户进行过交易协商，并且交易物是同一件NFT商品，一张动态的‘符箓’。如果您方便的话，我想帮您检查一下这件商品的完整性。”

“你说检查就检查?”大只佬冷笑了一下，“检查商品的完整性?你干脆问我要六十四位的私钥和十二个单词的助记词好了！非同质化代币，这六个字哪个字你不理解?这种东西从诞生起，就是纯粹的私人财产。要不你下次再找个高级一点的理由?”

“妈的，死胖子不合作啊!”薛禅骂了一句，“越是藏着掖着，越是有诈!”

“您看这样合适吗，大只佬先生，在扫描过您的NFT后，鉴于给您的赛博生活带来了不便，官方将赠送您两金丹作为赔偿。”

“我有个更好的主意，我给你四金丹，你把这周围的屏障都解开，然后滚。”

“敬酒不吃吃罚酒!”薛禅又骂了一句。

“看来您是不准备和官方合作了。”邢天点了点头，“如果是这样，一旦官方对您的账号以及您在金丹坊所持的私有财产进行强制性处理……”

“你威胁我?”大只佬气势汹汹地朝邢天逼近两步，“干吗?你要删我号啊！有种试试啰，你工号多少?”

邢天没有说话，再次亮出了自己官方认证的头衔，上面写着他的ID。

“我截图了。”大只佬说，然后忽然笑了起来，诡异而轻蔑，“你应该好好反思一下，为什么总有人在这里无法无天的……”

“我们有权相信，您的NFT会扰乱DeFi衍生环境的安全性。”

“我哪里管得着一只绣花枕头相信什么。”大只佬最后瞥了邢天一眼，“你对我什么也做不了。”

说完，他便强制下线了。

屏蔽解除，金丹坊交易所的熙攘叫卖声再度出现，邢天一把摘下了自己的VR。

“老大，你一句话，他下次还想登录的时候，就会发现自己的角色已经被删了个干干净净……我觉得这也算是一种环保行为。”

“先不要删他，我们还没拿到任何证据，把他创建的所有角色关进沙盒里锁好，他会求着我们帮他解封的。”

“得令!”

情绪茧房时空切片三

“1997年，日本发生过一次离奇的集体光敏性癫痫事件，又被称为‘皮卡丘’事件。同时发病的有六百多名儿童，他们当时都在观赏动画片《精灵宝可梦》，皮卡丘放电的同时，电视机屏幕上刺眼的颜色以高频闪烁了五秒，诱发了儿童的光敏性癫痫。”

“那么对于成人而言呢?”

“2016年，美国的达拉斯市，一名男子在刷推特时点开了一张红黄蓝三色交替频闪的动图，其中蓝色的部分写着‘你将为你的言论付出代价’，紧接着这名叫科特的男人当着妻子的面在椅子上痉挛不已，然后摔到地上，完全失去了身体的自控能力……后被当地警方证实，这是一场蓄意谋杀，发送动图的嫌疑人于次年被判十年监禁。”

邢天听过之后，静静地把电话放在桌上，转过头看向身边，“薛禅，晓烟说的你都听到了吗？”他轻声询问了一句，薛禅默默地点了点头，“你去帮我查实一下，三天前的那两名用户现在是什么状态，你可以代表官方去直接找他们聊聊，私下里给予虚拟补偿。”

薛禅起身，没有多一句话。时间才刚到午饭的点，早上还生龙活虎的邢天这一刻像是生了一场大病，说完话就瘫坐在了茶水间的椅子上。

邢天只感觉自己的心被浇上了冰，虽然派出薛禅去调查，但根据自己掌握的信息，以及女友晓烟的查证，基本上已经串联出了金丹坊的巨大阴谋，虽然其中的细节还需要继续琢磨。

那两个倒在地上仰望天空的用户，应该就是光敏性癫痫的受害者，而法老刚刚成为一家综合性连锁医院的最大股东，这间医院又以神经系统疾病治疗为核心。

他有点不敢再想下去了，也许晓烟是对的，一个半月以前，他应该在法老大幅裁员时，主动请辞。

“老大！”薛禅忽然急匆匆地跑了回来，“你一定要看看这个！”

邢天满是迟疑地跟到了薛禅的工位旁，在他的电脑屏幕上，再次出现了大只佬的身影。

那个肥胖的模型像是什么都没有发生过一样，正在金丹坊的元境交易广场闲庭信步。

“他不是被我们封禁了吗？”邢天眉头一紧。

薛禅在他身边砸着鼠标，怒气冲冲地调出了大只佬账号最近的解封记录。

“有人把他放出来了，就在我亲手把他封号后的一个小时内！”薛禅感觉自己受到了侮辱，“怪不得我这几天每天监查申诉记录，都没有找到大只佬的ID，他早就金蝉脱壳了！”

“能不能查到是谁跟咱们对着干？”

薛禅的键盘声噼啪作响了一阵后，突然停了下来，“是内部的人，幽灵程序团队！”

“我现在就去找法老紧急说明一下情况，你去忙我之前交代给你的事。”

薛禅一把将鼠标狠狠地摔在桌上，随手拿起身边的外套，与邢天交换了一个眼神，然后冲了出去。

预约了三次，法老终于决定给邢天十五分钟的会面机会。

邢天又坐在了张牙的狮子头下，法老的脸色比死狮子还要难看，邢天一开始有些惊讶，毕竟自己并没有做错什么，随即平静了下来，把关于大只佬的恶性事件平实地阐述了出来。

“事情就是这样，这个幽灵程序小组完全在捣乱，而就在我向你汇报这一切的同时，那个恶意骚扰用户的胖子仍在逍遥法外。”

“那个你口中的胖子就是幽灵程序小组的组长，与你平级。”法老阴着脸说，他看着邢天惊诧的表情，“你所给我汇报的一切，都是你自己惹的麻烦！”

“我？”

“对！程序服务器是你团队搭建的，里面出现了bug，那两名用户都是bug最早的发现人。他们通过向其他用户提供电子货币兑换渠道，利用bug不断进行上线与下线的切换，牟了一笔暴利！如果不是大只佬及时阻止，金丹坊一半以上的电子货币恐怕都装进那两人的口袋了。”

邢天震惊了一瞬，“所以你……你允许他使用违法的光敏性程序——”

“我没有指使他去做任何事，就像我不会指使你去封谁的账户一样，”法老打断了邢天的话，虽然怒意被强行按平，但语气中满是敌意，“我只告诉大只佬，把该做好的事情做好，把邢天的漏洞堵上……”

法老之后说了什么，邢天已经没有在听了，他看到了这间金字塔私域内书架上按时间排序的阅读目录，顶部的三个文件名都带有一个红十字的标识，标识下是金色的小字“圣安德森”。

“老大，谈得怎么样?”邢天刚摘下VR，薛禅和团队其余的人就都放下了手头的工作，跟着围了上来，“能不能动那个胖子?是报警，还是我们自己私下处理?我先投私下处理一票!”

邢天苦笑着摇了摇头，“从今天起跟那个胖子好好做朋友吧，他是幽灵程序组的人，还是组长。”

身边的人一时间面面相觑。

“薛禅，你帮我查一下之前那两个用户是不是有短时间频繁上线下线的交易记录，问题出在我们，系统有可能真的产生了bug，被这两人逮到了。”

薛禅连坐都来不及，噼里啪啦地从数据库调出两名用户的资料，“系统检索到两人最频繁的上下线时间，一个是间隔四分钟，另一个是一分钟。”

“那个一分钟的状况，一共出现过几次?”

“三次，不过这三次最短也相隔了两个月以上，两个月里服务器超载都不止三次了，谁还没有个掉线的时候啊！”

邢天站在原地，如遭雷殛：法老在骗他。

“怎么了老大?”薛禅抬起头来。

“没什么，我就说我们怎么可能写出这么弱智的漏洞来……”邢天叹了口气，“对了，你怎么这么早就回来了？见到那两个用户了吗?”

“邪门!”薛禅撇着嘴摇了摇头,“两个人都被送进医院了，而且都签下了不予外界探护的协议书。”

“哪家医院?”邢天心里有一个答案。

“圣……圣安德森什么的，据说名气很大，医护人员的态度就不怎么样了，我留了咱们的名片给他们，但不一定送得进去。”

情绪茧房时空切片四

金丹坊程序大厦三十六楼，晚上十一点。

邢天正在聚精会神地阅读着电脑屏幕上的资料。每过一段时间，都有蓝色的弹窗消息，那是项目组的同事们陆陆续续提交的总结与考勤，但他没有点开过；每隔一会儿，又有同事向他告别，他连头都不回一下，只是敷衍地说声明天见；薛禅招呼他去一家居酒屋，打算以买醉的方式结束这糟心的一天，他也拒绝了。

直到他的双眼略感困倦，下意识地捏了捏鼻梁，这才发现整间办公室除他办公桌以外的地方都已经熄灯了。

他像是又回到了年会的那个晚上，重新变成一个在虚拟的聚光灯下表演小提琴独奏的幽魂。

读了一晚上关于光敏性癫痫的资料，邢天依然是一头雾水。他只恨自己是个程序员而非医生，但他相信自己总结出的几条重要的规律：VR眼镜能够带给人三百六十度的视觉刺激；能够引起生理不适的电子素材会在几秒内诱发光敏性癫痫，多数患者病症瞬发的时刻连一把扯掉VR眼镜的时间都没有；全球的光敏性癫痫发病率在元境普及后几乎翻了一倍，而且这个数字还在不断增长……

法老这种商业嗅觉极其敏感的人，自然会主动涉足这个横向领域有利可图的行业。但邢天想不通的是，医疗行业的收益从来都很稳定，即便光敏性癫痫治疗在未来大有可为，但相比金丹坊目前的年利率水平而言，根本是九牛一毛。法老是个贪婪的人，他率先入局无可厚非，但要以视觉强刺激的方式送用户进医院，再挣一笔医药费，未免有些蠢得不可思议。

就像是一个在国际餐饮行业有着绝对知名度的米其林连锁餐厅董事，忽然发现早餐摊的生意火爆，于是决定以添加罂粟壳的卑劣手段抢占早餐市场……

零点过后，邢天接到了薛禅的电话，他已经转场到了夜店，电话刚刚接通，听筒的另一边就传来狂轰滥炸的迪斯科音乐。

邢天赶紧把手机从耳边拿远。

“邢天！”薛禅在电话的另一头嘶吼，“我喝醉了！你在吗？”

“喝醉了就早点回家休息，我可没空去接你。”他对着手机屏幕，嫌恶地答道。

“你说什么？我听不清！”薛禅紧接着吼道，“没关系！你听我说，我有一个新的想法。”

邢天没有搭理他，独自翻了翻白眼。

"就是……我……我在这里，这里的光闪了整整一晚上，也没有人在舞池里倒下，你查的那个什么光癫痫，你说为什么不在这里出现?"薛禅大着舌头说。

邢天沉思了片刻，很快得出结论：酒精会麻痹人的中枢系统，迟钝的反应降低了双眼对光的敏感度。夜店是一个开阔的环境，没有人是去那里欣赏光效的，因此癫痫的发病率很低。

看似完全是纸上谈兵的一套理论，却让邢天对自己最关心的命题有了初解。

薛禅挂断电话的时候，完全不知道对方最后说了些什么。邢天站起身来，打开茶水间的灯，从冰箱里拿出半瓶蓝色方瓶的尊尼获加，重新回到座位上时，手上又多了一只雪茄色的威士忌杯。

与薛禅不同，邢天从来没有独自饮酒的习惯，但他酒量还不错。无论是舒缓神经，还是为心中那个蠢蠢欲动的"蠢计划"做准备，他知道自己今晚必须喝上几杯。

他想亲自领教一下那张符箓NFT的厉害!

第三杯下肚后，手机铃声又响了起来。

他以为薛禅又要耍酒疯了，结果来电显示是晓烟那张阳光下的惬意笑脸——这同样也是他手机的屏保。

"你不在家啊?我写稿写得昏天暗地，还以为你在客厅，叫了半天才发现只有我一个人在家。"

"怎么样，写稿还算顺利吗?"

"我觉得不错，但想起读者们的评论就有些心虚。你在哪里?"

"我还在程序大厦，今晚……大概会很晚回去。"

"法老又给你指派了新的项目吗?"

"没有，但是心里总觉得有个班，不得不加。"他说着，又灌下一口酒。

“好吧，我自己点外卖了，忙完之后记得跟我说，我应该会通宵。”说着晓烟就准备挂断电话。

“嘿!”邢天叫了一句。

“怎么了?”

“没什么……”他欲言又止。

“下班了就给我电话，说不定可以一起去吃个早茶。”

“当然。”

邢天挂断了电话，重新点起一根烟，威士忌还剩下最后一杯，电脑屏幕上是他下午从法老的私域中偷偷截取的图片：一个红色的十字架，下面用英文标注着“圣安德森”的金色字样。

邢天扫了眼电脑右下角的时钟，已经过了凌晨1点，双手在键盘上翻飞时，烟灰掉进了青轴的间隙中，他没有清理，顺着金丹坊交易大厅在线用户的列表，快速地检索到了大只佬的位置。

大只佬的名字是绿色的，在线时间显示着1小时17分钟。

他没有喝最后一口酒，而是把烟头扔进了杯中，顺手拿起了桌面上的VR眼镜，深深吸了一口气……

情绪茧房时空切片五

夜色下的金丹坊元境多了些古典东方元素与赛博朋克风的杂糅感，每天凌晨的这个时间，用户数量反而能达到峰值。通往交易广场的路上，有奇装异服的脱口秀表演、限量版NFT的展览、专门教人“捏脸”的线上课堂以及利用特效擂台斗法的“修仙”玩家。

邢天走得很慢，蓝紫色的霓虹广告牌不时在他头顶炸开，他只身穿过一群拦在前方的性感妖娆的虚拟少女，目不斜视。

现实中的他正坐在椅子上，这种使用VR眼镜的方法至少违反了两条最重要的产品协议：他能够活动的空间范围极小，并且身边没有准备好包含监护人在内的任何监护措施。

好在他的目的很简单，只是找到一个用户，进行简单的对话而已……唯一有些复杂的，可能是在强制没收用户的NFT的64位私钥钱包时，对方也会用同样的管理员权限逼他下线。

邢天扭头看了看自己数据面板上的坐标跟踪，大只佬正在交易广场上不断变换位置，但始终没有离开拍卖行的附近，很有可能是正在寻找新的下手目标。

终于，在一个贩卖五色鲤鱼旗动态NFT的用户后方，邢天看到了大只佬扫视众生的背影。

“大只佬，我想和你聊聊。”邢天瞬间建立了会话链接，开门见山。

“邢天……”大只佬转过身来，“这么晚了还在加班啊，你是又想来保护我的私人电子财产吗，还是封禁我的账号?”大只佬是开玩笑的语气，完全没有之前对官方人员的跋扈，虽然只是第二次见面，却感觉是在与多年的朋友说话，他显然也知道了邢天在金丹坊的身份，“一直忘了跟你说，你拉小提琴的水平真是登峰造极!”

邢天摆了摆手，“我来找你，是想查证一件事情，那两个现在还躺在圣安德森里的用户，是你用特别手段送进去的，没错吧?”

邢天用词很是小心，他们之间的每句话，都是一场信息对称的博弈，如果先被对方算出其中的信息差，他就会立即掉进满是谎骗的陷阱。

大只佬狐疑地眯起了眼睛，“没错，但这不应该是你知道的。”他忽然有点激动，像是极力克制着自己紧张的情绪，“这一部分信息仅限于我团队的内部，完全不包含在我们合作的范围内，我知道法老是绝对不会告诉你的。那么，不如你先告诉我，你是从哪里知道的?”

“不重要，”邢天故弄玄虚地说，“但这件事情的结果真的‘丧心病狂’。我女朋友说我是个很有正义感的人，其实不是，我也只想多赚些钱，但赚不了把沙子揉进眼睛里的钱。”

大只佬深吸一口气，肥胖的肚子跟着起伏，瞧着邢天一副来者不善的态度，心中断定他不是来和自己交朋友的，“不用和我扯东扯西的，我和你没有那么熟络。好在我们之间并没有任何竞争关系，我们本来应该默契地在一条船上各司其职，你知道圣安德森的名字又能怎样？你的所有假设都是凭空瞎猜的……时代在变化啊朋友，你应该多关注宏观环境，我感觉你有些跟不上了。”他说着凑近了邢天的耳朵，“还有，你的女朋友是个大麻烦！这不是我说的。”

邢天血液里的威士忌瞬间被点着了，“我建议，你跟我说话最好小心点。就像你说的，我和你不熟。”

“哇哦！我需要小心的事情又多了一件，我把它记在我的虚拟账本上好了。”大只佬忽然变作一副阴阳怪气的痞态，“我都说了是我干的，你能怎么样？封禁我的账户？删我的资料？你能做到的，我都能做得到；你做不到的，我也能做得到！上次的事我没有怪你，你应该早点回家，找找乐子，别这么不识趣……”他说完又发出啧啧的声音，像是在通知动物吃饭。

“你身上现在携有能够威胁到整个金丹坊的病毒文件，身为官方人员，我需要销毁它。你主动拿出来最好，我不希望大家难堪，当然我也有办法直接把一些东西拖进回收站里。”邢天说着，肩头亮起了自己的官方身份证明。

“让我看看——金丹坊，”大只佬用重音点读的同时摇了摇头，“你的权限好像是法老提供给你的。”

“法老现在在哪里？你叫他来啊！”邢天知道自己现在已经不计后果了，哪怕明天被开除，也要在今晚搞定大只佬。

“管理员？可算找到你了。我上周的一笔交易记录找不到了，你能帮我查一下吗？”忽然，一个头上戴着绿色高礼帽的男人插进了两人中间，那是个身着圣帕特里克节传统服饰的男人，手上拿着一大簇绿色的四叶苜蓿草。

邢天没有回答，问话的人身体闪了一下，直接消失在了原地。

“你就是这么对待用户的？”大只佬发现了邢天的违规操作，“直接把用户踢下线，你——”

他的话没有说完，因为他看到邢天肩头的官方证明跳转成了红色，大只佬知道，那是管理员进入了全景录像执法模式，在这个模式下，管理员有权暂时拉黑干扰执法的用户。

“我要求你立刻交出物品栏的秘钥，因为我怀疑其中的物件会引起重大虚拟环境事故！如果你不合作，我会强行搜索，无论你在不在线，我保证帮你粉碎得干干净净！”

大只佬站在原地，眨巴自己的小眼睛，看着自己脚下再度亮起的锁定红圈，仿佛在努力思索自己在录像环境下如何才能规避风险发言。隔了好一阵，他才悠悠地张口：“你最近在Bluesea兑换过金丹吧？”

邢天皱了皱眉头，“不要再用没意义的问题拖延时间了。”

“既然这样，官方先生，我身上确实有一张交易得来的NFT，我隐隐觉得有些不对劲，但又说不上哪里不对劲，就一张而已，还请你没收之前，先帮我鉴定一下。”

邢天迟疑了，对方话中有话，像是要耍诈。他伸手去摸现实中的威士忌酒杯，刚放到嘴边，才想到自己把烟头扔在了里面。

“可以吗?”大只佬催促地问了一句，指了指自己脚底的红圈。

交易面板弹了出来，大只佬正以0金丹的价格，将一张NFT发送给自己，在结束交易前，他必须预览内容。

邢天伸出了手指，停在预览按钮的上方，他基本上知道按下去会有什么后果，所以随时做好了闭眼的准备。

“你怕什么？官方大人。”大只佬又在嘲讽。

邢天心一横，像是点燃了炸弹引线一般，按下了预览键，NFT在他的视野全屏展开，他第一时间闭上眼，然后眯开一条缝，去看那张正面发光的图片。

一张简单的符箓模型，黄色的草纸上画满朱砂色的线条，除了让人无法辨清含义的鬼畜线条，不带任何字迹。

他慢慢睁开了眼睛，“不是这张!”

“不是吗？你再看。”

邢天正要答话，面前的符箓无声爆开!

蓝色的光谱如同闪光弹组成的海潮向他的眼睛袭来，巨大的耳鸣声径直刺入他的脑中。他下意识地闭眼，却没有任何作用，眼睑内充斥着红黄蓝三种颜色并且极速切换着，堪比上万流明的亮度让他分不清虚拟与现实，仿佛每根睫毛都变成了电弧，并被人不断地用焊枪冲刷!

邢天想要一把扯掉自己的眼镜，却迟迟脱不掉双手的控制器。

忽然间又开始无比反胃，吐出一摊又一摊，不知道是酒还是血。

混乱不堪中，邢天把双手的控制器甩开了，他闭着眼睛，努力去摸戴在自己头上的VR眼镜，连着几次都没摸到，光敏性的刺激依然没有停止，那些闪光钻进他的眼睑，再侵入他的大脑。

他觉得自己要死了，抽搐着又吐了第二次。

金丹坊的虚拟交易大厅里，邢天倒在大只佬的面前，他的模型已经完全没有了瞳仁，两片眼白死死地盯着上空，说不出一个字来，止不住地剧烈咳嗽让肩头的官方身份证明随着蜷缩的身体不停抽搐晃动。

“应该就是这张吧，我估计你这会儿看清楚了。你太小看我的眼球交互程序了，看在是自己人的分上，我帮你取消预览……”邢天耳麦里传来大只佬从容的声音，遥远得像是外太空的信号，“这张NFT我送你了，但如果你还需要就医，我就不送了……我觉得，这算是一个小教训，我们是好同事，但以后你还想多管闲事的话，记得随时拿出来看看……”

邢天终于重新感知到了真实的世界，此刻，眼泪、鼻涕、口水、呕吐物都糊在脸上。虽然大只佬关闭了预览，可邢天感觉自己仍然挣扎在生死线上，他猛地用双腿把座椅滑向后方，屈身站起来的一刻，连最后的平衡重心都找不到了。

好在他还知道自己的头长在什么地方，也记得自己所处的环境，他像个疯子一样狠狠地用头磕在自己前方的硬物上，试图把VR眼镜磕掉，反复几次，却都是磕在了镜片上，鼻梁上的血与鼻孔中的血一同溶进了嘴角，他尝到一丝铁腥的味道。最后一次，他猛地把脸朝前一挂，VR眼镜终于挂在了桌沿上，带着稀碎的外屏，从他的头顶掉了下去。

邢天的身子跟着狠狠地栽倒，就在他跌倒的瞬间，右手的三根手指被卷进了椅子的八爪转轮，断指的巨大疼痛将他在现实世界中再次唤醒。

但只不过经历了三秒左右的时间，他就彻底在自己的呕吐物中昏了过去。

桌面上忽然亮起了光，惨白的手机屏幕被静了音，显示着一个未知的来电。手机在震动中慢慢滑向桌子的边缘，与倾倒的威士忌酒液擦身而过，无法控制地摔在了地上。

邢天软弱无力地咳了一声，像是从核爆的废墟中醒来，右眼看到的世界是朦胧的，物体像是被水泡过似的；左眼完全看不见了，眼眶上挂着软软的血痂，血水沿着左颊流下，仿佛被人用沾满红漆的刷子拍过一样。

又不知在地面上挣扎了多久，他靠着单臂与双腿的力量站起，这样一个简单的动作让他的头跟着颤抖不已。嘴里混杂着苦涩的臭味，邢天吐了一口唾沫，却因为力气不够，没能吐多远，左额的伤口又被微微牵动，猛地渗了一下血，没流出来。

回家。

这是邢天唯一的想法，他费力地弯腰去捡地上的手机，脑袋又传来巨大的失重感，手机屏幕已经碎了，沾了些呕吐残渣。他在裤子上用力擦了一下，喘气的速度像是刚跑完马拉松。

桌角、衣架、黑板、墙壁，他一路看到什么就赶紧扶住什么，流血的右手已经肿得像是分叉的红薯，只靠左手撑着自己前行，生怕再次跌倒。口渴的感觉涌上来了，像是刚吃了一碗沙子，好在洗手间离电梯不远，他决定去那里找点水喝。

水龙头开到最大，邢天单手接着自来水，慢慢地把水从手掌泼进自己的嘴里，他不能低头，低头就会感到天旋地转，喝了几口水后整片胸襟都被打湿了。镜子里的他此刻看上去就像一只恶鬼，整只左眼顺着眉骨糊成了一个血窟，恶心而丑陋。他试图接水清理一下血痂，面颊却在沾水的一刹那巨痛无比，就像是滚油泼在了脸上，他嘶哑地发出吃痛的吼声。

最后他把水开到最大，将右手手掌放在水龙头的下面，试图用冰凉的感觉以及水压让手“醒过来”，冲了半天，中间的三根手指很痛，借助水的压力也无法伸直。

回家。

心里终极的审判声第二次响起。没有办法开车，也没有办法看清手机上的打车软件，家在直线距离三公里外的地方，平常需要步行二十分钟，依照现在的状态，两百分钟能到就算胜利。

凌晨的街上还有唱歌的醉汉，路灯下有两家大排档在营业，一个是即将迎来新的一天的早餐摊，另一个则是仍未打烊的小饭馆。露天的帆布盖下，杯盘狼藉的旁边，一个女孩抱着她喝醉的男人，花容失色地看着邢天从身边走过。

“喂！”一个女人娇滴滴地叫了一声，但邢天的身体状况不允许他回头。

邢天路过转角的浅巷，一个流浪汉坐在烟熏火燎的垃圾堆后，故意朝巷口的方向吐出一口烟来，那是他刚刚捡来的烟头。

能听到了，鼻子也还能闻得到，左眼却始终是一片黑暗。

邢天一边想着，一边轻轻地眨了眨左边的眼睑，肿胀的眼睑似乎微微扭了扭，但没有感觉到任何光色的变化。

没事的，死不了，死不了就意味着无限的机会。

邢天在忍痛挪步的同时为自己打气。

这太恐怖了，光敏性癫痫，如果不是NFT的预览提前被关闭了，自己可能死在大只佬的手里。或者，会不会是因为脑袋流了很多血，反而放肿减压捡了一条命？

夜风吹过的时候，邢天的意识逐渐恢复了，像是残破的躯壳里装着一个错误的清醒灵魂。

不知道这些伤还有没有救，好疼，如果……

嗡嗡……

兜里的手机再次响起，打断了邢天的沉思，他在空无一人的街道上停住了脚步，颤巍巍地把手机从口袋里掏出来，也没有看是谁，直接按下了接听键。

"喂？"对面传来一个陌生男人紧张却故意压低的声音，"终于接通了，谢天谢地，求求你救救我前妻！"

"嗯？"邢天不想说话，他一口接着一口地喘气给对面听。

"你早上来过圣安德森医院，记得吗？他们不让你来看我，你最后留下了名片。"

"嗯。"那不是他留下的，是薛禅，但他不想解释。

"我是金丹坊的受害者，差不多一周前，我被一张会闪光的NFT差点弄瞎双眼……我知道这听起来不可思议，但求求你听我把话说完。我找到这家医院并不是机缘巧合，被害的当天，我在金丹坊的交易大厅收到了医院的定向广告。进院之后，他们实施全封闭化管理，我从来没有见过其他人。"

"嗯。"

“我给我的前妻打电话，说明了情况，我们刚刚离婚不久。她觉得这一切都是金丹坊作的孽！我希望能够在出院后跟她从长计议，但她脾气太火爆了，决定明天一早自己去讨个公道。你在听吗？”

“在。”邢天用更小的声音回答道。

“但是她没有任何的手段，她能想到的媒体曝光、撒泼、哭诉或是报案，都只会让自己身处险境。我知道你是金丹坊的人，但你今天被医护轰了出去，我觉得你跟他们不是一伙儿的。我在换药的时候偷偷弄到了你的名片，今晚给你打了好多个电话你都没有接，我急坏了。我把这一切告诉你，就是希望你能够阻止她。我见识过金丹坊邪恶下作的手段了，我求求你，如果你还有一点良知，只需要给她足够的警告就可以了，求求你了！你能答应我吗？”

邢天连着喘了三口气，顺着最后一口气息呼出的同时发问：“她是谁？”

“仇红拂，她在金丹坊的ID叫：红拂。”

邢天挂断了电话，他站在两排昏黄的路灯中间，右眼的世界比之前清晰了，但看向路灯时，还是仿佛盖着一层硫酸纸；左眼似乎已经完全报废了，比那三根无法伸直的手指更加无药可救。

他抬起头，环顾四周既熟悉又陌生的环境，他知道什么是正确的做法……

再往前挪一公里，印象中有家卫生条件不是很好的医疗站，但也拥有二十四小时的夜间门诊，每晚他开车回家都会路过那个招牌。

最正确的做法就是立即去就医，躺上病床，将紧绷的身体放松下来。这一路上，他坚持于此，已经突破了人体的太多极限。

回家其实是个错误的选择，虽然他好像约了晓烟一起吃早茶，但这个模样的自己估计不会有太大的胃口。要不是因为他现在无法看屏幕拨通电话，晓烟绝对会第一时间把他送往更好一点的医院，顶多再耽误两个小时，反正已经死去的左眼也不差这两个小时了。

回家的路，终点还是手术台，不过会有亲人陪伴，自己的心里也会更加放松，这对于控制病情来讲，绝对是件好事。以他现在的生命体征，恐怕做不了任何事，回家也可以，只不过不如直接去医院。

“求求你，只需要给她足够的警告就可以了。”

他又拖着自己的身体开始向前走，远处的天色是阴沉的，没有月亮，也没有星星，商务大厦的顶光都已经熄灭了，只在遥远的住宅小区里有着几户忘记关掉厨房灯的人家。

“我见识过金丹坊的下作手段。”

不远的地方，还有一个简陋的招牌，用LED小灯牌拼出满是灰尘的字样，其中一半的灯泡都坏了。邢天仔细辨认上面的字体，隔了好一阵，终于看清了——

VR 网吧。

他还知道一个完全错误的做法……

情绪茧房时空切片六

邢天看着网吧前台那动态的高山流水电子壁挂，努力去辨认上面的字，哗啦啦的瀑布上方是一行泼墨大字“八方来财、百福临门、家和万事兴”。

邢天微微笑了一下，倒不是因为一家网吧里挂着“家和万事兴”的招牌实在可笑，而是他的右眼能够认清模糊的字形了，同时，他呼吸的时候，似乎已经不用始终张着嘴巴。

接着，他又去辨认闪着红光的LED数字，上面显示着04：21。

原来自己不过是昏迷了两个小时，虽然太阳穴还在胀痛，但不幸中的万幸是脑子应该没有大碍，现在他希望自己的另一只眼睛只是间歇性失明。

看着墙上的动态壁挂，他又反思起元境中的动态NFT来。

在现实世界，这种东西十几年前就诞生了，摸得着且价格固定，可当它以虚拟的方式出现在元境里，就卖出了上万倍的价格来……人类的审美究竟是怎样的规律？收藏究竟算不算是一种贪婪？

已经到了这个时间，网吧几乎不会再出现包夜的客人，偶尔出现的都是送外卖的骑手。前台的网管在昏睡中听见了邢天沉重的鼻息，皱着眉头的同时张开不耐烦的惺忪睡眼，刚要说话，突然像碰见鬼一样大叫了一声。

“啊！你干吗？”

邢天这才从自己的沉思中回过神来，“上网。”

“没没没有机器了，你快走吧！”网管小哥彻底醒了，虽然脸上的肌肉因为许久没有动过而有些僵硬。

“用你们的VR，每小时怎么算钱？”

“没有机器了大哥！”网管生出极力轰走这个午夜丧门星的决心，一边说着，一边使劲朝店门口的方向摆手，“我觉得你最好还是先去门口叫辆救护车，你的一只眼睛都被血糊住了，还用什么VR啊！快走快走！安全第一！”

“我不知道你们一小时多少钱，但我出一百倍的价格，一次买断十二个小时，这笔钱够你们在二手市场换一批目前最新款的VR设备。”

“你脑子出问题了，快去看病吧，我不跟你废话，还一百倍……”

“如果你不肯接待我，我就去骚扰你的客户，同样的价格，这里总会有人愿意把机器让给我的。”

“你再不走我报警了！”

“一百倍，一次性支付。”

网管看着邢天，对方虽然满脸血污，但他能从对方虚弱的语气中感受到言出必行的镇定，他见识过不少在网吧吹嘘自己富可敌国的“贵客”，这个人和他们不同，这个人不应该出现在这种地方，他的眼珠一转……

“我先说好，我就是个打工的。如果你在使用VR眼镜期间，自己的身体出了任何问题，我们不会负任何的责任。”他妥协了，说着指了指邢天身后，“我们这里的摄像头全程监控，录制的声音和图像都是8K的，你得先对摄像头立个保证。”

声音哪里有8K这么一说，但邢天不跟他计较，他如今最困难的动作之一就是转身，随着网管的指引，他像僵尸一样慢慢地把整个身子扭到后方，“我的生命体征状态在这间网吧出任何问题，都与这间网吧无关。”说完又慢慢地扭了回来。

“生命体征……你是文化人！”网管笑了，“但网瘾确实有点重，你确信你戴得了VR眼镜吗？”

“不能，你们这里有没有能够提供教学服务的人员，我需要一些协助。”

“有倒是有，但不一定愿意接待你，毕竟你……”网管指了指邢天的脸，“这样吧，我帮你找一个陪玩的姑娘，你出三倍价，怎么样?”

“我还需要一间你们这里最好的VR体验室，以及一套你们这里最烂的设备。”

网管一皱眉，“最好的体验室里都是最好的设备，你这要求有点奇怪啊!”

“那就重新组装一套，找一台内存和显存刚刚达标、跑得动主流元境的最低配置就可以。”

“我懂了!”网管忽然眼睛一亮，“这边请，设备是换不了的，但也不会特别高级，这间房你应该会喜欢。”

他把邢天引到最后一间空房中，拉开小小的推拉门，空间大小跟旅馆标间一般，墙壁上画着剑拔弩张的两群游戏人物，分成两个阵营，巨大的液晶电视就挂在两军对峙的中间；地上铺着厚厚的榻榻米，还有两个枕头和一床空调被。

“可以了，你再给我准备些纯净水，都可以三倍价卖我。”

“我们又不是黑店!”网管笑了笑，“纯净水免费，你稍等片刻，我一会儿叫‘提供教学的人员’一块儿送过来。”

邢天在靠里的角落慢慢坐了下来，他尝试着闭了一下眼睛，天旋地转的感觉又瞬间袭来，赶紧挪了挪位置，让自己背靠在隔断墙壁上，盘坐的双腿感受到了温暖。

十分钟后，有人在外面轻轻敲了两下，拉开了榻榻米房间的门。

“我的天!”门口的姑娘穿着紫色的丝质短裙睡衣，露着一边粉白的肩头，她赤着脚，脚指甲上涂着蓝色渐变的星空，两根拇趾都包着一圈很亮的假碎钻，她进门的时候，一股廉价的香水味跟着飘了进来。

惊讶的瞬间，手中的矿泉水瓶砸到了榻榻米上，她赶快蹲下去捡，短裙的开衩处，镂空蕾丝的纹理一览无余，“网管说你伤得不轻，这哪里是伤得不轻，这是得立刻上手术台吧！”

“我已经给你们的监控设备立下保证，我的健康状态你不用担心，麻烦先把水递给我。”

姑娘站在原地迟疑了一下，似乎不太想接这一单，随后勉强自己慢慢走到邢天的身边，靠近他跪了下来。她勾着头把矿泉水拧开了递给邢天，然后看着邢天胸襟上潮湿的大片水渍。

“你还能做爱吗？我可不想做完后发现你不喘气了。”

“做爱？”

“你不是告诉网管，说需要最好的房间和最差的设备吗？不做爱，难道听我讲故事？”

“不不不，”邢天差点一口水呛出来，抬眼去看姑娘的时候，姑娘被他一张凶神恶煞般的脸吓得不自觉退了退，“你会使用VR吗？”他问。

“瞧不起谁？”姑娘瞟了她一眼，“我白天都在元境玩。”

“那就好，你戴上那套VR设备，我来指导你怎么操作。”

“你少来！”姑娘一脸识破阴谋的样子，“我蒙上眼睛你就会对我乱来对不对！”

“我都这样了……”邢天说着吊起自己的一只断手，“你放心吧，你先用我的邮箱去金丹坊注册一个账号。”

姑娘半信半疑地站了起来，“你可不能乱来，我胆子很小的！万一吓出个病来——”

“XT2032@golden.com，我邮箱的地址。”

“你是2032年出生的？刚好比我大一轮！”

“登入金丹坊，进入主界面，随便设置一个密码。”

“昵称填什么？”

邢天想了想：“邢天。不用捏脸，直接用系统的第一个模型，也就是#10001。”

“你连模型的代码都记得住啊，创建好了。”

“现在戴上VR眼镜。”

姑娘在一通操作后终于放下了戒心，顺从地戴上了眼镜。

“第一步，传送到金丹坊的交易大厅，地图索引从上往下第十五个地点。”

“我到了。”

“第二步，往前走，交易大厅左边，进入拍卖行。”

“拍卖行……”姑娘转了转头，“我也到了。”

“去打开邢天2032的第十七个保险柜，密码是：lilithsing。”

“Lilith？你是在里面假扮女玩家吗？我刚才选择的性别是男哦！”

“没关系，打开了没有？”

“着什么急嘛！我才刚到……lilithsing……打开了……哇！海豚！熊猫海豚！好可爱！”姑娘打开保险柜的瞬间，一只3D NFT黑白相间的海豚在保险柜狭小的空间中甩尾转了个圈。

“这是小虎鲸，你把它放进你的私人物品栏，设置六位数密码，别把密码忘了。”

“设置好了，我的生日。”

“去前方的自动拍卖设备那里，以当前的系统抵押价当掉。”

“什么？你要低价把小熊猫海豚卖掉？”

“对，现在的回收价是多少金丹？”

“三十六金丹，你这个……虎鲸，至少能卖几百金丹吧？”

“三十六够了。不用担心，我还有很多，一会儿你帮我完成任务，我送你一只。”他看得出女孩无法抵挡萌宠的诱惑。

“太好了！”女孩一把摘下了眼镜，激动地上来就要亲他。

邢天伸出五指阻止了一下，“把眼镜戴好，接下来才是正事。”

女孩惊了一下，急急刹住脚步，又把眼镜戴好，“卖了。”

“拿着这些钱，你去服务器主频道发一条所有人看得到的消息：寻找一个叫‘红拂’的账号。每次发消息花1金丹置顶，再花1金丹悬赏，1分钟后没有人私信你，你就把悬赏金额加倍。”

女孩并不知道邢天要做什么，只能按照他的指示去做。她不敢再问了，这个“红拂”的ID一定与这个男人的遭遇相关，不让自己卷入麻烦，是她做这一行的基本准则……虽然，她的心里已经有了三个以上毫无逻辑的猜测。

第一分钟，花费两金丹。

第二分钟，花费三金丹。

第三分钟，花费五金丹。

第四分钟，花费九金丹。

下一分钟，就在女孩设置新的悬赏价格时，有人私信了她。

“有消息了，对方问你要物理地址还是虚拟账号邮箱？他……他居然报价十五金丹！”

“告诉他，你可以出十七金丹，但必须是正确的地址，不然会被删除账号。”

“真的这么说吗？这算哪门子的威胁啊？谁能删得了……你等

一下！”女孩忽然瞪大了眼睛，“本尊来了！她发了私信给我们，只写了一个字：‘谁？’”

“太好了！”邢天精神一振，“你把网吧的地址报给她，还有这间房间的号码，最后写上‘圣安德森，越快越好’。”

“发过去了，刚才那个买家又回信了，问你还要不要买红拂的地址了？还说有本事删他一个看看……”女孩笑着说，“我们都联系到真人了……欸？这个红拂加了你好友之后就下线了，她是要赶来了吗？”

“应该是，你可以把VR摘下来了。”邢天感觉已经成功了一半，“然后把这个屏幕关掉，我又开始头疼了。”

“你刚才答应我的小熊猫海豚……”

“哦，我忘了。有点麻烦……这样吧，你去拿账上还剩下的所有金丹，自己再垫付一点，然后用邢天的账号典当回来吧，没过一个小时的公示期，你是可以收回的，收回了之后就发到你自己的邮箱去。你需要垫付一点，可以吗？”

“可以可以！完全可以！谢谢老板！”

“你现在就可以走了，记得把灯关掉，我见不得光的。顺便去帮我跟网管说，一会儿会有人来找我，你们不用登记她的身份。”

“这就要我走了？”女孩一副恋恋不舍的样子，“哦！我知道了，你要和红拂在这里做坏事！”

“呵，我和她在这里，可不只要做坏事那么简单。”邢天调笑了一下。

“你还需要我拿瓶水给你吗？我请你喝！”

“不了，谢谢，你叫什么名字？”

“阿妍，我的艺名，大家都这么叫。”

“你做得很好，阿妍，我走的时候，会按照最高额度的小费打赏给你的，今晚发生在这里的事情，你不必告诉任何人。”邢天微微一笑。

“放心吧！”阿妍滑稽地向邢天敬了个礼，“我会连今晚所有的监控录像都帮你删掉的！”她说罢关上了灯，蹦蹦跳跳地跑出了门。

“谢谢。”邢天在她关门后轻声说。

不知过了多久，邢天在黑暗中听到了门口传来窸窸窣窣的动静。

门被拉开了，一个胖得发福的剪影用手扶着门框，她并不打算进来，朝着黑暗的房间里慢慢打量，然后看到了黑暗中盘腿坐在榻榻米上的男人轮廓。

“你是？仇红拂？”邢天率先开了口。

“你是谁？”年轻女人的声音从门口传来。

“嘿，”邢天苦笑的声音依然沙哑，“可能是金丹坊最大的受害者吧，邢天，之前联系过你。”

“有什么事吗？”红拂冰冷地问。

“没什么事，”邢天感觉到对方没有什么要聊天的兴趣，“你的前夫在圣安德森医院，给我打电话，托我劝告你一声，”他扭过头去，看着胖女人模糊的剪影，“无论你想对金丹坊做点什么，都先不要做了……”

听到这里，红拂打开了灯。

邢天赶紧用唯一能动的手臂去遮盖自己的眼睛，光并不强烈，但他猛地头痛了起来，呼吸间发出短促而痛苦的呻吟声。

红拂看清他样貌的时候瞪圆了眼睛，她环视四周，内心觉得不像是一场廉价的恶作剧。但面前这个盘膝而坐、背靠在墙壁上的男人太恐怖了，他一边用胳膊挡着光，一边咧着喋血的嘴巴，恶心的血痂粘连在另一只眼眶的周围，内里包着灰蒙蒙的左眼。

他在努力辨识红拂的位置，却像是恐怖电影中刚刚被打败的吸血鬼，没有卸妆就离开了片场。

适应了好一阵，邢天慢慢放下胳膊，这才看清了红拂嫌恶的表情。她是一个顶多三十岁出头的女人，黑色的长直发下是黑色的坎肩，黑色的坎肩下是黑色的长裙，妆容像是黑森系的公主，在皱眉的瞬间有某种难以掩饰的愤怒。

“你别动，让我看看你怎么了……”红拂不由分说地扶住了邢天的下巴，她慢慢地端详着，肚子都跟着挺了出来，几乎要顶到邢天的身上。

邢天这才看清，她并不是胖，而是怀着身孕。

“上次我见到这么严重的伤，还是我前男友打完架的时候。但他手里握着钞票的样子比你乐观多了，而且，他的这只眼睛也没有废……你左眼废了，想复明就只能用死人的角膜了；皮外伤倒是不重，但留疤是一定的；右手估计要开刀接骨……你神志还清楚吗？我扶你去医院。”

“我暂时很难移动，见不了光，”邢天觉得好笑，一个怀着孕的女人居然要扶着一百四十多斤的自己去医院，“我头疼得厉害，如果你能帮我把灯关掉……”

红拂二话不说，返身关掉了灯，那股浓烈的胭脂味又反上来了，“你之前在这间屋子里干了脏事？”

“我要带的话已经带到了，你可以走了，”邢天没有回答，“等你前夫出院的时候，你再和他从长计议吧。”

黑暗中的红拂摇了摇头，“我不准备见他了，我已经决定自己端掉金丹坊，在所不惜！”

邢天发出失笑的声音，“如果不是我手指断了，一定要给你用力鼓掌。凭你自己……”他喃喃着，“一己之力最后就会变成我现在的样子，甚至更惨。”

“你是被他们害成这样的？”正要离开的红拂又转过了身，“你到底是谁？”

“今天以前，我是金丹坊程序大厦的首席技术官，现在，是被一张会闪光的NFT弄瞎了一只眼睛的金丹坊头号公敌。”

红拂看着他，默默地摇了摇头，“你也在Bluesea进行大宗金丹交易了吗？”

邢天一惊，在自己被害之前，大只佬也问过类似的话，“什么大宗交易？”

“阎罗就是干了这件事后，被那张NFT刺激了。我的孩子会在一个月后出生，我催他支付一笔抚养费，催得很急，他就把所有的金丹货币都拿去Bluesea交易平台兑换，交易还没成功的时候，线上忽然有个胖子找到了他，想要以极为低廉的价格卖给他一张动态NFT，结果……”

“结果他就住院了。”邢天补充说，红拂点了点头。

“阎罗是个不喜欢医院的人，从来都记不住大医院的名字。但就在他进行交易的时候，偏偏有个圣安德森医院的广告强制发送给了他，他在地上昏迷了一天半，醒来就急匆匆地找到那家医院的地址，结果被强制隔离。更邪门的是，那家医院只能用区块链货币支付，金丹是其中汇率最低的电子货币……”

邢天沉思了半晌，“如果他需要回笼金丹，那应该鼓励大家去交易所兑换……为什么要把用户搞进医院，再强行用区块链货币支付呢？既要让用户手里没钱，又要让用户持有货币，这根本是矛盾的！”

“你想的我也想过。”红拂笃定地点了点头，“你说的是法老吧，我这几天读了很多关于金丹坊的金融资料……忘了自我介绍，我是计算机与金融双学位硕士。”

“幸会，”邢天微微笑了一下，“怪不得你有那么大的口气想要单挑金丹坊……但你要知道现实是残酷的，你的双学位硕士，在金丹坊，大概只值一个在我项目组实习三个月的资格。”

“我现在最不需要的就是被人泼凉水。”

“你别生气，我的故事比你简单多了。他们瞒着我制造出能够引起神经疾病的NFT，我今晚去阻止的时候，被你说的那个胖子阴了，为了捡回一条命，把自己摔成这样才脱下了VR装备。”

“你要报仇吗？”红拂一针见血地问。

“在等你的这段时间里，我构思了一个计划，但是要等我恢复好了才能开始执行。你先回去，到时可能会麻烦到你，也可能不会。”

“我等不了，你把你的计划告诉我，我去。”

“抱歉，你看上去是个聪明人，而且你的性格很激进，我信不过你。”邢天微微侧过脸，“你走吧。”

红拂沉默了，她委屈地向后退了一步，像是一个等待圣诞老人送来礼物的孩子，却发现在圣诞树上小心挂好的袜子里空空如也。

她报仇的最大希望，此刻正伤痕累累地坐在自己的面前，然而自己却只能在黑暗中流下一行泪水。她无力地转过身，走到推拉门的前方，缓缓把外界的光放进屋中。

“嘶!”邢天在原处发出一声吃痛的声音。

最坏的结果是什么?

红拂走后,邢天没有立即离开,他决定在踏出这里前理清思路。

黑暗中,他颤抖着嘴唇叹出一口气。

不能连累晓烟。

这是他冒出的第一个想法,根据目前的身体状况,左眼已经可以放弃了,不知道手术过后,这几只肿胀的手指还能不能打字。

报仇的希望很渺茫,金丹坊的元境法务团队邢天是见识过的,用“绝命律师”称呼他们都不为过,这些年他们将法老从无数肮脏的官司中拉出来,干过的勾当罄竹难书……斗是斗不过的,期望他们能够公正处理的可能性更是微乎其微。

借助媒体的力量?

因为不能连累晓烟,邢天只感觉自己陷入了圣骑士的道德困境。

然后他轻轻摇了摇头,无论媒体拥有多么强大的传播力量,伸张正义也只能依赖切实的行动。

感觉以后能靠双手吃饭的可能性不大了,还能做点什么?脱口秀?

咔拉——

就在邢天胡思乱想的时候,小屋的门再次被拉开了!

挺着大肚子的女人抱着一只急救箱,用手肘按开了房间的灯。

“忍一忍灯光,我看不见就没法处理伤口。”红拂直冲冲地坐到了他的对面,一股脑地把箱子里清创消毒与止血包扎的敷料都倒在了榻榻米上。

“我只学过一些简单的初级救援及护理。”红拂一边说，一边用止血钳夹着酒精棉球擦掉邢天眼睑周围的血。

“现在我给你两个选择，”红拂郑重地说，“第一是马上送你去最近的医院，你的病情实在不宜耽搁。

“第二，如果你肯对我稍加信任，我们再试一次。普通案件的破案窗口期只有七十二小时，我们的时效更加有限，我害怕错过今晚，这辈子都会背上遗憾。”

“你还真是没有什么探望病人的礼仪啊！”邢天开起了玩笑，“既然你这么咄咄逼人，那就去把门锁好，不用怕，我一时半会儿死不了的。”

房间里所有的光都来自巨大的液晶显示屏，一张鬼画符占满了全屏，空气中都被染进了符纸的黄色。榻榻米上，邢天依然盘膝坐在原位，就是这张图，让他一夜之间失去眼睛，摔断手指，丧家之犬般地出现在VR网吧里。

“你感觉怎么样?”红拂用身体挡在他的面前。

“我看到了，刚刚打开预览的时候还有点怕，也许是现在认定了它不会闪光的缘故，想要呕吐的感觉也已经消失了，看来我还没有太强烈的创伤后应激障碍。”

“以后会有的，很抱歉这么说，但你逃不掉这个……”红拂背对着他说，“根据我的猜测，这张NFT的物理程序里，应该还藏着一个程序，可在特定的条件下被触发。但我查看过了它的源代码，只有一张图片。”

“你把它想复杂了，”邢天的声音很是平静，“我最近一直在做NFT动态改编的程序，让一张静止的图像动起来很简单，只需要将两张静态NFT的哈希值域进行合成，并将本身的加密方式用二进制恺撒位移的隐写术加密即可。那么我们由此分析，当时我被折磨的时候，这张图中的程序实际是用来定位瞳孔和虹膜的，只要能够锁定眼白中唯一且稳定的血管，瞳孔的坐标就会被锁定，而第一次蓝光爆炸的程序会在定位完成后立即触发……”邢天说到这里像是忽然想到了什么，闭上了嘴巴。

“你是说这个触发程序……它早就隐藏在金丹坊的眼球追踪识别系统里，而程序的触发并不需要人为主动开启，它是在你识别图片的同时，被你自己的眼球开启的。”红拂分析着说。

“对……”邢天很是丧气，“感觉是我自己对自己开了一枪，这张图太反人类了！它就像是最简单的虹膜生物密码，只不过是用来反向解锁光污染炸弹的。”

“完全解释通了，这张图片的源代码里有两句程序表示的就是输出色阶的阈值设定，我一时看走眼了。”

“可惜就算我们知道了它的原理，也没有办法找到大只佬。即使找到了他，也不能用他的武器对付他……”

“所以你之前的计划是什么?”

“是君子报仇的计划……通过长时间潜行跟踪，锁定他的虚拟距离，再通过对比IP，划定他的范围，最后找出他的真身所在。”

“卧薪尝胆的复仇方式，最后恐怕会涉及犯罪吧。”红拂冲着邢天摇了摇头，“这种办法完全取决于你个人的‘硬件算力’，你现在丢了金丹坊的工作，说不定还会被反监控，大海捞针的时间我等不了。”

“你有什么高见?”

“仇不隔夜!”

红拂说完，关闭了NFT的静态显示界面，她戴上了VR眼镜，重新登录自己的账号，直接飞进了金丹坊交易大厅的Bluesea代理交易站。

“你……”邢天知道她要做什么了，“小心点。”他在她身后叮嘱了一句。

这是阎罗受难的过程，她在重蹈覆辙，在Bluesea的交易大厅，她提交了兑换身上所有金丹的申请。

很快，一张圣安德森医院的广告，强制铺在了液晶显示屏上。

这是邢天第一次见到这间医院的真容，绿色的草海上竖起白色的巨大圣堂，FPV[1]将人匀速拉进静谧整洁的医院内部，各种独特超前的高科技医疗设备都像是没有安装轮胎的概念汽车，完美的虚拟医务人员在略带疲色的神态中露出胜利的笑容。

“这种催眠的手段并不高明，但在元境里进行歪曲认知的暗示，往往能达到事半功倍的效果，”邢天冷冷一笑，“法老为了绕这个圈子可是费了不少心血啊！”

“上钩了！”红拂叫了一声，大只佬果然在她核对交易条款的同时出现了，他用自己的ID给红拂发了一条信息。

“这么快！”邢天感慨着说，“速战速决吧，如果他分析出你之前和‘邢天’的ID交易过NFT，我们会被牵头杀的！”

红拂没有回答。大只佬私信的末尾，附上了自己的坐标ID，并礼貌地声称自己可以去Bluesea交易站找她。

“我想通了！”邢天忍着嗓子的剧痛叫了出来，“我知道为什么法老一定要截断金丹坊的区块兑换了。他前些日子去投资意大利的元

1. 第一人称视角。

境项目‘拜占庭’，应该是没有达成协议，拜占庭的出现威胁到了金丹坊，他要回笼所有的金丹，在市场价没有被普通用户拉低的情况下，一笔卖出！换言之，他做出作奸犯科之举，目的是最后要在高点把金丹全部抛售，为此，他必须努力保证自己在去中心化货币体制的中心位置。”

“这算是什么动机？他把所有金丹都抛了，他的金丹坊就完全瘫痪了啊，我不明白。”红拂摆了摆手，“不重要了，目前这个渣滓最重要，他已经尝试和我交易了。”

“不要打开！”邢天一惊，这才发现屏幕上已经出现了大只佬和红拂的交易界面，“千万不要预览！关掉交易，然后告诉他，你也有一张类似的NFT。”

“你和我想的一样。”红拂邪邪笑了一下，“但交易不能关，我有一个让他吐不了钩子的计划！你比我更清楚，金丹坊的DeFi衍生游戏里有一种叫‘逆向法术’的设定，”红拂继续说，“玩家在修仙的时候，如果遇到自己无法降服的恶灵，可以以自身为法器，把恶灵禁锢在自己的模型内，然后施法炸碎自己的本体，与恶灵同归于尽……现在，是逆向法术的时间！”

邢天面露困惑。

红拂说着，在交易频道给大只佬回话，告诉他，自己好像有一张一模一样的NFT。

“不可能的。”大只佬同时发来一个微笑的表情。

同一时间，红拂将邢天的那张NFT铺在了交易界面，液晶屏幕瞬间被上下分屏的两张NFT占满了，邢天同时看到了红拂和大只佬的第一视角。

“他一定愣住了，他会以为我就是你！但他不知道，他已经完全落入我的陷阱了。”

“邢天……”大只佬拖着长音的话语在红拂耳边响起，“是你吗？这么快就醒了啊。”

邢天心里突然一紧，几乎是同一时间，红拂拔断了液晶显示屏的电源，失去了VR串流，邢天再次陷入了黑暗，而红拂紧接着开启了比对按钮。

在金丹坊以货易货的比对模式开启后，两份货物会在比对模式里同时被预览展示。

突然间，邢天看到强烈的光从红拂的VR眼镜中渗了出来！

任她闭眼的速度再快，依然不可能快过闪光识别的速度……

整间屋子忽然变成了迪斯科的现场，只是没有音乐，一明一暗的闪烁像是白天和黑夜在瞬间不停交替，红拂戴着VR眼镜后仰，整个身体重重地砸在了榻榻米上。

邢天开始抽搐了，不知道是癫痫发作还是应激障碍被唤醒，一时间只感觉内脏都要从嘴巴里翻涌出来！

凭着脑海中仅存的意识，他单臂支撑在地板上，奋力地朝陷入抽搐的红拂爬了过去，邢天举起已经断掉的右手时，嘴中已经不自觉地吐出了白沫。

邢天用自己肿如红薯般的手狠狠地朝红拂的VR眼镜上砸去，此刻那已经不再是手，而是一把软锤。借着转腰的力量，忍着被火钳夹住般的疼痛，他把红拂的VR眼镜从头上掀飞了出去，同时倒在了红拂的身边。

屋里的光灭了，一仰一伏的两个人依然在地板上抽搐着。

半个小时过后，红拂用脚把遥控器踢到了手里，她打开液晶显示屏，对比预览的界面已经消失了，但交易界面还停在原处。

大只佬中招了，两倍的光敏性刺激，说不定此刻还在癫痫炼狱中无法自拔……

“那个杂种也吃了双倍的光，”红拂喘着粗气，“邢天，你还好吗？”

“手超疼，”邢天的脸埋在榻榻米上，“我吐了一地，可惜了，你拿回来的塑料袋一个都没用上。”

“哈哈哈哈。”无法起身的两人忘我地大笑了起来，越笑声音越大。

情绪茧房时空切片七

清晨的时候下起了雨，早高峰的马路上，排成长队的车辆此起彼伏地以喇叭示威，无数雨刷焦虑地在挡风玻璃上摆出最大的振幅。上班族或撑着伞，或是用临时代替伞的东西遮住自己的头顶，在断魂般的快速踏步声中，不断溅起小簇的水花……

晓烟是被窗外巨大的雷声震醒的，她看向表，明明只决定休息二十分钟，却在未完成的稿件前睡过了两个小时。她揉了揉惺忪而干涩的睡眼，外面已经是早晨了，昨晚没人帮她关灯。

然后她听到了门外的敲门声，断断续续的，仿佛因为持续敲了好久而终于变得有气无力。她踏着拖鞋快速走向玄关的方向，一边高声问：“邢天？”

“是。”门后传来如释重负的回答。

“指纹锁坏了吗？为什么不……”

她打开了门，邢天就站在门廊的正中，浑身都被淋湿了……

邢天见她完全愣在了门口，便径直走了进去，他想换鞋，但感觉这件事目前对自己有点困难。

“你做了什么?”晓烟双眼猛地溢出泪水。

邢天转过身，抬起自己断掉的右手，用仅剩的一只眼睛盯着，然后缓缓地说：“一个正直的人应该做的，正直的事。”

晓烟上前抱住了他，他却没有动，像一棵树一样麻木地站着，直到她的哭声越来越大，他才用左手轻轻地环上了她的背脊。

情绪茧房时空切片八

五个月后。

邢天穿着病号服从病床上缓缓下地，他悄悄锁上了病房的门，从枕头下面拿出香烟与打火机，再把窗户开到最大。

自由总是相对的。

第一根烟快抽完的时候，他又想起了晓烟。他们已经分手一个多月了，第一台眼部手术过后，邢天接到了金丹坊的辞退通知，没有任何补偿金，理由是莫须有的重大违纪；第二台手术在右手里打了三块钢板，二十多颗钢钉，医生说他伤到了经脉，再过半年还要进行钢钉和钢板的取卸手术，连着四刀下去，虽然编程工作还能干下去，但小提琴演奏是永远也恢复不到曾经的巅峰状态了。

但这是个好消息，如果与他已经失去的左眼相比。

点第二根烟的时候，手背上巨大的疤痕又坚定了一番他向金丹坊复仇的决心，就是因为这件事，他和晓烟在病房里大吵了一架，晓烟最后是哭着被医院的保安“请”出去的，自此以后，她再也没有来探望过他。

这些日子，邢天感觉自己的左眼是个空洞，连在了自己的灵魂上，那里也跟着出现了一个空洞……他却也对此心知肚明，看上去是晓烟果断提出的分手，但其实是邢天主动激怒她的，他不想连累晓烟。一个独眼、残手且心心念念想着干掉金丹坊的人，不能有任何牵挂。

通过晓烟在分手前最后一次发给他的一手调查资料，邢天终于理清了法老所有恶行的逻辑：他在意大利的投资市场打了巨大的败仗，“拜占庭”元境并不准备让他入股，因为VR眼镜已经成为即将被淘汰的旧时代产品。

沉浸舱的横空出世，已经在业界掀起了巨大的技术革命。

晓烟的报告书上说，在接下来两年左右的时间内，以金丹坊为代表，所有以VR眼镜为输出终端的元境企业如果不及时转型，都会被市场迅速淘汰。而像金丹坊这种已经投出了巨额资金，却与时代潮流相悖的元境大鳄，则面临着类似历史上诺基亚王者地位要被苹果手机取代的困境。

但金丹依然是目前市场上最值钱的电子货币，法老的想法很简单，金丹坊他不要了，他需要在最短的时间内储备金丹，在保证汇率稳步上升的同时，令自己成为电子货币最大量的持有者，然后在最高点一次抛售，坑杀所有的用户。

有这种野心的人，会制造出引发光敏性癫痫疾病的NFT也就不奇怪了，并且高调收购圣安德森医院，直接甩开Bluesea的平台交易手续费，犹如一只正在磨刀霍霍的恶魔不断地在皮肤上涂抹遮瑕的圣光。

邢天回过神，忽然看到楼下正在仰望自己的薛禅。薛禅已经不知道在那里站了多久，邢天下意识地去藏自己的烟，却已经来不及，薛禅板着脸佯怒地摇了摇头。

五分钟后，薛禅坐在了邢天的对面，跟他一起点上了香烟……

“我听说，”薛禅看着邢天那只没有颜色的空洞眼睑，“我上个月离职后，金丹坊又出现了大规模的裁员事件，现在所有的员工与前员工都对法老怨声载道，所有的媒体都跟着棒打落水狗，所有的网民都跟着看热闹。你翻开社会新闻的排行榜，十个里面占九个半，都是关于对金丹坊的控诉……咱们刚刚入职的时候，哪里会料到有这么一天？”

“法老是个有一百只脚的臭虫，不会僵得那么快的，”邢天从鼻孔中喷出烟来，“我还为他效力的时候，不管金丹坊遇到多大的公关危机，他都从来没有拜托我去通过晓烟引导舆论，只给一些含糊不清的提示，对于这些没办法让他掉肉的骂名，他从一开始就是不在乎的流氓态度。”

“网民们是信得过晓烟的，尤其在这个连金丹坊宣发团队都自顾不暇的时候，但也只是相信。她之前帮你整整控诉了一个月，只是因为还缺乏一个有效证据，所以没办法与金丹坊的法务部门开战……后不后悔？”

“不后悔。”邢天声音不大，却很坚定，“对她来说，不管我才是最好的。晓烟是个比我更加正直的人，她希望伸张正义，但我知道这样做输的概率很大……我必须把自己藏在暗处才能报仇。”

“说到雪耻……”薛禅转过身去，看了看门外，又起身把窗户关上，这才压低声音说，“我每天都以普通用户的身份检查我最后在金丹坊凿开的程序后门，分别是在Bluesea交易站和圣安德森内部广告投放ERP[1]程序里设置的两个哨点，目前畅通无阻。等你出院了，我们就走后门送大礼。”

“材料方面准备得怎么样了？”

“我联系了一家能够生产梵塔黑涂料的小作坊，现在告诉你也没关系，我为你量身打造的第一款可遮挡目镜的VR已经能够运行了，只不过还需要多试几次，最好能试出毛病来，要不然我反而对批量生产不放心。”

邢天点了点头，他知道梵塔黑，那是一种能够通过“碳纳米管森林”吞噬99.965%光源的黑洞型材料，早在2014年就以“最黑的人造物”入选了吉尼斯世界纪录。

那时他看到晓烟的专题报告时拍案叫绝，却还未见过晓烟的模样。

“也不用批量生产，它的造价本身就不便宜，样品省着点用，够三四个人用就行。”

“嗯，说到这里，我还有一个不好的消息……”薛禅瞪大眼睛，直勾勾地看着邢天，意思是让他做好心理准备。

邢天掐灭了烟，“说吧。”

“那个和你有一面之缘的红拂，我听说她流产了……”

邢天深深叹了一口气，“是不是……”

---

1. ERP管理软件是一个以管理会计为核心的信息系统，识别和规划企业资源，从而获取客户订单，完成加工和交付，最后得到客户付款。

“目前没有查到和她在网吧的光敏性癫痫有关，但不排除。”

“她现在在哪里？”

“不知道，出院后就失踪了，从来没有上过线，我找不到她。我觉得这是件好事，因为法老也一定在找她……”薛禅耸了耸肩，“好消息是，那个大只佬再也没有上过线，估计还躺在圣安德森医院呢，双眼的情况比你好不到哪儿去。”

“他也想报仇吧……医生说我再过一个星期就可以出院了，我——”

砰砰砰！病房外忽然传来砸门的声音。

“谁在病房里抽烟呢？！”护士长气势汹汹地叫门，“这是什么地方心里没点数吗？！”

“我该走了！”薛禅从陪护凳上蹿了起来，一把将窗户拉开，“老规矩，我出门的时候都赖给你，他们问你的时候你都赖给我！”

邢天笑着点了点头。

“你少抽点！”薛禅在门口狠狠指了一下邢天，“尤其是我不在的时候。”

情绪茧房时空切片九

距离邢天出院还有三天的时间。

每天晚上九点之后是邢天最难受的时候，医院会强制熄灯，他只能百无聊赖地躺在病床上，仿佛白天的休息就是为了夜晚“聆听”隔壁病人暴躁的鼾声。

今晚，他偏偏忘了给手机充电，系统提示他还有十五分钟左右就会自动关机，那意味着他将在十五分钟后“与世隔绝”。

以往的这个时候，他会给晓烟打一个电话，如今连这点电都能省下，于是只剩下一大堆的胡思乱想：复仇成功后，自己去做点什么？未来自己是装水晶瓷疏水性的义眼，还是水凝胶亲水性的义眼？有没有可能完成电影里“加勒比海盗一拍后脑勺，眼睛就能掉出来”的效果？

想到自己拍着后脑勺，眼珠子崩进手心的滑稽样子，邢天居然笑了起来。

这个时候，薛禅打来了电话。

“老大，给你一个小时的时间，偷偷从病房里溜出来——”

“你疯了？今天晚上护士长值班！”

“我的车现在就停在医院内的街心花园里。”

“发生什么了？”

“我们的节奏被打乱了……你出得来再说吧，我在下面等你一个小时，实在出不来就算了。”

“干！”邢天骂了一声，愤怒地挂掉了电话。他从病床上一骨碌爬了起来，从衣柜里找了件衬衫，抖着右手奋力地套在了病号服上；裤子的皮带太难系了，于是索性放弃；踏着皮鞋，拎着裤裆，他悄悄地拉开了病房的门。

十五分钟后，忽然有人敲薛禅的车窗。

“这么快？”薛禅摇下车窗。

“快点开门，裤子要掉了！”

看到邢天一身窘相，薛禅开门的同时拍着方向盘大笑起来，“护士长被你说服了？”

“她睡了，我没敢打扰她，”邢天挤进了副驾驶的位置，“看门的护工大哥也睡了，硬是被我偷偷叫了起来，问我去干吗，我说我有个女性朋友今晚就要去尼泊尔，恐怕这辈子再也不会回来了，还把你的车指给他看，他给我五分钟的时间。”

“五分钟可能不太够啊！”

“别废话，开车！怎么了？”

薛禅踩下油门的时候面色凝重了起来，“晚上八点钟左右的时候，大只佬上线了，大概只持续了两分钟，我估计法老把VR设备送进他的病房了，或者是派人去了他的病房做交接。我用后门程序查了一下，两分钟内他更改了登录密码……”

“法老估计要换人作恶……”邢天一脸不爽，“妈的，就等不及这两天，非要在我出院前搞事！”

“所以我今晚想试试水，去Bluesea交易站兑换我所有的金丹，就算是训练一下法老的新人怎么玩弄他的旧把戏吧，也测试一下目前的系统强度。”

“叫上我是对的，这种事情不能隔夜，之前红拂给我上了生动的一课。”邢天转了转手腕，“自从大只佬悲剧了之后，法老就把他的精力都放在寻找红拂上，这次卷土而来，估计已经设计了更高阶的阴谋和更加坚固的防御手段，我们进去的时候一定要小心。”

“我们？不行！”薛禅愣了一下，立刻翻脸，“我叫上你主要是让你在现实中给我的安全做保障，你不能进去。”

邢天没有说话，目视前方，拿出口袋里的烟和打火机，默默点上，然后用缠着纱布的手指夹住。

“医生还说我不能抽烟呢……你不让我去，你也别去了，我们就此看淡些，明天去求一下法老，看能不能给个普通程序员的实习机会。”

“干！”薛禅狠狠砸了一下方向盘。

薛禅家的客厅烟雾缭绕，他不情愿地把VR眼镜扔给了邢天。邢天用左手接住，轻轻按动镜片旁边的机栝，两块涂满梵塔黑的遮板从上方弹了下来，刚好遮住了通亮的光学精度传感器。

“这么黑！”他凑近了观察，“感觉另一只眼睛也瞎了。”

薛禅在瞪他的时候露出了纯黑色的眼睑。他目前只设计出了一副VR眼镜，所以不得已把梵塔黑的涂料用毛笔刷在了眼睑上，“还好这颜色好洗，只不过我这是人肉底板，你那个是铝箔片。我再问你最后一次——”

“我怎么可能不进去。”邢天抽出梵塔黑隔层，单手配合着头部扭动，笨拙地把VR眼镜挂到了头上，一瞬间居然还有眩晕的感觉，但他很快克服了，“你双手的控制器拿着就好，不要绑手，一旦出意外，来不及摘VR的。”

“我负责交易，你在旁边掩护。”说完，薛禅也套上了VR。

不多时，两人眼前同时闪过旋涡状的蓝色微光，眼镜内的场景快速切换，金丹坊交易大厅出现在了眼前。

“真是久违，”邢天冷笑了一下，“这破地方还是一点都没有变，一只眼睛看，两只眼睛看，都一样……你一会儿要记得，根据上次的经验，如果眼前出现了强制植入的‘圣安德森’广告，就证明猎物上钩了。”

“明白。”

轻车熟路，薛禅创建的临时角色缓步走向交易大厅的Bluesea代理交易站，邢天不紧不慢地跟在后边。

他们路过一个肩头上显示着蓝色官方证明标识的光头管理员，管理员看了一眼薛禅行进的方向，并未跟进。

“还是有变化，以前管理员不需要这么高调地出现在用户面前，我还记得法老亲口说过这样会引起用户的反感。”薛禅说。

“西北方向一百五十个坐标单位的地方还有一个，”看着薛禅马上走到虚拟自助终端机前，邢天站定，“我盯着他。”

虚拟终端机前，薛禅深深地吸了一口气，他把钱包秘钥插进了虚拟的兑换接口，点下了确认键。

“这机子怎么没有任何反应？该不会直接开始吞币了吧？”薛禅正说着，虚拟终端机通身散出了红光，耳机里不断传出错误的声音，“这不是Bluesea的虚拟终端机，法老给他们合作的系统嵌套了一个程序外壳，这他妈的果然是个钓鱼机！”

“别慌，那个管理员朝你的方向过去了……”邢天正在劝他，忽然眼前颜色一变，“糟了，他居然把肩头的标识抹红了，你小心点，他是来找事的。”

新管理员是个五十多岁老男人形象，肩头的标识显示着他的名字——常诚。

常诚看上去就没什么正派的样子，微微塌陷的双腮上布满了皱纹，没有一根胡须，鼻子却异常挺拔，咖啡色的虹膜，吊着眼袋，走起路来一摇三晃，像老电影里盖世太保巡街的样子。

他见到薛禅的第一时间，就用红圈锁定了薛禅脚下的坐标。

薛禅眉头一皱，“什么意思？”

“冒昧地问你一句，你刚才是不是想通过Bluesea进行大宗金丹兑换的交易？”常诚的每个音节都懒洋洋的。

“对啊，你们的破机器出问题了，你是负责接待投诉的吗？来的时间正好，但你锁我干吗？”

“抱歉了。我不是客服人员，我是系统管理员，”男人皮笑肉不笑地说，“想必你也知道，最近金丹坊在大宗金丹交易的同时，有不法人员利用交易间隙违规使用光敏性工具作案的事情。为了保证每个用户的安全，我们今晚六点的时候更新了系统，现在要对所有进行大宗金丹交易的用户进行登记。待我们核实后，才会把交易权限还给你。”

“凭什么！我急着用钱，等不起！”薛禅的每个字都很不客气。

“这就说到我们的重点了。我们需要登记您最近大量兑换金丹的简单原因，还请你告诉我，为什么这么着急用钱？”

“开玩笑！你想知道的东西这么多，就不想知道哪个牌子的生发剂更好使吗？”

“相关的协议你已经在登录的时候签署过了，如果你不说，我们将扣留你的线上财产与虚拟角色，接下来就需要你主动提出申诉，三重核实过后才能还给你……你确定不说吗？”

薛禅没有想到，法老居然用这种下三烂的手段扣人。用户协议动辄上万字，除了法务人员外，从没有用户认真读过，自互联网诞生的那天就是这个潜规则。法老居然选择在里面做手脚，算是最低级、最恶心的手段了。

“我再问一次，你着急兑换金丹的原因是？”常诚眯起了吊袋眼。

薛禅没有说话，他盯着常诚，很想立即下线，然后通过后门断掉对方的网关……但这时只能盯着，想不出什么理由来。

“你怎么惹上管理员了？”突然，远方的邢天跑了过来，插进两人对话，装出惊讶无比的语气。

“你是谁?”常诚轻轻瞥过眼睛。

“我是和他一起来的。”邢天指了指薛禅，说完话的瞬间，他发现自己的脚下也被红圈锁定了，“这是干吗?”

“你知道他为什么急需兑换大量金丹吗? 我需要做个登记，还请配合一下。”

“知道啊!”邢天朗声答道，“他的亲戚问他借钱啊，他不想借，但是要展示账户余额给别人看啊!”

“借金丹?”

“对啊，就是借金丹! 我一开始也觉得奇怪，但他的亲戚住进了一家该死的医院，叫什么来着，圣……圣安德鲁? 差不多吧，这家医院很变态的，居然只收金丹。”

“他说的是真的吗?”常诚忽然转过头来，再次看向薛禅。

薛禅看了看邢天，轻轻点了点头。

“你亲戚的名字叫什么?”

“叫‘常诚是个大蠢货’，重音放在‘蠢货’两个字上面。”薛禅自然答不出来，他只好谩骂了起来，以前这种角色，在金丹坊给他虐他都看不上。

“哎呀你就告诉他嘛，”邢天装作一副着急的样子，“阎罗! 他的亲戚就叫阎罗。”

常诚不再说话了，显然，他正在查证阎罗是否与医院系统的名单匹配，虽然薛禅在圣安德森开了后门，但这个时候也完全来不及让他伪造一个病号上去。

两人趁此，互相使了个眼色。

随时有更坏的情况发生，如果他们二人真的被盯上，以目前金丹坊的敏感度，是会直接查到薛禅的物理地址的，到那时，法老再泼脏水，他们就没办法躲了。

“我想起来了，我俩上线的时候忘了切换流量……”邢天想要及时下线。

常诚再次抬头的时候，先是翻起了眼睛，整颗脑袋像是被眼球的力量抬上来的，他阴险地打量着两个人，“你们都不要下线，我的老板想要见你俩。”

“老板?”邢天心里咯噔了一下，阎罗的名字显然不在圣安德森医院的名单里，他说的老板不会是……

突然，两人的眼前又是微光一闪，他们被系统强制传送了坐标，光追效果完成的时候，他们已经来到了一间办公室的会客厅中。

无论是邢天还是薛禅，都对这个地方再熟悉不过——法老的金字塔！

好在他们这次上线用的都是新的虚拟模型，但如果追着账号查下去，不出两个小时，就能比对出薛禅的真实注册信息。

“两位晚上好，刚才真是冒犯了，我的虚拟管理员第一天上班，还不太会跟客户打交道。”法老站在两人的面前，脸上掬着假笑，“我是金丹坊的创立者，我叫法老，两位快请坐吧!”

邢天和薛禅对看了一眼，他们着实没有想到，居然会在这个时间与法老会面，简直糟糕透顶!

“这个狮子头的NFT很逼真啊!”邢天坐下的时候不忘“夸”上一句，他从来都讨厌坐在这头狮子的嘴巴下面。

“我年轻的时候很喜欢狩猎，我家里有这只狮子的真实标本，它是我在东非的私人保护区亲自用猎枪击倒的，但真实的标本没有这个好看，因为嘴巴是闭着的……我永远忘不了那一天下午，滚滚黄沙中，我一刀割断它喉咙的感觉……你们知道吗？只有老练的猎人才会一刀割断猎物的动脉，这样可以让它死得快些，避免在濒死阶段受到残酷的折磨。”

法老说得轻描淡写，实际上却借着故事标榜自己的冷血与残忍，这个故事他给邢天和薛禅都讲过，每个字都带着要置他人于死地的杀机。

“别害怕，我是个有狩猎执照的人。”法老补充说，这一次他真的笑了。

“我觉得你就是个纯傻B！”突然，薛禅指着法老的脸，高声骂了一句。

法老登时呆在了原地。

“我他妈从小就爱护动物，你有把枪就了不起是吗？傻B一个！欺凌弱小的感觉很爽吗？死变态！”

看着身边的薛禅突然挥斥方遒般骂了起来，邢天也愣住了，这段剧本是没有编排过的。

法老被连着骂了两顿，脸色变得铁青，以邢天对他的认识，他已经恨不得把薛禅大卸八块了。

但他目前自然不能那么做，他的嘴角抽了两下，第三次才发出声来：“你们两位要兑换金丹的事情，没有办法……”

不知道是不是强压着激动的情绪，他说话的时候都有些语无伦次：“你们的亲戚阎罗很早以前就已经出院了，并没有欠款。我不管你们是什么目的，也许是最近听了关于金丹坊不好的风评，但我现在给你们两个解决方案：第一，你们三个月后再来兑换；第二，你们可以先把金丹存在我这里，我给你们高值的NFT抵押品，我保证你们一年以内就能小赚一笔。”

邢天和薛禅又相互看了看。

“也不是不可以……”邢天装出一副勉为其难的样子，然后傻傻地指了指头顶，“你这个狮子卖多少钱？”

“狮子不卖。”

“我就想要这个狮子，这个多好看啊！”邢天又指了指薛禅，“他不要，我要。”

“我说了不卖。”

“开个价嘛！”邢天一副无赖的样子，“我也有很值钱的NFT，要不咱俩换？”

这一次，还没有等法老拒绝，邢天就率先打开了与法老的交易界面。

他先在交易金丹数目处输入了“15000”，“什么都好说，这一万五金丹你先存着，我信得过你，但你把你的狮子给我做个抵押呗！”

法老看着交易面板上的数额，深深地吸了一口气。

一瞬间，邢天头顶张嘴的狮子消失了，NFT的缩略图出现在了交易界面上。

“哇……我觉得你这个不止值一万五啊，我也有张很棒的NFT，我拿给你当个添头！”

说着，邢天以最快的速度把那张藏着光敏炸弹的鬼画符甩在了交易界面上。

“我的狮子目前至少值三万金丹，你千万……”法老的话没有说完，他看到了那张似曾相识的鬼画符，“这是——”

突然，邢天按下了比对按钮！

法老惨叫了一声，当着薛禅的面倒在了地板上，很快，他的眼眶里只剩下一双死鱼般的眼白，呆滞地望着金字塔的顶篷。

“老大!”薛禅也吓坏了，他看不到两人的交易界面，但知道邢天一定是把那张鬼画符的效果打开了，于是他一把扯下了自己的VR眼镜。

邢天就站在原地，半天没有说话，他赶紧冲了上去。

“老大！你有没有事……”他一边吼着，一边就要去摘邢天的眼镜，却被邢天顺势轻轻推开。

“装备总是要在实践中才能检验成效，但这次的实践却完全看不到效果。”邢天说完，露出了笑容，他的眼睛躲在梵塔黑的遮板后方，像是躲在了飓风眼的中心，任凭飓风肆虐，头顶却一片晴空。

“我估计法老已经倒下了，连呻吟声都没有。”邢天摘下了VR眼镜，“你从后门重新上线，定位我的位置后，接管我的控制权限，关掉我和法老的交易界面，最后，根据我现在的坐标重新进来……然后，我们一起看看这座金字塔里还藏着些什么秘密。”

情绪茧房时空切片十

东梦宫大型电子游戏室旧址，几台废弃的大型游戏设备叠摞在墙根处，最高的一台是带着方向盘的赛车椅。

“这是我小时候最喜欢的地方。”殷航从座椅上站了起来，以他为起点，十几把椅子围成了一个圈，有几把是空的，他微笑环视着互助会上坐着听他发言的男男女女，悄悄数了一下，前来参加交流活动的这次是十二个。

“VR时代来临之前，这里还是一座商城，而我们现在所在的地方，曾经是商城里最喧哗的区域。从每天早上十点开始，聒噪的跳舞机鼓点、机枪扫射声、怪物的咆哮声、女孩看着男朋友夹到毛绒玩具发出的尖叫……所有噪音混成一团，擦肩而过的人们手里都捧着一只塑料小筐，筐里装的都是银色的游戏币。我还记得小学时的一个暑假，我每天都混在这种分贝超标的环境里，没有零花钱的时候就看着别人玩，如果谁能赏给我几个银币，就够我晚上躺在床上回味整整一夜的！”

围坐的众人都笑了。

“但在如今这个时代，这种廉价的娱乐方式已经死透了……”

邢天靠近东梦宫外的橱窗，单眼朝着房间里扫了一圈，殷航正在津津有味地分享着自己童真的时光，围坐的一圈人里，有的捧着酒瓶，有的还叼着雪茄，完全看不出是一群在元境里受到过应激性创伤的人。

邢天转过身去，拨通了薛禅的电话。

“这个时间，你不是应该在治疗自己的PTSD吗？”薛禅率先开口。

“我还没有进去，但是看到他们了，我觉得没意思。”

“老大！你才到门口？这个点儿，都要结束了吧？”薛禅不敢置信的声音从电话那边传来，“晓烟几个月都没有联系过你，这次她介绍你去那里谈话疗伤，你不要辜负她的好意啊。”

“她跟我说，她答应之前追她的那个记者了……”邢天叹了口气，无奈地说出了一早就想说的话，“你应该看到她更新的动态了对吧，我知道她屏蔽了我。”

“这和你去不去互助会有什么关系？”

“我不想进去，里面好像已经有人看到我了，很不满的样子。”

“这是私密性很高的互助会，晓烟能为你联系上他们很不容易！”薛禅坚定地说，“你总不能约我现在跟你去打台球吧？”

邢天看看自己的右手，他刚刚换完药，厚厚的新纱布顺着指尖包出了一只迷你拳击手套。

“你在干吗？”邢天问。

“读哲学书。”

“哲学书？读那个干吗？”

“你管我，赶快进去！”薛禅不由分说地挂断了电话。

邢天撇了撇嘴，他顺着墙根慢慢从玻璃门挤了进去，在签到处，他拿起马克笔把名字写在了不干胶贴上，然后贴上了自己的心口。

所有人都谨慎地看了他一眼，主持人殷航也转过了头，两人相互微微一笑。

邢天找了把空椅子，坐上去的时候感觉很别扭，好在坐下后就没有多少人理他了。此刻正轮到他斜对面的人发言，那个男人站在椅子前，说起话来绘声绘色、手舞足蹈，像是一个脱口秀演员，胸前的名牌上写着：荆横。

“你们无法想象，整个包厢，只有法老一个男人！身边围着一圈浓妆艳抹的失足少女！看着我提着喷子进了场，所有的少女都失声尖叫！我也不客气，先是朝着天花板喷了一发，大吊灯直接砸在了大理石桌面上，少女们惊慌失措地从我身边夺门冲出去，很快，只剩我和法老两个人了。他也想跑，我一脚踩在了他的胸膛上，再用喷筒顶住了他的鼻子……”

邢天正听得瞠目结舌，坐在左侧的男人吐掉了嘴里的雪茄，侧身靠近他，“他说的这哪里是金丹坊的法老，这是埃及托勒密王朝的法老吧！”

邢天轻轻笑了一下，男人坐回原位的同时盯住了他的名牌，过了好半天忽然压低了声音惊叫道：“你就是邢天？你救了我前妻的命！我是阎罗，我打过电话给你！”

“阎罗？”邢天只觉得这个名字有些耳熟，男人指了指自己胸牌上“阎罗”的字样，邢天才想起来，十几天前，他和薛禅还在金丹坊冒充过阎罗的亲戚，却不想居然在这里狭路相逢。

“你就是阎罗？对……我们通过电话。”邢天又回想起那个生不如死的夜晚，“红拂还好吗？那晚之后我就没有联系过她了。”

阎罗兴奋而欣喜的笑容瞬间从脸上消失了，他闭着眼睛摇了摇头，“她流产了。之前她说这辈子不再与我相见，但她生孩子的那天我还是偷偷去了，结果却……当时她不顾医护人员的劝阻，大哭着从病床上站了起来，冲进了等候室，我当时正在想着怎样说些安慰话，她劈头盖脸地对着我招呼了过来，一边打一边还说，‘阎罗！……’”

“阎罗！”荆横忽然愤怒地叫出了他的名字，吓得阎罗抖了个激灵，“我正讲到最关键的地方，你的故事更精彩吗？”

阎罗摇了摇头，轻轻举手朝他敬了个礼，然后递了个眼色给邢天。

荆横继续自己的表演，“我没想到，我放法老一条生路，他居然敢来我的汤屋闹事！三十几个雇佣兵拿着枪把我的汤屋围住了！就在所有人以为他们的烟幕弹的覆盖面积已经足够大时，汤屋的门开了，水蒸气像飓风一样从里面卷了出来，瞬间把掩护的烟雾全部吞掉，空气就像是洗练过一样干净！这个时候，我把事先准备好的加特林机关枪架子开了出来！”

“我很抱歉。”邢天用只有阎罗听得到的音量说，但并不看他。

“没事，都过去了。”阎罗摇了摇头。

荆横足足又讲了十分钟：如何以一己之力打跑对方三十几个职业雇佣兵，法老如何对自己刮目相看，自己又如何看不起他……讲完之后，在一阵稀稀拉拉的掌声中，他骄傲地坐了下来。

殷航鼓着掌站了起来，“感谢荆横带给我们这么精彩的故事……经历，我是说精彩的经历。今天时间也不早了，我们的分享暂时告一段落吧。”他清了清嗓子，“请大家记得，当你的身体背叛了你的时候，无论是神，抑或家人，都无法挽救你，能够救你的就只有你自己。无关正义，对的事情，总要有对的人来做。前方的每一步都是崎岖，除非你愿意把它看作平地，一小步，接着一小步，简单的一小步，聚沙成塔，然后用冷酷的方式涤荡世间的罪恶！

“感谢大家！”

一圈人陆陆续续地站了起来，很多人从椅子下方拿起了可以折叠的拐杖，邢天还在疑惑，阎罗拍了拍他的肩膀，“能在这里见到你，我非常荣幸！我还有些事，你去跟殷航聊聊吧！如果你能加入我们，我们一定可以更快地铲除罪恶！”

邢天听得云里雾里，心想我这不是已经加入你们了吗，难道还需要资格考核？铲除哪门子的罪恶？

但他依然礼貌地点了点头。

殷航送走最后一名成员后，开始收拾起折叠椅，他满意地看了一眼邢天，“等一下，很快就收好了。”

“手上有伤，爱莫能助。”邢天抬了抬自己的纱布手套。

“我也有伤，但没什么外伤。”他说着，最后留下了两把椅子，顺便给邢天让座，“我叫殷航，是这里的主持人，欢迎你来到弥诺斯俱乐部。”

邢天笑着和他握了握手。

“我在你前女友那里听说了你的情况。和你一样，弥诺斯俱乐部的所有人，都是因为元境才患上了各种各样的疾病，今天你见到的是其中的一大半了，还有几个在线上，他们失去了随意走动的能力。”

邢天本来想问问他是如何与晓烟认识的，又想到晓烟作为全媒体大鳄，认识各种各样稀奇古怪的人并不奇怪，于是作罢。

殷航盯着邢天右边耷拉下来的眼睑，“像我刚才说的，你看不见我伤在哪里，我的心脏是假的。”

“假的?”邢天震惊了。

殷航点了点头，“原装的那颗先天就有疾病，我一直没当回事，在元境待的时间久了，被一张动态的NFT吓到过，原装的就罢工了，让我在鬼门关走了一回，非常荒唐……我和妻子花光了所有积蓄，为我换了一颗3D打印的心脏。手术很成功，但我查过，这就是一颗定时炸弹，要拒绝服务的时候，它是不会事先打招呼的。”

邢天摇了摇头，虽然自己失去了一只眼睛，但无法想象，在知道自己随时都有可能猝死后，他会走出怎样的生命旅程。

“弥诺斯俱乐部的所有成员都因为该死的元境受过伤，《柳叶刀》把这类疾病统称为‘赛博综合征’，目前还是绝症。最后那个胡言乱语的荆横，身体壮得就像头牛，但精神上有着严重的问题。他在不久前被一张NFT闪过眼睛，之后这里就出了问题。”殷航用食指点了点太阳穴，“从那以后，他开始张冠李戴，把一些别人的故事当自己的，还编造出许多奇遇……”

“可悲的是，我和他从小一起长大，到了今天，我完全无法分辨哪些时候他是病发，哪些时候是带着认命的彻悟苦中作乐……”殷航说完，深深地叹了一口气。

“所以，这里所有人是禁止使用VR眼镜的对吗？就在刚才，你最后总结陈词的时候，鼓励着大家克己与昂扬，你是在劝导大家克服戒断反应？”

殷航看着他，笑着摇了摇头，“为什么要禁用VR眼镜，你这只眼睛都看不见了，你还不是照样去金丹坊捣乱？”

邢天心里一震，表面上却装出听不懂的样子。

他小心地用单眼角的余光查看四周是不是有埋伏，殷航还在笑，但并非某种得意。

“我不明白你在说什么。”邢天忽然挂上一个应敌的假笑。

“放心，没有人告诉我，我是亲眼看见的。”

邢天依旧维持着面部表情，不置可否。

“你所不知道的弥诺斯俱乐部，这里面所有的赛博综合征患者都是程序员，而且是顶尖的黑客程序员。你最后去过法老的金字塔办公室，我和荆横都看到了，因为金字塔的3D模型是荆横搭建的，这你从来都不知道吧……”殷航说着拍了拍他的肩，“别担心，荆横是顶级的模型师而已，是我让他在金字塔里安放了后门哨点，那是近十年前的事了。即便如此，我们也只能眼睁睁地看着法老作恶，只有你，在十几天前，亲自把他送进了圣安德森医院。”

“我在金丹坊的所有动作都在你们的监控之下？”邢天倒吸了一口凉气。

“一部分而已，重点是，你出事之后我们才盯上了你，而你成为英雄，刚才在座的人都见证了！希望你不要报警。”

“一群黄雀……”邢天失笑地摇着头，“你们真的是一群黄雀啊，你们在线上的组织，该不会就叫黄雀吧?”

“我们叫梵音。”殷航盯紧了邢天，“法老之前是有给你提过的，但你没怎么往心里去。”

“梵音……”邢天努力回想着，“我记得，一个DAO，你们在金丹坊的虚拟交易大厅闹过事。”

“对，在你闹事之前小打小闹了一番。”殷航含蓄地说，“梵音建立的初衷，就是要依靠黑客的力量，将所有元境内反人道主义的行为彻底抹杀。我们是元境诞生以来最惨的一群受害者，但我们还有力量去保护更多的人不受伤害。所以我现在回答你一开始的问题，这里不禁用VR眼镜，不但不禁用，还给每个人配置了最高级的硬件设备，只为惩恶扬善。”

“我上次在法老的金字塔里查到了一些资料，他雇了程序员编写新的病毒程序，还没有成形，但种类繁复。你们有收到这方面的消息吗?”

殷航沉默了一下，“没有，但这将会成为一个新的突破口。我们希望你能够加入我们的团队，虽然还没有正式介绍过你，但大家早已对你敬仰有加。”

“我觉得我还需要慎重考虑一下。”一时间接受了太多炸裂的消息，邢天需要理一理，至少，他觉得自己需要和薛禅商量一下。

“我不想让你有任何被逼迫的感觉，但我们的时间其实是有限的，”殷航说，“用你瞎掉的那只眼睛看看你的右手……我只是觉得，与其单打独斗，你为什么不选择与志同道合的人并肩作战呢?”

“以暴制暴!”殷航伸出手来，“我以我的心脏起誓，绝不姑息任何元境内反人类的行为!”

邢天盯着殷航坚定的样子，他又眨了眨眼睛，几秒后，握住了殷航的手。

“你们两个大男人拉着手干吗呢？”东梦宫的门口，一个抱着婴儿的女人佯做嗔怒，“我都快累得喘不过气了，你们倒在这里玩手拉手的游戏！”

殷航赶紧快步走了过去，接下女人怀中的孩子，“这是我夫人，思敏；这位是邢天，他的名字写在胸牌上了。”

“浩存又吐了，”思敏朝着邢天简单地打了招呼后就开始抱怨，“你小时候是不是也这么爱吐啊？”孩子似乎不太喜欢殷航抱他，哇哇啼哭的声音回响在东梦宫空旷的游戏大厅中。

邢天看着着急的父母和啼哭的孩子，他确定这不是一个陷害他的局，即便殷航是第一次见面，但刚才的阎罗，以及红拂，他是信得过的；这个刚刚成为妈妈的思敏，以及殷航手中被称作殷浩存的婴儿，他也是信得过的。

一切顺理成章，但邢天在心底最深的地方，还是感觉到了一些说不上来的奇怪和不祥，尤其是当他提到法老金字塔里的新型病毒资料时，殷航像是知道什么，只是不方便分享……邢天能感受到，一颗变质的种子正在破土而出。

贰拾壹

弥诺斯俱乐部的厨房里传来脚步声，穆若愚刚刚把监控耳机的声音调小，海伦就走了进来。

“殷浩存又吐了……”穆若愚盯着记录殷浩存生命体征的信息

面板，呕吐的计数从二跳到了三。

“我提醒过他的，进入情绪茧房的后遗症并不比在元境中受到渗透病毒攻击的后遗症小，”海伦站在穆若愚的身边，双手抱臂，看着半透明的殷浩存“行走”在邢天的记忆中，“而且，由此患上赛博综合征的概率目前依然是100%。”

“他自己选的路总要走完，如果是我也一样。”穆若愚声音镇静，屏幕上，殷航正在接受媒体的私密采访，邢天站在他的身边不发一言。

“一会儿你要负责收拾他用过的水平衡沉浸舱。”海伦不客气地说，“你也可以让他自己收拾，但我估计他从舱中出来的时候站都站不稳。”

穆若愚又看了一眼呕吐次数统计，无奈地挑了挑眉毛，“我忽然能体会到一点他妈妈抱着他时的沮丧了。”

“听历史课总是要收费的，”海伦笑了，“更何况这是极为珍贵的史料。”

“这个记者是谁？为什么有手段采访到梵音的创始人？”穆若愚指了指与殷航对谈的男性记者，记者的身后总有一只蜂鸟不断地飞高飞低，那是携带着超高清摄像头的迷你无人机，记者靠掌心的工具，独立完成了所有的拍摄任务。

每当蜂鸟飞到邢天附近时，邢天总会露出嫌恶的表情。

“童康，晓烟的丈夫。”海伦说，“不过他和晓烟很快就离婚了。会不会是你的生父？”

“拜托，我姓穆。”穆若愚说着白了她一眼，海伦在一旁笑得花枝乱颤。

“殷航先生，我也听过一些坊间传闻。”童康看了看桌上的录音笔，“比如您所在的去中心化自治组织——梵音，对吗？据说它与金丹坊颇有渊源，很多从金丹坊离职的高级程序架构师都属于这个组织，”他瞥了一眼殷航身后的邢天，“正因如此，针对金丹坊一系列反虚拟社会的行为指控才有了确凿的证据，虽然并非梵音主动提供，但大家都认为这与这个组织有着密切的联系。”

“我所在的组织可没有这么大的能耐，”殷航摆摆手，却像是被恭维了的样子，“我只知道这个组织非常松散，内部的每个成员都很倨傲，虽然我的确是梵音的一员，但早就看不惯他们没有纪律且经常以病假理由搪塞的作风了。”

殷航说着回头看了看邢天，邢天藏在蜂鸟摄像机的盲点内，殷航偷偷地笑了一下，“不过话说回来，这个组织并没有和任何包括金丹坊在内的公共区块链平台有联系，诚如你所见，金丹坊从来没有招募过我……他们很散漫的，所有的任务开始与结束往往都突如其来。也就是运气好，碰上了金丹坊官方十几次反虚拟社会的行为。据我所知，梵音内部的成员做起事来都很不择手段，不择手段的后果就是被大众察觉，也正是如此，你先捉住了我，我才不得不接受你的采访。”

“我可以采访一下您身后的这位与您同属于梵音组织的先生吗？”童康指了指邢天，“毕竟机会难得，我想对梵音有个全面的认识……先生，梵音在这次‘倒坊’运动中起到了至关重要的作用，并促使国际元境管理机构与国际卫生组织发表联合声明，明确区分了‘渲染病毒’以及‘渗透病毒’的概念，您身为梵音的一员，在听到这一消息的时候有着怎样的想法呢？”

“无可奉告。”邢天的话像是早就准备好的，又像是在给殷航做示范，他说完，也不顾殷航回看他的眼光，直接站起身来，离开了采访棚……

黑色的列车在夜色中飞驰，银亮的轨道上传来富有节律的白噪音。

大部分的单人卧铺车厢都已经熄灯了，廊道上留着一道光。一间仅供两人用餐的车厢里，红拂与阎罗对坐在餐桌的两侧，红拂透过窗外的茫茫夜色若有所思，忽然，她从玻璃上的倒影看到满面皱纹的阎罗快速地吐出了嘴里的雪茄烟……

“我明白了！”阎罗苍老的声音突然兴奋得像个刚刚解开方程式的孩子，“你听！铁轨的声音！白噪音，是能够辅助治疗精神疾病的。花昭说过，白噪音在各个波段上的功率一样，那么如果在其中加入不同极限功率的声音，就能影响到人的生理状况。最简单的原理，人在安静的环境中突然听见爆炸声时，心跳就会猛地增速一段时间，而长时间保持人类心脏的快速跳动，就是高级渗透病毒中音频攻击的原理之一！”

“我还说过，现在应该是休息的时间了。”门外的花昭拉开了餐厢的小门，“你说的是渗透病毒最基础的五项体征影响指标之一，医学院的第一课……容我冒昧地问一句，你们还有可能成为情侣吗？如果可能，我就忘掉你们从卧铺转移到这里不让我省心的事情。”

“不可能。”红拂和阎罗异口同声地说。

“说到不省心，其他的老家伙才叫不省心吧。”红拂板起了脸，“为什么要在火车的每个卧铺车厢装上沉浸舱？海伦不在，他们会二十四小时泡在元境里的，黑色梵音已经被元警们粉碎了，故地重游只会徒增伤感，你和邢天还嫌赛博综合征发作得不够快吗？早知道他们这么不要命，我们就坐飞机了。”

“除了荆横，”花昭微微一笑，“他总算是醒来了，但还是头疼，完全见不得光，吵着要什么梵塔黑的贴片。”

“每天健身还是有用的。”听见荆横转醒，阎罗心里的大石头总算落地，“圣安德森学院毕业的小子，你也帮了不少忙，但你居然连什么是梵塔黑都不知道……”

花昭疑惑的瞬间，红拂脱下了披在身上的羽绒外套，她从自己病号服的口袋里拿出一片椭圆形的梵塔黑铝箔来，“把这个拿给荆横吧，这是我以前狙击练习时的镜片，只有一片，让他两只眼睛换着用……千万别弄坏了，说不定还能派上用场。”

花昭把桌上的黑色铝箔捡到了手里，“这就是梵塔黑？”

“没错，在你出生以前，我们这群人的组织叫梵音，后来我们就是靠这个东西，才能够在‘倒坊’的渗透病毒大战里存活到今天。邢天和殷航都觉得它功不可没，于是我们的组织才改名叫作‘黑色梵音’。”

“我还一直以为诸位能打赢‘倒坊’之战都是圣安德森医院的功劳……”

“放屁！”阎罗突然来了脾气，“圣安德森算什么东西！我和荆横都住过那家医院，很早的时候，那时你还没有出生，圣安德森学院也没有……”他指了指花昭，“我们可没少在那家医院里受折磨，那个时候，圣安德森就是法老的监狱！如果不是我们赢了‘倒坊’战，圣安德森才不会跟法老划清界限！你知道为什么荆横身上没有任何3D植入物吗？他对那家医院恨之入骨！”

“好吧，我好像知道你们为什么没有来圣安德森学院的元境参加我的毕业典礼了。”花昭佯装委屈地抱怨。

“一开始，我们确实不想和这种医院有任何关系，”红拂摇了摇头，“但金丹坊倒了之后，法老并没有气馁，他孤注一掷纠集了一群黑客，在已经被时代淘汰的元境里研究渗透病毒，那是金丹坊最黑暗的年代……我还记得薛禅之前说过的话，他说如果一个人要处心积虑地去算计别人，别人是无法处处防备的。黑色梵音虽然积累了名气，但名气不能当杀毒软件用，在各种新型的渗透病毒面前，梵塔黑是无法作为铠甲的，我们变成了一群以身试法的敢死白鼠……圣安德森正是看到了这点才乘虚而入的，它要靠我们的名声洗白医院的生意，殷航当时是乐意的，因为我们每个成员的赛博综合征都越来越严重了，而邢天却极力反对——”

“不对，殷航是极力反对的，邢天才是乐意合作的那个。”阎罗反驳道。

“你真是老糊涂了，”红拂瞪了他一眼，然后看向花昭，“我觉得他需要服用荆横和薛禅服用的所有药，他已经病入膏肓了。”红拂说着指了指脑子。

看阎罗激动了起来，趁他还没扯开嗓子，花昭突然趴在桌子上打了个长长的哈欠，转移了阎罗的注意力，“不用吵，话不投机，有害健康，都早点回房睡吧，明晚这个时候我们才能到站。”

阎罗怒气冲冲地扶着拐杖站了起来，车厢的地板在震动，他本身空间错位的赛博症状又比较严重，距离轮椅不过一米的距离，硬是走出了普通老人三倍多的时间。

“不用你扶！”他坐进轮椅时甩开了花昭的胳膊，“这个老巫婆就是邢天的迷妹！”

“老不死的你说什么！”车厢里的红拂吼了一嗓子。

阎罗没有答话，他背对着红拂，享受着惹怒对方的快感，一脸得逞的坏笑。

花昭朝着红拂摆了摆手，像是劝说又像是挥手告别，他推着阎罗的轮椅，缓缓驶向廊道的远方。

东梦宫大型电子游戏室旧址，黑色梵音的互助会“圈子”扩大了一倍，几乎就是现在弥诺斯俱乐部的所有成员，只不过那时的他们都不需要轮椅。

殷浩存站在殷航的身边，没有人能够看到他半透明的身体，对角的最远处是邢天的所在，他正在鼓掌欢迎新晋的黑色梵音成员。

他的一只眼睛透亮得如同星辰，另一只却灰暗得仿佛深渊。

“大家好，我叫阿妍，我非常荣幸在邢天的推荐下成为黑色梵音的一员。”正在站着发言的女人并不怯场，三十五岁的她有着满满的朝气，“我是很多年以前在一间小网吧里认识邢天的，他当晚点我和他一起玩游戏——”

荆横吹了声口哨。

“这个不重要，”阿妍略带羞涩，“重要的是我在刚刚提交的笔试答卷上，擅长做的事情那一栏，填写了编程……其实我也就是捏脸的水平还不错，不知道算不算编程的一种。”

众人笑成了一团。但很快，邢天的笑容完全消失了，他正对着东梦宫的窗户，窗外走过三个身穿制服的身影。坐在对面的殷航立即察觉出了不对，他转过头的同时站了起来，紧跟着，围坐一圈的近三十个人都站了起来。

半透明状态的殷浩存认得，没有敲门就直接闯进东梦宫的三个人是元警，两男一女，他们特有的普鲁士蓝色制服，几十年都没有变过。

“你们忘了敲门。”殷航站在三人面前，身后的人都围了上来，却在狭窄的空间中很自然地让出了一条道，邢天、红拂、阎罗、荆横以及薛禅，顺着这条小路站到了殷航的身边。

“黑色梵音，”三个不速之客以品字站立，站在最前面的男人一边说着一边指向邢天一众人，同时扭头向自己身后的两个同伴介绍，再转过身来，趾高气扬道，“我叫龙行风，是刚刚上任的元境安全信息监察长，你们这里谁说了算？”

邢天在后方拍了拍殷航，意思是自己有过和政府官方打交道的经验，然后挺身道：“我。”

殷航表示认可，但挤在两人身边的殷浩存皱了皱眉头。

“你叫什么？”龙行风身后的女人问。

“邢天。”他一边说着，一边用右手的两根手指撑开假眼的眼睑，手背上是两条清晰可见的红色长疤。

“我今天是以政府的身份来通知……你那杯威士忌，给我也倒一杯吧，”龙行风话没说完，忽然指了指荆横手中的酒杯，“进去说。”他带着两人从众人的包围中行过，三人依次就近坐在椅子上，殷航与邢天对视了一眼，坐到了对面。

阿妍真的打算去给三人倒酒，红拂看都没看，一把拉住了她。

“放轻松，”龙行风板着面孔说，“在我给你们正式的选择之前，我的手下在路上告诉我，黑色梵音的成员能够随随便便在元境里置人于死地。来这里之前，我还去拜访了一个听说也能随随便便在元境里置人于死地的家伙——老法。”

“是法老。”龙行风身后的男人小声纠正道。

龙行风愣了一下，“法老。可惜他不在，大概是闻风而逃了……

你们谁知道他在哪里?”

“和你一样，没怎么听过这个名字，”邢天挤出了一个微笑，“我保证他不是随随便便被我们弄死了。”

龙行风无所谓地笑了，“我的威士忌呢?”

“最后一杯了，我剩的这点你要不要?”荆横从后方伸出一只举着威士忌酒杯的手。

龙行风轻轻地摇着头，失望中比出了两根手指，“两个选择，与官方合作，把你们的小伎俩都上缴；或者今天就解散吧，所有的元境信息犯罪，今后都由官方来处理，你们可以选个地方退休养伤了，这个时代不需要外行来伸张所谓的正义。”他又比出两根手指，在说“正义”的时候卷了卷，意为引号。

“那我们今天就散了吧。”邢天开口了，但他并没有扭头，而是面对着正襟危坐的三人，“江湖路远，有缘再见。”

龙行风皱起了眉头，“让我提醒一下你们。不跟我们合作，即使是解散，也会随时因为以前造的孽被强制通缉，以后你们中间的任何一位在元境里出现，都会面临牢狱之灾。”

“所以我们能选择的余地并不多啊……”殷航故作感慨地说。

龙行风瞥了他一眼，他似乎只认定和邢天讲话，不接殷航的茬儿，朝身旁勾勾手，辅警会意地开口道：“我们知道黑色梵音在很长的一段时间内，于打击元境犯罪领域取得了一些成绩，现在政府想要聘用你们成为我们信息监管部门的顾问，当然我们用不了这么多人，你们未竟的事业将有政府组织接手，同时我们会定期给顾问发放福利。”

“我们听说，即将被取缔的非法公共区块链平台给你们下了战书，”另一个刚戴好眼镜的女元警从文件夹里取出一叠纸来，她昂起头，“从现在起，你们必须接受政府部门的监管，不得与金丹坊发生任何冲突。”

“基本上就是这样，你们还有什么不懂的，让听懂的人去复述一遍。”龙行风双臂摊开，像是勾住了头上隐形的墨西哥宽边草帽的帽檐，“现在，你告诉我，你是选择合作，还是退出？”

“都不选！凭什么啊！”邢天和殷航同时一惊，他们还没准备答话，身后的阿妍忽然嚷了一句。

龙行风满是怒意的眼光穿过众人，“我最讨厌没资格讲话的人乱说了，他们说话前通常都不过脑子，说话声就像砸碎玻璃一样难听。在我面前砸碎的玻璃，最后都要当着我的面，亲手一片片捡起来的。”

“她说了算。”邢天一字一顿地说，“你们的人知不知道什么是DAO？我们是黑色梵音，去中心化的自治组织，在我们这里，谁开口都说了算！”

龙行风盯着邢天的眼睛，两人在沉默中僵持了片刻。

“好，有种！”龙行风站了起来，“你们生理上都有问题，我不跟残废一般计较，而且我给你们时间，明天零点以前给我答复，如果拒绝，我建议你们所有人，把自己的钱都存进冷钱包里。”

他带着两个手下径直走到了东梦宫的门口，忽然又转过头来，顺着众人的方向在空气中画了一个圈，“别忘了在这里合影留念。”说完就头也不回地走了。

殷浩存看着父亲，即便他是半透明的状态，也能感受到父亲眼神中的火焰；反观邢天，平静得仿佛什么也没有发生过，那只明亮的眼睛，如今也化作了一片让人琢磨不透的深渊……

黄昏的时候，邢天独自来到了东梦宫。

他找了把椅子，从琴箱里拿出落满灰烬的小提琴，用手轻轻地拂去提琴上的灰，琴头、指板、面板、侧板、琴桥……最后稳稳地用下巴抵住了腮托。

只有右眼才能看得见琴弦，他索性闭上了眼睛，右手颤巍巍地举起琴弓。

连着试了几个音，他调了调旋轴，又试了几个音。不知是不是手伤不愈的缘故，他叹了一口气，又深吸了一口气，旋律顺着琴身周围振动的浮灰流淌在东梦宫的大厅中，斑驳的夕阳照亮他右边的面颊……

“你学过探戈吗?”海伦忽然问起身边想得入迷的穆若愚。

“没有，但是我看过《闻香识女人》。”穆若愚清了清嗓子。

“我学过，但是只跟花昭跳过一次，你知道的，弥诺斯俱乐部的老人们，能够站稳已经不容易了。”

穆若愚点了点头，忽然，他明白了海伦的暗示，“你可不可以教我?”

“可以试试。”海伦说着微微一笑，一个能够瞬间融化所有冰雪的笑容，她像个好胜的小姑娘一样，生怕穆若愚不会问她。

穆若愚笨拙地走上前去，仿佛阿尔·帕西诺在《闻香识女人》中扮演的盲人，轻轻地拉起海伦的手，挽住了海伦的腰。

他听说探戈是情人间的秘密舞蹈，最初跳舞的男人都会身携短刀，且必须面色严肃，东张西望地扭头是在模仿怕被人发现偷情的样子。

他想把这个知识点告诉海伦，但迟迟没有说出口。他努力盯着海伦的眼睛，双手感受着她肢体即将运展的方向。

就在这个人生节点，还有心地善良且八面威风的女孩带他跳舞，历史的悲伤冲淡了他与海伦近距离接触的羞涩，海伦的舞步又冲淡了历史的悲伤。

海伦带着他在狭小的空间里旋转，她一瞬间就沉浸在了自己训练已久的舞步中。

再一次换位的时候，穆若愚看见监控屏中半透明的殷浩存正双手插着兜，默默地站在距离邢天不远的地方。

深思熟虑的同时，殷浩存也正用脚轻轻地踏着节拍……

情绪茧房时空切片十一

邢天加入黑色梵音后的第五年，沉浸舱时代来临。

拜占庭元境的第一代水平衡沉浸舱发布，它的向下兼容功能如同死神一般，每秒都以收割者的姿态，让溺死的VR眼镜浮在它的纳米溶液上。

黑色梵音在近几年声名鹊起，尤其是曾经如日中天的金丹坊一蹶不振之后，很多人都认为，是这个传说中的黑客军团，以一己之力将金丹坊扳倒，并对许久未曾露面的法老处以私刑。

传说中的黑色梵音成员从来深居简出，没有元警能够找到他们，只有在元境出现恶性争端或重大犯罪的时候，他们才会以雷霆手段实现大多数人所期待的公义。

久而久之，“黑色梵音”就变成了一群叛逆青年在元境中痴迷追捧的信仰符号，而在其内部，所有成员都将此视为时代的笑话。

这些流言蜚语让政府新成立的元警单位头痛不已，根据他们的实际调查，黑色梵音近些年极少在公域元境中出现，更从未在金丹坊露过面。是元警阻止了元境的犯罪，伸张了正义，但他们无法制止添油加醋、以讹传讹却深入人心的都市传说。黑色梵音被传成了神话一般的存在，使得他们工作中为数不多的成就感再次被削弱。

弥诺斯俱乐部，薛禅把煮好的鸡蛋拿出来，轻轻地在威士忌杯口磕碎，他一边剥壳，一边看着监控面板上正在搭建的钟楼。荆横暴躁的声音从沉浸舱里传出来，他是黑色梵音私域元境的模型总监，这次发火是因为钟楼的配色方案饱和度过高。

“今天我们又有什么壮举？”薛禅闻到身边雪茄的味道，头也不回地说。阎罗把拐杖立在一旁，坐到了薛禅身边吧台的空位上。

“我写了一个星期的代码，荆横那个弱智又给我提了新的需求！他正在跟阿妍吵架，以前我还会劝，但现在阿妍是他的女朋友，我还怎么劝？我又不能打他，我又打不过他，他俩吵起来的时候我就直接下线了……你问的是哪个我们？”

“这是个很好的问题。”

“打住，我很烦，不是来和你探讨哲学的。”阎罗摆了摆手，“我听说金丹坊今晚又要被元警扫荡，因为昨晚我们的‘信徒们’好像又在交易渲染病毒，并以黑色梵音的名义存进自己的冷钱包里。这算不算‘我们’的壮举？”

“如果把这些小流氓的行径都记在我们的账上，总有一天我们要为他们的贪婪和愚蠢买单……”薛禅看了看他，“算不算壮举我不知道，但千万别算上我们。”

“地标建筑快造好了，但那个暴躁的工头已经把钟楼的颜色改了两次，我觉得他每天一个想法并不是真的有意刁难咱们，而是他第二天会把第一天的想法忘掉。”

“有意见直接跟殷航提，毕竟是我们的第一个元境私域，要求高点也不是坏事。”

“殷航每天忙着鼓捣渲染病毒，他坚信法老任何时候都有可能反攻我们。居安思危是好的，但他做得太过了。很像苏联刚刚解体的时候，那些在自家前院里修地下防空洞的人。”

“他心里没有那么疯的，只是想着完成五年前和法老约定的宿命之战……”薛禅把完整的鸡蛋夹在手上，“每个人对物质的理解都是不同的，你以为鸡蛋就是我手上这种椭圆、洁白、嫩滑、软糯的东西，其实不是，它本是一摊无形的液体，在沸煮的过程中，是它的壳子在塑形，它的壳子是母鸡的泄殖腔在塑形……天然万物的形状都不是人为讨论得出的结果，但出现后却影响了所有的争论。”

“如果不是我的胆固醇过高，我就一口把它嚼进嘴里，免得你再废话。”阎罗无奈地挑了挑眉毛，“邢天是和红拂去圣安德森了吗？”

“对。你又没有去？你们不是一起约好的吗？邢天昨天还说，上次医生建议他更换一片3D的肺叶，你怕医生建议你更换两片？”

“你们哲学界不是有句话叫‘医之好治不病以为功’？我不到垂死的时候是不会去那家混帐医院的，我有严重的心理阴影……到了地方有可能会用拐杖乱打人。”

“阎罗？”元境监控里忽然传来荆横不耐烦的声音，“又背着我去喝酒了吗？我从早上到现在一滴都没有喝！你给我回来干活儿！”

“工头在叫你。”薛禅指着监控面板笑着说。

“妈的，我要上线了。殷航真是选对了监工，给他做守望人我每分钟都想死……你负责引擎编辑的时候他怎么没这么烦！等这座NFT地标建好了，我早晚要找他算账……”

情绪茧房时空切片十二

金丹坊交易大厅早已不见昔日元境的秩序，它褪去了所有与金融相关的属性，成为叛逆青年们放肆发泄的无主之地。

它也因此有了一个非官方的名称——新冶区。

红色的光在黑色的空间内频闪，几十人跟着摇滚乐队暴烈的节奏荡起合唱的人浪。台上的主唱是个哥特妆的女孩，她的脸上涂着黑白双色的妆漆，左右分成太极图的一只阴鱼和一只阳鱼，眉心和下巴上各点出一个反色的点，像是合在一起的两块勾玉。她把艳红的双唇贴在麦克风上，撕裂沙哑的吼声震撼着全场的乐迷。

突然，她的麦克风没有了声音，紧接着，乐队里所有演奏者的乐器也跟着哑火了！

狂欢的乐迷们彼此交换着惊讶的眼神，耳中因突然静谧产生了高频鸣响，就在他们纷纷检查自己沉浸舱的设备时，频闪的红光变成了稳定的普鲁士蓝，像是谁把冰冷的湖水铺天盖地般浇进了摇滚演唱会的现场。

“今夜的派对到此结束，”所有乐迷的播放器里响起本地网段的广播风暴模式扩散出的声音，“其他人都可以下线，乐队留下。”

身穿普鲁士蓝的扫兴者从乐迷们的最后一排挤了进去，他的制服表明了自己元警的身份，没走几步，乐迷们就自动给他让出了一条通往主舞台的路。

并非害怕，而是极度嫌弃，仿佛他周身的空气都是脏的，避之唯恐不及。

“你！”元警指了一下台上主唱的女孩，“我接到了举报，你和你的同伙昨晚在金丹坊交易了一张有渗透病毒的NFT，现在交出来，我放你下线。”

主唱女孩诧异地看着他，突然把手中的麦克风摔在了台上，顺着舞台往下一跳，缓步走近了元警。

隔着半米的距离，她没有说话，而是用手指在元警的肩章上狠狠弹了一下。

周围的乐迷们再次沸腾了，各种叫好与谩骂充斥在金丹坊的交易大厅中。

“NFT我已经上贡了，你要检查我的私域吗？”

“上贡哪里？”

“黑色梵音总部啊！”女孩把脸凑近元警，一副馋着要吃人的样子，“你去找啊，找到多少张我都认。”

“你承认自己是黑色梵音的成员？”

“不单我是，这里所有人都是！”女孩的胳膊朝侧方狠狠一扬，所有人在她振臂的同时，一起喧喊着黑色梵音的无上伟大。

“你不是。”元警轻蔑地笑着，“黑色梵音不收废物的……但是我收。”

“那你还不快滚？你们小区的垃圾站要关门了。”女孩回怼了一句。

两双眼睛互相盯着彼此，周围无数道满是怒意的目光像是要把蓝色的制服烧透。

乐队的其他成员也都跟着跳下了舞台，站在女孩的身后，冷峻地看着，为她助威。

突然间，女孩身后的鼓手张大了嘴，双眼上翻，在原地颤巍巍地抖了起来！没隔一会儿，软软地倒在了女孩的脚下。

紧接着，几十个乐迷中间出现了骚乱，很多人都和鼓手一样止不住的身体乱颤，像中了僵尸病毒，一个接一个地倒了下去。

“你做了什么?!”元警瞪大了眼睛怒吼道，顺手去抓女孩的衣襟，但抓住她的那一刻，女孩也不住地颤抖了起来！

元警呆住了，但他呆滞的眼光并未停留多久，女孩倒下的身体同时带倒了他，他躺在地上，眼白痴痴地朝着天空，颤抖不已……

龙行风按下了暂停键，他抬起头来，看着铁桌对面并排而坐的邢天和殷航，“事情的经过就是这样，现在整个金丹坊已经成了鬼域，因为有人说那里混进了一种‘僵尸电子病毒’。我不这么看，我觉得他们是一群想象力贫瘠到令人发指的蠢货。这是有人投放了能够大规模造成赛博综合征的渗透病毒，我不说，你俩也都知道。”

“但是我俩都不理解，你费尽心思，动用特权，从圣安德森的患者名单里联系到我们，又把我们叫来这里，是做什么?”殷航摆出一张备受困惑的脸。

龙行风皮笑肉不笑，“我的人现在还躺在医院里，我心情很不好，那些孩子虽然没有什么家教，但对他们处以极刑简直是伤天害理。做出这件事的人，应该去电子监狱里付出代价。所以，你们必须回答我的两个问题。第一，这是不是你们干的?”

“我读的书少，算数不好，” 殷航冷冷地笑了一声，“如果是我干的，你现在也应该躺在医院里。”

邢天则是沉默了一会儿，“所以元警现在的执法方式已经变成了随机挑选嫌疑人进行询问吗？”

“你们是黑色梵音，出了这种事，你们比其他人更有资格来这里坐坐。”

“你的手下刚才在视频里说了，黑色梵音不收废品。如果那是黑色梵音的人，如果我们也是黑色梵音的人，再如果，黑色梵音始终存在着……我们为什么要害自己人呢？”

“第二，这件事不是你们干的，会是谁干的？”

“好问题。”

“你这是反问句，还是想和我们商量一下？”

“商量。” 龙行风压下自己的怒火。

“金丹坊出了事，你不是应该第一时间去找法老吗？”

“他在等法老主动投案吧。”

龙行风看出来了，殷航与邢天根本不可能合作，他低下头沉默了一阵，像是在自责，同时恨不得立即对殷航和邢天处以极刑。

再抬起头来的时候，他挤出半边嘴角的弧度，“如果你们现在告诉我法老在哪里，你们现在就可以走；如果不能，我会将你们其中一人羁押在这里二十四小时。我看出来了，你们都是守法的好公民，服从元警的命令也一定会争先恐后吧……我给你们十分钟的时间，你们好好商量一下。”

龙行风最后又笑了一下，转身带上了审讯室的大门。

“我留下吧，他也就只有无证据羁押二十四小时的能耐，你不回去，思敏那边不好交代。”

殷航点了点头，“明天下午我刚好要去圣安德森，有机会的话，我问问那个被晃倒的元警是怎么回事。”

“晃倒？你怎么知道他是被晃倒的？”

顺着邢天询问的声音，殷航下意识地合上了嘴，然后又道：“他不是在视频里被那个摇晃的女孩拽倒的吗？”

“你觉得是法老回来了吗？”

殷航点点头，“我巴不得他——”

“这里说话不方便，”邢天绕着手指点了点周围的全息录像装置，“让大家今晚都不要登录金丹坊，等我二十四小时后出来了再说吧。”

“都在写代码，估计也没有人有时间。”殷航拍了拍邢天的肩膀，独自拉开了审讯室的铁门。

邢天看着他离开的背影，若有所思。

凌晨的单人监狱里，邢天反复按下紧急呼叫的按钮，刺耳的警铃声回响在巡视犯人的回廊中。

被吵醒的夜班元警抽出了自己的胶棍，一边走，一边把胶棍拨拉在行进的铁栅栏上，怒气冲冲地走到了邢天的牢房，还不忘用胶棍狠狠地敲在他的铁门上，“怎么？一只眼睛瞎了，另一只忘了睡觉怎么闭眼？”

“把你的私人电话给我，”邢天说，“没被监控的那种。”

“你疯了吗？”

“你给我电话，我送你一张够你一年收入的NFT。”

元警眉头紧锁，死死地盯着刑天，过了一会儿，他忽然冷笑了一下，“两张。”

邢天微微皱眉，然后点了点头。他从栅栏里接过元警的私人手机，拨通了薛禅的电话。

“老大你出来了？”薛禅几乎是瞬间接通的。

“我还在电子监狱里，我忽然想问你件事，你要如实答我。”

“什么事啊你这么严肃……对了，晓烟让你最后去哪里了？”

“东梦宫。”邢天知道薛禅这是在测试自己会不会是模拟录音，所以问了一个只有他本人知道答案的问题，“你记不记得我们最后一次进金字塔的时候，发现了一个秘密？”

“我记得啊，那些文件，但都是半成品。”薛禅猜到邢天现在说话并不方便，于是省去了关于渗透病毒的描述。

“对！如果我没有猜错，昨晚的演唱会，就是那些文件惹的事……这件事你有没有告诉过别人？”

“没有啊，我进了黑……黑灯瞎火之后，早就把这件事忘了。”薛禅险些说出黑色梵音的名字，他顿了顿，“干，你不是怀疑我吧！没人拜托，我什么都不干的。”

“有蹊跷。”邢天说完，挂断了电话，从栅栏的缝隙中递回给了元警。

情绪茧房时空切片十三

只有每天阳光最盛的时候，邢天才会戴上墨镜保护眼睛。他的眼镜只有一片，哑光黑，宽度刚好能遮住右眼，这是圣安德森为他研发的定制款，镜片的上方接着一个浅黄色的流线镜架，乍一看像是为专业运动设计的阻汗发带。

他拒绝在镜片上添加任何辅助功能，那些功能完备的产品往往也会成为赛博综合征的诱因。殷航之前定制过一款足以用“强大”来形容的智能眼镜，小小镜架的CPU处理能力几乎能与一台水平衡舱媲美。但莫名其妙丢失后，殷航总会下意识地轻敲太阳穴——眼镜之前的控制面板就设计在那里。红拂曾经打趣地说，殷航每次敲太阳穴的时候都是在质问荆横有没有带脑子。直到后来，殷航察觉自己目光的焦点会不由自主地涣散，于是明令禁止在黑色梵音使用这种亚健康产品。

邢天走出电子监狱，把眼镜戴好时，这些往事没来由地浮现在脑海里。一辆白色的雪佛兰朝他按了两声喇叭，红拂坐在驾驶座上，退下车窗向他扬了扬下巴。邢天愣了一下，他以为会是殷航来接自己“出狱”，但他没有问，默默地钻进了车厢，坐在了副驾驶的位置上。车厢里有股薄荷烟的味道，他打开了空调。

红拂没有着急发动车辆，她仔细盯着邢天的脸，似乎在检查有没有瘀青或是血痕。邢天摘了一下眼镜让她看清楚，红拂这才踩下了油门。

车开了十几分钟，两人都没有说话，直到差点撞上一个沉迷智能眼镜横穿马路的青年，红拂急急刹了一脚。

“我能信你吗？”邢天摘下了眼镜，目视前方青年不礼貌的手势，默默地问了一句。

红拂扭头看了他一眼，一副怒路症即将爆发的样子，“问出这句话就很没礼貌。”她重新驶上快车道，又补了一句，“如果你在电子监狱里受了什么不方便让人知道的委屈，最好还是不要告诉我，我超讨厌保守秘密的。”

邢天摇了摇头，又沉默了一阵，像是在小心组织语言，“那你信殷航吗？”

“你出什么问题了邢天，忽然问起这么蠢的问题？上次我见到你这么无精打采，还是几年前网吧的那个晚上……”她猛地转向，邢天被甩了一下，赶紧抓住侧门的扶手，“是昨晚读了什么哲学著作吗？”红拂的语气中满是讽刺，“你应该去和薛禅聊聊，他什么都不信，甚至觉得世界都是假的。”

“殷航没有来接我……”

“就为这点屁事？你没有腿吗？”红拂说起话来仿佛射出的子弹一样残酷，“他早上去圣安德森续约了，我以为你们商量好的，我刚刚结束了射击课程，荆横又想改我的代码，为了躲他，我才来接你的。”

“早上？不是下午才去圣安德森的吗？”邢天再次疑惑了起来。

“我们早上发现了圣安德森下午要举办新学院的剪彩仪式，殷航也在。奇怪的是，圣安德森并没有邀请任何黑色梵音的人，阎罗发了一通火，他说早就知道那家死牢一样的医院早晚要跟我们撇清关系。殷航说他需要早点去那里看看，我昨天写了整整一天的代码，这才知道了前天晚上金丹坊变成鬼域的事情。”

邢天拿起车载卫星电话，拨打殷航的私人手机。电话没有接通就被对面挂断，邢天的眼神像是惊醒了，他又打给了弥诺斯俱乐部。

“薛禅，殷航回来了没有？……也不在元境里，荆横确定吗？……如果他回来了，第一时间联系我，第一时间！”邢天的语气非常严肃，“掉头！先不要回去，我们去殷航的家。”

“你认真的吗老大?”红拂满是疑惑地慢慢把车刹停在辅路边,“如果是圣安德森不再为我们提供服务了,我们应该想新的办法……放弃他们来路不明的器官吧,我们不是早就知道那家医院并不干净了吗?”红拂建议说,却看到邢天始终在皱眉摇头。

“你现在的样子让我感觉法老回来了。”红拂又点了一根薄荷烟,抽了两口,拿给了邢天,邢天并没有接。红拂不太愿意接受其他悲剧的假设,但看着邢天如临大敌的样子,她忽然感到了久违的不安。

“如果你是法老,并且研发出了新的渗透病毒,你会采取什么样的报复手段?”

“这就是他前天晚上在自己的地盘上清算旧账的原因吗?我会去努力找到黑色梵音的所在,说到底,法老最恨的应该是我们吧……但他找不到黑色梵音。”

“但他能找到圣安德森,就像之前元警找到我和殷航一样,”邢天默默地说,“也许是法老真的回来了。但现在必须联系到殷航,晚了会出大事。”

红拂没有再说什么,她皱着眉头打死了方向盘,心里充满了糟糕的情绪。

邢天的预感,向来准得惊人……

见到思敏的时候,她正准备出门去幼儿园接殷浩存,白色的雪佛兰带着要绑架她的气势急刹到了她的面前,吓得她尖叫起来。

“你们……”

“殷航回来了吗?”邢天着急地问,“回来过吗?”

“没有啊!”思敏摇了摇头,“他出什么事了?下午不是去圣安德森续约吗？你们不知道？”

邢天与红拂交换了一下眼神，殷航说谎了。

“家里是不是还有一台沉浸舱？”邢天问思敏，她不知所措地点了点头。

邢天拉开车门，从车上走了下来，“红拂带你去接孩子，我现在需要用一下沉浸舱设备。红拂，你通知所有人暂时都不要上线了。”

“别开玩笑了！守望人的制度是你自己定的，你一个人准备去哪里犯险？”红拂把头探出车窗，“我看着你！”她不由分说地下了车，把车钥匙交给了思敏，“这个人今天的情绪很不正常，如果见到殷航了，让他第一时间回家来找我们。”

“殷航不让其他人用他的沉浸舱！”思敏朝着邢天匆匆的背影喊道。

“我们不是别人，”红拂上前抱了抱她，“去接孩子吧，别担心。”

“没什么事吧？”思敏感到了不对劲。

“据我所知，暂时还没有。”红拂说着，小跑跟上了邢天的脚步。

情绪茧房时空切片十四

圣安德森学院，公域礼堂的元境模型不久前才刚刚竣工，迄今为止，还没有学院的学生来过线上。

他们的工程总监就建模方面请教过荆横，最终设计成了可容纳四百多人的古罗马元老院的样式：三角形的纯白色山墙面布满精雕，每隔几步就有从古至今不同文化对于人体结构分解的注释。以人类身体切面的展示结构取代了旧制的古罗马人像柱，他们赤裸的肌体围出以演讲台为圆心、四层错落有致的同心环，受邀前来参加开幕仪式的近四百名嘉宾坐在其中。

“我们曾经犯过错误，”院长发出痛定思痛的声音，“我没有看穿金丹坊腐朽的本质，在臭名昭著的法老与我谈生意的时候，我为了获得在座各位股东的青睐，选择了与败类合作！医者仁心啊！可惜这将成为圣安德森发展历史中的巨大污点！”

“好在这份收益没有对不起台下的各位……”院长的话峰回路转，“有句话说得好，及时止损最好的时间是十年前，其次便是现在。所以我早上拒绝了那个被称作‘黑色梵音’的组织，我们需要病人，但我们不能盼望病人。在这个时代，那些咎由自取的‘黑客’，如果还想用自己为非作歹的钱来找我们救治，我会毫不留情地劝他们另请高明，莫说是移植器官，就算是植发，给多少钱也不会……”

院长越说越义愤填膺，在他的演讲生涯中，此时最值得炸开惊雷般的鼓掌声，但整个会场却静若无人。他一时怀疑自己的决策出错了，等抬起头的时候，才发现所有人都看向东南角的方向，小声的骚动传进了他的耳中。

“发生了什么？”院长皱起了眉头，他的演讲稿还没有念完，台下至少有四分之一的嘉宾却昏昏欲睡。

“你们……”他索要尊敬的话还没说完，身子一歪，倒在了演讲台上。

邢天上线来到公域礼堂的时候，已经晚了。

嘉宾还剩两百多人没有下线，他们都如死尸一般瘫倒在自己的座位上不住颤抖，有的口吐白沫，有的发出鬼哭狼嚎的惨叫声。池底中心，圣安德森医院的院长奄奄一息。

逐级而下的沉重脚步声在环形的大厅中回响，邢天想趁院长完全失去意识前问话，却发现对面的第二层，有个意志力坚强的男人从座位上站了起来，他像是强忍着剧痛，可惜没能站定几秒，天地就跟着倾斜，将他软软摔在了众人的脚面上。

法老终究把他那金字塔内的邪恶释放了出来。

邢天还记得五年前，他第一次和薛禅在金字塔把法老撂倒了之后，拷贝了他仍未成型的“归墟”。那是新的渗透病毒，不同于光敏性癫痫NFT造成一次性视觉迫害，归墟能够紊乱视觉焦距，让人在瞬间的眩晕中完全失去方向感，仿佛从悬崖边跳入了归墟——那个传说中无尽的深渊之谷。

而这款渗透病毒最恐怖的地方在于，它给中毒者的体内种下了赛博绝症的种子，即便在离开元境后自我感觉有所恢复，但凡曾被归墟影响到的病患，只要再次进入元境，病种就会不断生根发芽，直到完全破坏负责掌管身体平衡的小脑……

这些年，法老被黑色梵音逼得东躲西藏，除了意大利的拜占庭公域元境，没有任何藏身之地。但谁也没有想到，他最终还是造出了归墟。邢天此前一直觉得，沉浸舱时代的来临会让这款归墟胎死在VR眼镜的时代，因此没有多加关注，直到这一刻，他亲眼见到了归墟病毒的变异孪生体。

“这是怎么回事，邢天？”红拂在舱外连着问了好多遍，院长已经开始口吐白沫，邢天却像是在元境里被索了魂，木讷地行走在圣安德森修罗场中，直到被一个仰倒在两排座椅之间的女人的呼声唤醒……

“救救我的孩子！”女人不住地颤抖着，“救救她，砸了她的水平衡舱。”

她一共只有三句话，发了疯一样地不停喃喃着，每个字都像尖刀一样插进了邢天的心里。

邢天赶上前去，发现了女人身边跟着颤动不已的小女孩，他没有办法让小女孩在元境中强制下线，只能对着守望在外的红拂吼道：“断掉圣安德森的网络！现在就去！断掉它！”

“你小心点！”红拂强作镇定地回了一句，匆匆下线。

邢天扶起倒在地上的小女孩，他知道如今这样做没有一点用，但他还是握住了那双虚拟的小手，并凑近她的耳朵，“别害怕，不用怕，你叫什么名字？”

“我……我叫花……花海伦。”女孩默默流泪的同时，像是用尽了全部的意识。

“别害怕，不用怕，要坚强一点，小海伦是最棒的！”如同女孩母亲的呼救一般，邢天反复念叨着自己能想到的笨拙鼓励。

“猫哭耗子。”邢天的身后忽然响起了龙行风的声音，他转身的同时，四面八方都出现了普鲁士蓝，那是元警登录元境的身影，龙行风带领由十二个元警组成的单位小队快速集合在了圣安德森医院的礼堂中。

邢天没有放开小女孩，仅剩的那只能够流泪的眼眶是湿润的，当他看清龙行风的时候，却对上了龙行风满面的狞笑。

“我责怪的，是我自己。”龙行风装出很中肯的样子，脸上却没有丝毫的歉意，“我昨天的正确做法应该是，把你和你同伴的脖子都吊起来，等你们快被吊死的时候，就有机会哀求挨打，打完再吊起来，直到你们再也没有办法哀求了……如果是这样，就能避免今天的这场悲剧了。”

“这不是我们干的。”邢天让小女孩靠在凳子上，然后自己从地上站了起来，“如果你还有一点良知，就先去断掉圣安德森的网络，让这些人从现在的痛苦中解脱出来。”

“然后呢，我按照你的要求办完就有资格加入你们黑色梵音了吗？”龙行风从地上拉起一名青年，青年的胳膊上文着“黑色梵音”的彩墨花体，龙行风攥住了那只胳膊，朝着邢天快速地摆动打招呼，“嗨！”

邢天眯了一下眼睛，这些所谓的“黑色信徒”也被卷进了这场犯罪，夹在人群之间，人数不少于如今的元警小队。

他们可能是被法老教唆的，也可能是自己故意来捣乱的，不管怎样，都会让邢天背负的污水更加浑浊……邢天知道这些普鲁士蓝色蠢货们完全靠不住，他想做点什么，却被龙行风第一时间锁定了坐标。

红拂不在身边，邢天无法强制下线。

“走正规程序的话，你的罪名，罄竹难书……”龙行风穿梭地踏在倒地的人身上，麻木不仁地说，“释放具有大规模杀伤力的渗透病毒、严重挑衅司法部门、迫害无辜并让医学院的秩序陷入混乱，再加上你长期带领诸多黑客犯罪，建立邪教组织……这些劣迹，我随便挑上两条就能让你们所有人在电子监狱过得生不如死，除非……”

他走近了邢天，“除非你把黑色梵音的人都供出来，我就让你快点结束这惨淡的人生。我没有开玩笑，你现在荣登全球通缉榜的榜首，你们所有人都会被正法，搜捕圈在我说话的同时开始缩小……今天过后，黑色梵音将成为一段恶贯满盈的历史。”

邢天懒得听龙行风废话，他再次环顾四周，那些哀号声变小了，大概是有些人被现实中身边的人拖出了元境，但场内那些痛不欲生的表情仍旧挂在每一张倒地的面孔上，而他只能默默祈祷红拂能再快一点儿。

同一时间，远处一名已经倒地的黑色信徒，忽然像是信号中断般闪了一下，却没有下线，邢天立刻意识到即将发生什么。

“快走！你们快下线！”邢天朝龙行风发疯似的大喊。

龙行风愣了一下，蔑视着邢天的无知，“这就是你的最后招数了吗？我还以为黑色——”

他的话没有说完，却突然间闭紧了嘴巴，瞪大了圆眼看着邢天。很快，他的瞳孔翻到了眼睑的上方，一边口吐着白沫，一边不住地发出断断续续的声音：“锁……锁好，别让他……跑。”说完就倒在了地上。

邢天抬起头来，元警小队的人都同时中了渗透病毒，每个人的瞳孔在未翻起之前，都紧盯着他的位置，此刻却全部在原地抽搐栽倒……

只有那具刚闪了一瞬的黑色信徒的“尸体”，慢慢地从修罗场中站了起来。

“要我怎么说呢……”殷航掠过脚下的虚拟“尸体”，“毛毛虫眼中的末日，是我眼中的蝴蝶。”他缓步走到邢天的面前，“你的坐标已经解锁了，尽快下线吧，这个地方不宜久留。”

他说完又走到了龙行风的身边，看着对方抽搐在地的样子，满意地笑了一下。

很快，龙行风和他带来的十二个元警都消失在了圣安德森的礼堂中。“还不走?”殷航的语气稀松平常，仿佛只是在催促落幕后仍滞留在现场的观众。

邢天始终没有说话，无数的问题在他脑海中飞速旋转，他不停地为自己解答疑惑，然后这些答案又牵出无数新的问题。

“元警们很快会全副武装杀回来的，你不是又想让我再放一轮渗透病毒吧?”殷航目不转睛地看着他，“收尾的事情我来做。你不是让红拂去切断圣安德森的电源吗？现在圣安德森也一定是‘全副武装’，红拂这么久都没有办法拉闸，估计是被卡在了门外……快下线，再不走来不及了。”

“来不及的是你吧。”邢天终于开了口。

殷航躲过他的眼神，许久都没有说话，他默默地看着不时抽搐的众人。

“你猜到了?”殷航说出来的时候像是鼓足了勇气。

“你就是这样的人啊……黑色梵音的名声是你一个人建立起来的，不是恭维，你做事太极端了，如果是昨天，我会在弥诺斯把酒瓶毫不留情地砸在你头上……渗透病毒！妈的！你释放渗透病毒！你牵扯了太多的无辜!”

“他们不无辜，”殷航默默地摇头，“他们都是圣安德森的大客户，政界的极端派、商界吃人不吐骨头的辛迪加、打着我们名义犯罪的青年暴徒……大部分人都是为了他们自私的想法聚在这里的，打着移植器官的幌子，干着丧尽天良的事情!”

“这里还有小女孩的！你他妈的比我还瞎吗?”邢天怒吼道，“你呢？你比他们好在哪里了？你不是为了一己私欲来这里伸张你所谓的正义的？你有什么资格裁决？黑色梵音有什么资格裁决？”

“一己私欲？”殷航倒抽了口凉气，“一己私欲……在这么特别的时间里，你居然把我当成法老那种东西，呵呵，我问你，如果我不这么做，你觉得什么是最好的结局？把你和法老关在一间电子监狱里，黑色梵音全数被捕，所有元警幡然悔悟，圣安德森从此悬壶济世？这里在座的每个人……”他一边指着，一边原地转了一圈，“每个人，从此感恩活着的每一天，用今天所遭受到的悲剧激励更美好的生活……这他妈可能发生吗？可能吗?！天堂都没有这么好的事情！那我怎么办，你告诉我，我怎么办？今天圣安德森的这个败类，”他指着倒在演讲台前的院长，“不和我们续约了。他的意思很简单：我有赛博综合征活该啊！黑色梵音作恶多端，我们的名声会影响他赚钱的，我一个人、一辈子够他榨多少的？然后我瞬间想明白了，在他们眼里，没有什么‘倒坊’之战，没有什么正义之举，赛博综合征都是咎由自取，人类就应该在荒原上像养蛊一样拼杀，无论那个蛋盆是在现实，还是在元境，谁试图阻止就是贱……所以我才急着把渗透病毒都送给在座的各位，因为等这件事情过去了，无论是渴望，还是忌惮，圣安德森都会求着黑色梵音来保护他们的。”

“那前天的金丹坊呢？为什么在——”

“那是法老干的……是的，我昨天和你分开之后，单独去了那里——已经变成鬼城的金丹坊。我们已经与世无争了，我不知道短时间被元警盯上还会发生什么坏事，但法老还没死，这种丧尽天良的程序是他研发的，他在程序里偷偷藏下了‘研究归墟就会被发现’的后门，我的程序被我完成后，他率先在金丹坊使用了。”殷航刚刚说完，他的虚拟形象又闪了一下，像是卡顿。邢天再看到他的时候，他默默坐到了看台席上。

“还能撑多久?”

“法老吗?他估计撑不了多久了。”殷航先是笑了笑，接着摇了摇头，“至于我，随时吧……我刚才没想着第二次释放渗透病毒的，我想回弥诺斯俱乐部和大家告别。你太着急了，发现我之后就喊着让那些元警离开。”

“我还以为是你第一次释放渗透病毒的时候影响到了自己，”邢天也坐了下来，两人隔着近十米，“没想到是你的心脏彻底不行了。”

“我早上真的算是哀求了，他们不肯3D打印，我就要求换一颗猪的，哈哈哈，连猪心都不肯打印给我……”殷航失笑，“什么黑色梵音，我们就是黑色夜壶，以前是，将来也是。”

“还有什么心愿?托妻寄子的事情就不用说了。”

“照顾一下刚才那个小女孩吧，我犯了大错，没时间赎罪了。然后就是快点下线，我已经说了三次，别逼我求你。”

“我刚才一直没有说，荆横联系我了，在我耳机里哇哇乱叫，吵得声音比你还大……”

“嗯?”殷航又闪了一下，迟疑地转过头。

“你现在的每个小动作都开始卡顿了，那是你的沉浸舱在监测到你心率快要归零的时候准备启动断线。你在你的秘密基地，荆横知道在哪里，说不定已经赶到了。”邢天深深吸了一口气，“我也还有个小心愿，你不在的时候我和大家商量过的，如果真的到了今天这个地步，我们会让你感受一下 -195℃。”

“你们……”殷航瞪大了眼睛，“你们要用液态氮速冻我?”

“好好睡一觉，桑塔耶纳[1]说他和阳春有约，你也一样。”邢天说着站了起来，慢慢走到了殷航的面前，躬身，慢慢地抱了下去。

“你的拥抱……好冷。”殷航说。

在他的身后，邢天泪如泉涌，“我下线了，我们线下再见。”

邢天说完，消失在了圣安德森学院的礼堂里。

殷航坐在原位，在瑟瑟发抖中频闪，终于，他一动也不动了，像是古罗马元老院里一早就雕好的死神塑像。

情绪茧房时空切片十五

葬礼上，致辞刚刚结束，教堂后方的大门被人轻轻推开了一条缝，五个戴着黑色墨镜，身着黑色西服，打着黑色领带的人缓缓走了进来。他们并未前往追悼的前方，而是默默站在了教堂最后一排三面玻璃彩色花窗的下面，静静地等着，目不斜视。

直到遗体告别仪式结束，所有来宾离场的时候，他们才被更多的人注意到。所有人打量他们的眼神都是狐疑的，彼此间小声猜测着这五人的身份，却也没有人上前搭话。

小男孩拉着小女孩的手，是最后一批从教堂中离开的，他们正要朝着门外走去，五人中唯一的女性挪了几步，轻轻用手挡在了两

---

1. 乔治·桑塔耶纳（1863—1952），西班牙著名自然主义哲学家、美学家。他毕业于哈佛大学，毕业后曾留校执教。在桑塔耶纳五十岁那年，一天在讲台上，他听见窗外的鸟鸣，望着外面的景色沉思片刻后，转头向学生说：“我与阳春有约！”之后便走出教室，辞去了二十三年的教席，云游欧洲。

个孩子的面前。随行的第一个男人微笑着摘下了墨镜，他的一只眼睛是灰色的，泛不出任何光，走到两个孩子的面前时，他蹲了下来，用带着两条疤痕的手轻轻捏了捏小女孩的肩膀。

如果是平常，海伦会被这种接触吓到哇哇大哭，但她今天已经哭了太多。她用红肿的双眼盯着邢天，沉静且不躲闪，身旁的小男孩毫不客气地一把打掉了邢天的手。

“别动她，不然我杀了你！”男孩也是一双红肿的眼睛，但轻轻眯着，他说话的声音不大，像是早就做好了准备。

“这是花昭。”红拂跟着蹲了下来，“海伦的弟弟，那天并不在圣安德森的元境。”

邢天点了点头，“嗨，花昭，你在这里，我是不敢有任何动作的。”邢天转过头，同时做出了投降的样子，“我长得很吓人，但我没有你想象中那么可怕。”

海伦的眼睛跟着亮了一下，她听过这个声音，在她眩晕到失去世界的那个时候，一个声音在她身边反复强调着“不要害怕，坚强一点，很快就会好的”。

忽然，有个男人挡在了邢天和两个孩子的面前，“有什么可以帮到你的吗，先生？我是格林孤儿院的执行董事，我叫洛雨。”

邢天钳住了洛雨要跟自己握手的手掌，以此为支点，把身体从地上拽了起来，洛雨一惊。

“我们要领养这两个孩子。”邢天依然没有放开洛雨的手，而是把他拉近自己，对着对方的耳朵轻声说。

洛雨摇了摇头，“这不可能……不，这很难实现。”

“我介绍我的伙伴给你。他叫阎罗，他叫薛禅，这两个人总是声称能够创造奇迹……我今天还有点事，你可以因此认为我并不礼貌而提出更多的条件，但我们不是来买孩子的，我希望从今天起，这两个孩子变成我们的家人。”

邢天说完，用双手同时摸了摸海伦和花昭的头，然后从两人之间穿过，红拂与荆横紧跟在后方。

“他们是谁?”花昭皱着眉头，小声地问姐姐。

“我也不知道，”海伦看着三人的背影，“但是刚才那个男人，我在晕倒的时候听见过他的声音……”

五岁的殷浩存眼前瞬间黑了下去，有人关闭了他沉浸舱的电源。一双大手把他从纳米溶液中拉了出来。

邢天把年幼的孩子立在身前，湿漉漉的头发下是一双带着懵懂恐慌的眼神，邢天还想帮他擦擦头发，他却一溜烟地跑去了母亲的身边。

思敏的眼神空洞，她坐在众人的中心，看着殷浩存从众人间穿过来，也没有什么反应。

“不能再使用那台沉浸舱了，”邢天诚恳地说，“外面太多胆大妄为的人了，他们正在找殷航，无时无刻不想着根据定位搜到这台沉浸舱的位置。那些所谓的‘黑色信徒’，这几天冒着被法老迫害的风险，重新黑进了金丹坊，他们管那里叫作‘新冶区’，企图建立一个没有王法的乐园。更不用说那些被殷航的‘归墟’放倒的圣安德森股东，如果你——”

“我没有理解，”思敏没有看向邢天，只是自顾自说着，“按你们的意思，我没有办法再见殷航最后一面了?”

众人沉默，过了许久，红拂轻轻地点了点头。

“也没有葬礼?”

“从某种意义上来说，”薛禅停顿了一下，“殷航并非真的去世了……”

“那他以后还会活过来吗？”她忽然看向薛禅，殷切的目光寄托着所有生的希望。

“这……生与死……”

“抱歉，思敏。”邢天打断了薛禅的话，“大概率不会……”

“他害死了很多人，是吗？”

“嗯。”

思敏终于看到了殷浩存，她用手抚去殷浩存头发上的纳米溶液，“你们这样……你们这样让我怎么给浩存说啊！”巨大的无助铺天盖地朝她压了上去，她崩不住了，瞬间泪如泉涌。

“嘿，世侄！”荆横拍了拍殷浩存，“你先出去玩会儿秋千怎么样？你头发湿了，等晒干了再回来，不用担心妈妈，我们在，很快就会好的。”

“我爸爸在哪里？”殷浩存不走，不知他理解了什么，撇着小嘴泪流满面。

所有人都低下了头。

“你们为什么不制止他？你们不是最强的黑客吗？你们不是他最好的朋友吗？你们为他做了什么？

“你们什么也没有做。”思敏长叹一口气，冷静地发声，“我不会出卖你们的，但从今天起，我希望你们永远都不要出现在浩存和我的生命里。”

“思敏。”阎罗像是想开口已久，却一直没有找到合适的机会，“如果你不跟我们一起回弥诺斯俱乐部，我们是没有办法保护你们母子的。”

“保护？不必了。我不希望浩存在成长中遇到恐怖的事情，没有你们的干涉，他才能安全长大。”

“老大！”荆横慌忙看向邢天。

“也好，毕竟我们的名字，如今都在元警的通缉榜上了。”邢天无助地说，“思敏，我们得把那台沉浸舱带走。”

“带走吧。”

邢天使了个眼色，阎罗、荆横以及薛禅便开始挪动沉浸舱的位置，他们卸下了定位系统，拔断了所有的接口，一点一点把沉浸舱推了出来。

“那是我爸爸的东西！妈妈！”殷浩存生气地看向思敏，思敏的眼中不住地流泪，她没有说话，只是对殷浩存摇了摇头。

众人离开以前，邢天朝思敏轻轻鞠了一躬，“在殷航离开前，我们弥诺斯的所有人都在完成黑色梵音的元境项目——建立属于我们的私域。项目到目前为止进展得很不顺利，荆横在殷航离开的当天，冲动地毁掉了一半以上建好的模型……”

荆横低着头，他为自己的冲动后悔。

“……之前我们想把我们的私域建成古希腊多立克柱式的神庙，如今剩下的素材，只够建个古希腊式的汤屋了……我和殷航在这个项目上负责的是内饰装潢，我们两人在同伴们的帮助下，各自做了一张NFT。本来是三张，将来会挂进弥诺斯俱乐部，成为它的招牌，但如今，第三张只能由我一个人来做了。

“……思敏，我很能理解你为什么不想让殷浩存靠近我们，虽然我们原本的计划，也是在新的元境建成之后就销声匿迹的……我会尊重你的意志，但我希望你能收下殷航最后的作品。”

思敏没有说话，邢天也不再多嘴，他轻轻地朝着殷浩存挥了挥手，以示作别。

情绪茧房时空切片十六

空荡荡的东梦宫，邢天点了一根烟，叼在嘴里，双手握紧了斧柄，朝着殷航的沉浸舱狠狠地劈了下去！

无数关于殷航的画面，如同高速列车般从他的脑海中闪过，直到脸颊上的汗水迷进了眼睛，他才起身擦拭。

再次扬起斧子的时候，他透过远处布满灰尘的窗户，看见了黑色梵音们正在注视的神情。

邢天卸下铆进双臂的力量，把斧头放到了脚边，用同样孩子般困惑的眼神看着他们，然后自顾自地摇了摇头。

再转过头的时候，他又抡起了斧头，狠狠地劈了下去，一斧接着一斧子，沉浸舱里的纳米溶液漫过他的鞋面，他却丝毫没有在乎。

每一斧，都是在跟一个时代划开界限。

每一斧，都是在和毕生的挚友告别。

贰拾贰

弥诺斯俱乐部，穆若愚和海伦看着缠缚在殷浩存身上的茧壳出现了裂纹，接着有一线光顺着纹理扩裂，茧壳像是被光烧着了，无声地顺着左右分开的锐芒快速消失，殷浩存的身影从茧光中出现，他闭着眼睛，两颊上是泪水冲出的微痕，一瞬间被黑暗吞噬。

他醒来了。

白色的人体工学担架从沉浸舱的底部缓慢滑出，殷浩存瞪大眼睛，躺在上面，气喘吁吁。他像是从噩梦中惊醒了，一骨碌从担架上滚了下来，他听到自己手臂上的石膏传来了碎裂的声音，这才想起自己有一只胳膊是骨折的状态。

殷浩存一把摘掉了氧气面罩，他撑着自己慢慢从地板上站了起来，轻微的眩晕感让他有些想吐，等他一边干呕着一边走进弥诺斯俱乐部一楼酒吧的时候，才勉强克服了恶心的反胃感。

海伦坐在吧台的内侧，穆若愚坐在吧台的外侧，两人的中间摆着一瓶打开的苏格兰高地威士忌，地道的冰割饮法，两只威士忌杯外都蒙着一层细细的霜。

“你再不从沉浸舱里出来，我们就要打烊了。”海伦看着慢慢走近的殷浩存，又取出一只杯子。

穆若愚没有转头看，只是顺着殷浩存的脚步声，缓缓地把左轮手枪拿在了手里，并朝着他估算的方位用枪口指住了正在走来的殷浩存。

殷浩存迎着枪口继续前行，拉开椅子准备坐下时，穆若愚忽然把枪在手上转了一圈，这次是枪柄冲外，把它塞到了殷浩存的手里。

“子弹是满的，”穆若愚转过身来面带微笑，“海伦说，以前从情绪茧房出来的人，都难受得想一枪打死自己。”

殷浩存没有说话，他把枪拍在了吧台的桌面上，顺手拿起海伦刚倒好的一杯酒。他没有张口，大口喘气发出鼻音冷笑的声音，像是在感慨恍如隔世。

“你想要的死神的数字遗产现在都在我的手上，”海伦开门见山地说，“一会儿我打开全息外设，都拿给你。弥诺斯俱乐部的人都已经离开了，如果你还想把这里夷为平地，等我和穆若愚喝完这杯就行。”

殷浩存轻轻摇了摇头，“你们去哪里？”

“一个很远的地方。”穆若愚说，“海伦去见邢天，对了，我有新的工作了，黑色梵音的打杂工，陪老人们玩玩宾果什么的。”

“听说你干掉了法老？”

“别瞎说，我简历上没有这么一条的。”穆若愚举起一根手指，装作一本正经的样子，呷了一小口酒，“花昭发来了法老最后在拜占庭元境的体征记录，以他的健康状态，本活不过昨天的，但他依然回光返照般地毁掉了黑色梵音元境。”

“都不重要了。”殷浩存用拇指和中指拎着酒杯轻轻碰了一下穆若愚的杯子，穆若愚没有再拿起，他一个人喝了一大口，“海伦，我有个不情之请。”

“你没有。”海伦看都不看他。

“其实，死神的遗产已经与我无关了，也许，其中的一张是属于我的吧。你们两个临走之前，能把那三张NFT的哈希值域进行合成吗？”

海伦看看殷浩存，又看看穆若愚，穆若愚一脸兴奋地点了点头，“怎么说呢，我也有一张死神的遗产，就看你的了，海伦。”

“一人一张，既然你们都下了注，我不跟注的话反而显得黑色梵音小气了。”海伦撇撇嘴道。

她干掉了杯中的酒，从吧台内侧拿出一只黑色的金属箱，噼里啪啦地按开机械密码，操作完毕后，一个虚拟人通过金属箱内的投影装置浮现在了吧台上。

殷浩存和穆若愚都怔怔地看着，虚拟人不过是个负责操作教学的助手，很快被海伦用手抹掉，她在全息的控制面板上输入了指令，三张空白的相框出现在了半空中，框上的纹理别具一格，左右两个分别是希腊式山花与棕榈叶的几何复排，最中间的相框上则是一圈狮子的头。

海伦伸出手来，分别在左右两张相框中，扫上了巨石与锁链的NFT，然后再轻轻朝着中间一扫。

这是殷浩存和穆若愚第一次见到死神数字遗产的第三张NFT，画面上是对坐的两人，一个是拿着酒杯的国王，另一个则是戴着兜帽手持镰刀的死神。

死神的面相并不可怖，相比国王狡黠的眼神，反而略显困惑。

“都在这里了。”海伦用手掌比了一下，“如果两位没有其他的意见，我就开始合成这三张价值连城的NFT了。”

穆若愚点了点头，他看向殷浩存，殷浩存看着海伦，也跟着点了点头。

三张NFT的画面在海伦的操作下逐渐模糊了，根据各自图像的色块，分解成彩色频闪的“雪花屏”。左右两张雪花屏以“国王与死神”的NFT为原点，各自逆时针绕过九十度，分别置于“原点”的前后两侧，紧接着，彩色的雪花都从相框中冒了出来，以三个相框为界域轮廓，形成连接在一起的长方体粒子光束，长方体前后不断地挤压、变短，唯一的一幅新形成的画面逐渐清晰起来。

当三个相框都消失后，悬空的画面最终定格出一个戴着王冠的国王，他站在有字幕提示的“塔尔塔罗斯”的荒原上，远眺中是无数飘逸的暗色孤魂。

“完成了，”海伦绕出吧台，坐到了穆若愚的身边，三人并排坐着，倒像是一同约来酒吧看比赛的挚友，“合成后的新NFT是视频文件，随时可以播放。”

穆若愚率先举起了杯子，海伦和殷浩存随后跟上，三人轻轻地碰了一下。

“很久以前，科林斯有一位国王，他的名字叫作西西弗斯……”视频中传来红拂年轻的旁白音，画面跟着变换起来，“西西弗斯出卖了众神之王宙斯，宙斯派遣死神塔纳托斯来取他的性命。当塔纳托斯把西西弗斯带到地狱塔尔塔罗斯之后，为了避免不必要的麻烦，提出要用锁链将西西弗斯捆绑起来。

“西西弗斯是睿智的化身，在被捆绑之前，他装作好奇的样子询问死神，锁链是如何使用的。就在死神为他演示锁链的神通之时，西西弗斯用锁链捆住了死神，趁着对方动弹不得，从地狱逃之夭夭。

“从此，很长一段时间，人类的世界不再有死亡出现。但这件事情终究被战神阿瑞斯发现，他释放死神，并派出司掌欺诈的赫尔墨斯，再次将西西弗斯带回了塔尔塔罗斯。

“诸神为了惩罚西西弗斯，要求他把一块巨石推上山顶，但每次推至一半的时候，巨石就会从半山腰滚下。

“从此西西弗斯陷入了永无止境的前功尽弃中。这个故事告诉我们：

“Δενμπορείςναεξαπατήσειςτονθεότου”

画面最后停在一行奇怪的字符中，穆若愚和殷浩存都蒙住了，只有海伦看得懂其中的意思。

“这是希腊语，意思是：你不可欺骗他的神。”海伦镇定地说，“同样，这也是新的64位私钥，它确实代表着一份数字财富。”

她转过头来，看着殷浩存和穆若愚，“至于它具体是什么，我不知道。”

“我想向你们郑重道歉……”殷浩存说着伸手去拿吧台上的酒瓶。

砰！一声爆破的巨响，弥诺斯俱乐部的门被炸开了，门口是滚滚的烟尘！

海伦第一时间将NFT的投影收起。六个全副武装的元警冲了进来，六只枪口对准了吧台的三人。

“糟糕。”殷浩存面色一怔，“是我来之前报的警……”

“都站出来！双手抱头，背对着墙站成一排！快！”为首的元警厉声道。

三人按照要求站好，元警立即开始用仪器扫描三人的身份。

“其他人去哪里了？”

没有人回答他。

“长官，这两个没有问题，最后一个……”

“在通缉榜单上吗？”

“也没有……但被公共心理健康元境评了D级标签，按道理，他应该在圣安德森接受治疗。”

“长官，楼上楼下都没有其他人了。”

“带走！都带走！”

贰拾叁

圣安德森公共心理健康中心的审讯大厅，一台高出地面足足有两米的“升堂桌”，龙行风与狄兰正襟危坐，对面相隔五米左右的空地上，穆若愚穿着一身病号服坐在一只简易的蓝色塑料凳子上，面前没有桌子。

如果需要目光对视，穆若愚就得把头仰起来，然而他从进场之后，始终没有仰望过一眼。

“若愚，我们现在开始对你的心理健康进行听证。”狄兰的声音很温柔，“我手上有一份统计资料，在过去的三个月中，你的表现可以说是非常糟糕。在你的下个疗程开始之前，我们会根据你现在的表现作为判断依据……”

穆若愚不搭腔。

“那么第一个问题，”狄兰打开全息录音模式，用手绕空划开了穆若愚的病情记录簿，“你对你近半年的所作所为，是否心怀不安与歉意？”

穆若愚想起了自己趴在屋顶，面对着嚣张跋扈的法老，一枪狙翻了对方。

他没有说话，微微笑了一下。

“笑什么？”龙行风吼了一句。

“你先不要说话，让他自己说，就像我们来之前商量好的。”狄兰安抚着龙行风的暴脾气，“你对你近半年的所作所为，是否心怀不安与歉意？”她又问了一遍。

“嗯。”穆若愚低着头，淡淡地嗯了一声。

“就一个字？”龙行风又坐不住了，“你在挑衅我们官方职务人员吗？”

穆若愚这才抬起头来，对上龙行风的怒目，“你是唱黑脸的。”

“啪！”龙行风一把关掉了全息录音模式，“这种小杂种我见得多了，根本不会合作的！你醒醒吧狄兰，还是按照我的方式来！”

狄兰悻悻地关掉了穆若愚的病例。

“我他妈的问你有没有良知，你就给我一个‘嗯’？”

“我回答的是正确答案。”

“不可一世惯了是吧？”

“难道非要哭给你看？你们的体制就是这样运转的吗？按照演技来评判一个人的心理健康水平？”

“好！不用问了。”龙行风说，“直接送进电子监狱！你他妈的可能还没有意识到，过去在圣安德森的二十四小时，是你接下来三十年最幸福的时光！”

“流程还没有结束，”狄兰看着已经站起准备离开的龙行风，“我们必须——”

她的话没有说完，突然有紧急来电接入了她的频道。

“你稍等一下……”狄兰用指尖在太阳穴上轻敲了两下。

穆若愚的神色很平静，他昨晚一夜没睡，早已把自己未来可能的各种归宿想清楚了，并发现自己没有任何解决方式。既然没有解决方式，也便没有什么值得着急的。

“她说她要跟你说话……”狄兰忽然说，同时将信号源接给了龙行风。

“谁啊？”龙行风皱着眉问了一句，点开自己的骨传导声音系统，“喂？”

仿佛审讯大厅的一切都与自己无关，穆若愚低头打了个长长的哈欠，准备小憩。

“别睡了！”刚刚眯了几分钟，他又听到了龙行风的命令，“看看这个，认不认识？”

穆若愚懒洋洋地抬起头，却瞬间亮了眼睛：龙行风与狄兰的全息面板上，出现了一个戴着王冠的国王，他站在有字幕提示的“塔尔塔罗斯”的荒原上，远眺中是无数飘逸的暗色孤魂。

“这一串写的是什么？”龙行风指了指画面上没有断句的希腊语，“铸造哈希还是合约地址？”

“不知道……乱码吧。”穆若愚说。

龙行风狠狠盯了他几秒，然后使了个眼色给狄兰。

“真是没有想到啊若愚，”狄兰微笑着说，“如果不是你女朋友刚才打电话给我，我差点就在送你去电子监狱的智能合约上签字了。你什么时候有女朋友的？为什么不说呢？”

女朋友？

穆若愚一时间哑口无言。

“你先走吧，剩下电子签名的事情我来处理。”龙行风依然黑着脸，但显然已经没有了怒意。

狄兰离开后，龙行风带着死神的数字遗产走到了穆若愚面前。

“还差你一个电子签名，签好了就滚。”

穆若愚盯着NFT的右下角，有两个被盖住的“权益移交”签名，他突然就明白了。

“你听好了小杂种，出去以后最好别犯事。”龙行风在他签字后立即收起了全息面板，“如果给我发现这张NFT是假的，你和你那个女朋友，一个都跑不掉。”

贰拾肆

直升机落地的位置是夜幕下的海滩，巨大的螺旋桨扬起沙滩上的砂砾，垂直高度一百米左右的时候，三人透过窗户看到了绿色的边界灯围绕着一块荧光红的圆形金属板，那是刚刚在沙滩上建成不久的夜光停机坪。海伦的驾驶技术极为娴熟，她一边降落一边不断念叨标高、空气温度、风速与风向提醒着自己，最终稳稳地落在了停机坪上。

刚下飞机，沙滩上就传来四座沙滩车发动机咆哮的声音，顺着车灯的方向，三人看到了花昭像是夜色中的法外狂徒一般，扬起身后长尾般的沙尘，急急刹在了海伦的面前。

海伦翻上了副驾驶的位置，轻轻与花昭拥抱了一下。站在沙滩上的另外两个人没有受到邀请，只能自觉地站在车旁等待。

“剪彩仪式已经结束了，阎罗也被邢天说服留在了这里。”花昭说的时候海伦点了点头，最顽固的阎罗都被说服了，弥诺斯俱乐部的新家也就定了址。

“他们两个也一起去吗？”花昭双手搭在方向盘上，明知故问道，朝着穆若愚和殷浩存扬了扬下巴。

“一个是刚刚用大价钱赎回来的，另一个嘛……”海伦叹了口气，“小心点，大概是来复仇的。”

花昭收起下巴点了点头，“你俩如果觉得我们之前的恩怨可以一笔勾销了，就坐上来吧。”

穆若愚和殷浩存相互看看，次第登上了后座。

“我有种他们两个会在我身后放冷枪的感觉，”花昭坏笑着对海伦说，“上次在拜占庭元境里他们也是这么沉默的，再后来，我一不小心就被法老的‘归墟’放倒了。”

“不是说不提旧事了吗？”穆若愚坐上去的时候嘟囔了一句。

“包扎的事情，谢了。”殷浩存摇了摇自己打着石膏的右臂。

“坐稳扶好，我今晚很累，摔下去是不会加一台手术的。”花昭说着狠狠一转方向盘，车辆猛地在沙滩上冲前奔行。

看到海滩上有光亮的时候，四人下了车，三十多个用轮椅围坐在篝火周围的老人纷纷扭过头来，顺着他们行进的方向鼓起了掌。

“哪个才是殷航的孩子，我忘了。”荆横一边鼓掌一边问身边的阎罗。

“那个断了胳膊的，你和他一起从楼上摔下来的。”

“另一个呢？”

“另一个是接尿仔。”

穆若愚显然是听到了，他走到了两人的面前，再次介绍自己的名字与护工的身份。

“好消息，这里是海边，”薛禅插进话来，“我们随地都可以小便，需要你接的时候，只要把小杯子埋进沙子里就可以了！”

“我再说一遍，海边不是你随地小便的地方！”红拂在他身边无奈地叫道，她转过身的时候，面容却格外慈祥，“回来了就好，孩子们，欢迎你们。”

“我觉得，其实所有的人类不过是生存在这颗星球表面的寄生虫而已，至于这颗星球是否真实存在……”薛禅似乎还要为自己能够随便在沙滩上小便的事情辩解，红拂正要发火，却看到远处踏沙徐行的身影。

穆若愚和殷浩存心照不宣，传说中的邢天，真的朝着他们走来了……

因为直到这一刻，他们二人才将那些情绪茧房中的身影与在场所有黑色梵音的成员一一对应：

阎罗多了一根不离手的拐杖，即便坐在轮椅上，他也将其插在自己身前的砂砾中，仿佛那是一柄骑士的剑；红拂慈祥的笑容正是因为她的皱纹，她的头发在月光下被映成了银色；荆横大病初愈，皮肤的颜色却比年轻时深了许多，太阳穴和颧骨之间长着显而易见的老人斑；薛禅的眼眶上挂着松松垮垮的眼袋，目光依旧神炯，但每当他凝视的时候，颇有些《回到未来》中布朗博士的疯癫……

只有邢天的头发是雪白的，整齐地梳在脑后，左边的眼眶里是一颗灰白色的圆形晶体，不带人工智能的功能，甚至没有任何装饰效果，像是要在初次面见任何人的时候，无畏地展示出自己的缺点。他已经有些佝偻了，步履却并不蹒跚，止步于穆若愚和殷浩存的面前，缓缓伸出了右手，手背粗糙，早年间手术留下的疤痕已不易察觉。他微微笑起的时候，像是看穿了这个世界的一切。

“殷浩存，你和你父亲的眼神是一样的！”邢天兴奋地说，他的声音也比情绪茧房中显得更加苍哑，说话的时候仿佛身上带着聚光灯，身后坐在轮椅上的同伴们都自动噤声，默默地看着，“思敏还好吗？我听说她搬去了新西兰的奥克兰，在你小的时候她就对那里有所向往，据说是个宜居的地方。”

“是的，”殷浩存的声音很是尊敬，“妈妈很好，我每年都会去看她。”

“以及你，”邢天笑着握了握穆若愚的手，“我前女友的孩子。”

邢天说完，所有人都笑了起来。

“听说你学会了怎么跟我身后的这群老家伙打交道，还干掉了我这辈子最大的宿敌，你还没有意识到这有多么了不起吧……”穆若愚还没有回话，邢天忽然凑近穆若愚的耳朵，却是用所有人听得见的语气嘱咐道，“给你一个小建议，这些老家伙的脾气都很差，你不要惯着他们！”

“比你好伺候多了！”阎罗在他身后大声地揭穿，所有人又都笑成了一片。

“总之，你们能够来这里，是我的荣幸……对了，海伦，那三张NFT合成了吗？”

“合成了，我们看了你制作的希腊神话故事。”海伦轻描淡写地说。

“你们都看懂了吗？”他忽然笑着问。

穆若愚和殷浩存点了点头。

“哦？”邢天一副并不相信的样子，“那你们来告诉我，死神的数字遗产，最后那句希腊文所代表的，究竟是什么遗产？”

殷浩存想了想，又看看穆若愚，两人都无言以对。

“就是我身后的宝藏。”邢天顽童般地挤了挤眼睛。

“别逗小孩子了邢天，快带他们去看看你的‘宝藏’！”阿妍缓缓把自己的轮椅推了上来，“走，去看看黑色梵音的新家。”

邢天笑着转过身去，三十几台轮椅也跟着掉转方向，轮子在沙地上刮出哗哗的阵响，分散在沙滩上的老人们朝着一个方向前进，像是一群钢筋铁骨的动物在退潮的时候分散在沙滩上集体觅食。

年轻的四人跟在邢天的身后，邢天看看漫天的星辰，指了指前方的队伍，又转过头看向新生代的孩子们，“你们让我想起了从前，那些和他们一起在夜色下踌躇行走的日子，现在想来，确是幸福的……就在前面，你们看到它的位置了吗？”

顺着他手指的方向，海边有一艘狭长的游轮，却更像是一艘能够腾空的飞船，船身靠后的位置左右各伸出了一块甲板，其中一块如同舷梯般斜搭在沙滩上，另一块浮在近海，它们像是渡轮的双翼。除此之外，船身不再有露天的部分，五十多扇透着光的小窗分列成三层，在夜色下照亮着波浪起伏的海面。

“忒修斯俱乐部，薛禅给它起的名字，弥诺斯算是它的前身吧。”邢天笑着说，“我们这些老家伙，用毕生所有的积蓄买下并改装了这条游轮。我喜欢这个名字，薛禅是取了‘忒修斯之船’的本意，他的私心是继续怀疑世界瞬息万变的真实性。我倒是觉得，这条船上百分之九十的人都植入了人造器官，每个人都是一艘忒修斯之船……”

轮椅在五条电磁轨道前排起了长队，不再需要海伦或是花昭的辅助，老人们自行就能完成轮椅的挂载。

邢天和四名年轻人停了下来，等待老人们陆续登船，“这条游轮的名字也正如我和殷航之前制作NFT时的最后的想法，也许扭曲了这则希腊神话的本意，但它提醒着我们不要欺骗死神，更重要的是诚实面对真实的自己。”

“所以上面也会有供我们居住的客房吗？”穆若愚好奇地问。

“上面有五十多个房间，没有你的客房，”邢天笑着说，“但你可以选一间当作自己的家，殷浩存当然也是。”

“不要让我和荆横做邻居，我感觉他半夜会来找‘世侄’我谈心的。”殷浩存故意说。

“那倒不会，”邢天摇了摇头，“这艘游轮上的每个房间里都配备着很高级的沉浸舱设备，估计他每晚都要去新的黑色梵音元境找红拂玩抢地盘的游戏。只希望这不要再加重他的健忘症。”

“不会的，我做了一些研究，”花昭说，“在睡觉时使用沉浸舱，会让人的神经元快速收缩，给脑脊液腾出空间清理 β－淀粉样蛋白，这种 β－淀粉样蛋白才是导致神经元受损并产生健忘症的元凶。”

“但也只限晚上睡觉的时候，”海伦跟着说，“白天我会看着长辈们，不让他们进元境的，毕竟是一群赛博综合征的患者，弥诺斯虽然改成了忒修斯，但规矩不能变。”海伦说着，指了指穆若愚和殷浩存，“你们俩以后也要跟我一起监督他们！”

“现在到了公布答案的时间了，”邢天笑着转过身，“所谓死神的数字遗产，原本是黑色梵音的汤屋，而现在，它代表着黑色梵音未来的元境，它也是一个独立的NFT，现在要交给你们四个遗产继承者一起跟大家建造，并负责维持其中的纪律了。”

“很抱歉啊，浩存……”邢天面上忽然掠过严肃的样子，“你父亲的事，那些事，给你留下那么多的心理阴影。”

“我已经释怀了。”

“我带你去看看我为他新备的沉浸舱吧。”

“您的意思是……父亲他……还活着？”

“我并没有那么乐观，目前的科技能够让我们在虚拟世界无所不能，但在现实世界经过冰冻后，想要不被冰晶刺穿细胞解冻，依旧是目前医学无法取得成就的领域，更何况殷航还换过一次心脏……我依然建议保持他如今的状态，你同意吗？”

“我……我能见到他吗？”

“不能，但你能看到他所在的沉浸舱。”邢天略带惋惜地说。

“你们去吧，”花昭摆了摆手，“我去检查大家进入房间后的状态。至于你们两个，”他看看姐姐海伦和她身边的穆若愚，坏笑了起来，“可以在星光下的海滩上漫步……”

“我就不需要你操心了，花昭医生。”海伦瞥了他一眼。

穆若愚低着头，慢慢用鞋尖拨弄着柔软的沙子，偷偷地笑。

他们登上了忒修斯俱乐部游轮，游轮的背后依然是一望无际的沙地，船头所指的远方，是连接星辰的大海。

星辰都很渺小，忒修斯俱乐部也是一颗明亮的星，而它的光，来自黑色梵音肝胆相照的璀璨与自由。

尾声

“嘘！”邢天在进门前把食指竖在嘴上，转过头看着殷浩存，一副老顽童的样子，仿佛要给船舱中的人一个惊喜。

他推开门的瞬间，淡蓝色的光盈满整间屋子，屋内像是一间实验室，气泵与水流共同发出环绕的声音，静谧而冷清。

殷浩存第一眼就看到了那具金色的沉浸舱，它比一般的沉浸舱多一只顶盖，舱身上的各种线路接口与电力阀也与普通的沉浸舱不同，沉浸舱的周围不断冒出白色的液氮，他知道，自己的父亲殷航如今就躺在其中，那是他的“金棺”。

“不要靠得太近，以防被冻伤，这是唯一一间比冬季的海边还要冷的屋子。”邢天用手挡住了殷浩存想要继续向前走的想法，“殷航，你没有想过有这么一天吧，”他对着金棺笑道，“很多年前我就告诉过你，除非浩存自己愿意来，否则我是不会打破思敏定下的规矩的。”

“这里便是殷航的‘数字永生之地’，这口棺具的模型是荆横早年设计的，但一直到近些年才实现。我偷偷地告诉你，荆横借鉴了迈克尔·杰克逊的棺材样式，就是那台曾经闻名于世的‘普罗米修斯’，不过涂层换成了金色的纳米材料，内部也没有蓝色天鹅绒，混合了修复型纳米分子的铁氟龙而已。”

“这样做不会违背你们NFT上最后的那句希腊文吗？”殷浩存直言不讳，“我总觉得这就是在欺骗死神，或者欺骗自己……”

“不，”邢天摇了摇头，“我们并非不能倾最大的能力把他从冰封的状态中释放出来，然后再给他换上一颗最新技术合成的人工心脏。这项工程的准备时间甚至会比手术的时间更长，所有参与者都必须保证在任何突发状态中有第二套保全方案……真的要选择这样做，我们会卖掉这艘被称为忒修斯俱乐部的避风港，为了一生的挚友，一掷千金也无所谓，但这样做并不值得。我们选择用另一种方式去缅怀这位永生的先驱者，没有他，必定没有黑色梵音。让你父亲好好在这里休息吧，他的大半生，每一秒都活在提防心脏爆炸的阴影之下，那是普通人无法想象的疲累与煎熬。”

殷浩存凝重地点了点头，举起一只手，朝着金棺的方向轻轻摇摆，像是在初遇时挥手致意，又像是在告别……

海滩的繁星下，穆若愚与海伦并排走下舷梯。

“今后怎么想？真的决定留在这里了吗？”海伦问他，“这不是一个年轻的环境，当然也从不强制任何人的去留——”

“我会留下的。”穆若愚打断了她的解释，“我接受了这份遗产，”他笑着说，“也许偶尔会去外面的世界看看，但这里是目前我唯一的家了。”

“我听殷浩存说，你们还养了一条叫阿胜的松狮犬？”

穆若愚大声地笑了起来，“对，算是我们养的，过些日子有空的话，我们就把它也接到这里来……”他深深地吸了一口夜空下略带咸味的空气，回忆起前些日子的往事，仿佛已经时隔多年。

“对了，我还有一些事情没有处理完，”穆若愚忽然想到了什么，“那天你联系到公共心理健康元境的狄兰，用死神的数字遗产把我赎出来的时候，是不是说……”他偷偷看了一眼海伦，“是不是说你是我女朋友来着？”

“胡说！”海伦瞪了他一眼，“我可没说过！”

“哦，那……那是我听错了。”穆若愚瞬间像是被霜打过的茄子一样没了精神。

两人忽然变得无话可说，默默走着，感觉着彼此间气氛的微妙变化。

“对了，我那天在想，相比起浩存，虽然他的父亲害死了我的家人，但他或许比我更加不幸，”海伦悠悠开口，“复仇啊，遗产啊……这么多年，他都完全无法像个正常人一样活着。”

“嗯，你们的童年真是比我好不到哪里去。我在情绪茧房里看到你们的小时候，我就很伤心，但我很庆幸你和花昭在黑色梵音的抚育下，没有让自己走上一条极端的路。”

想到自己的小时候被同龄人看到，海伦还是有些羞赧，“以后就不准说你看到的了。”她撇着嘴朝穆若愚眨了眨眼睛。

“好啊，”穆若愚乖巧地点了点头，“那就说说我啰，我小时候也很不开心的，长大后也是，因为穷，因为总是觉得不公……以后就好了，至少安心了。”

“可把你美坏了，”海伦笑话他，“但你能在这里干什么呢？沽名钓誉的接尿仔。”

“喂！”穆若愚露出无奈的样子，“我可以……我可以继续做守望人啊！我可以做你的专职守望人！”

“我去哪里还需要你守望哦！”海伦脸红了，但依然嫌弃地说，“我的迷想城吗？”

“啥……好啊！”穆若愚鬼鬼祟祟地靠近海伦，发出轻轻的声音，“花昭说……你那个元境是专门用来恋爱的！”

“啊啊啊啊啊！”这次海伦的脸红透了，“花昭这个大嘴巴！以后我见他一次，就打他一次。”她一边说着，一边使劲地往穆若愚的身上打去。

穆若愚一溜烟跑到了前面，一边跑一边大喊：“我以后就是女武神在迷想城的唯一守望人啰！”

“死菠菜头你还乱讲！”海伦追了上去。

在他们追逐的身影后，忒修斯俱乐部的大船静静地泊在夜海中，披着天空的无数星辰，如同一座犁波的山峦。

亲爱的邢天：

其实我一直都知道我们分手的原因，只是曾经很长一段时间，我不愿接受这个现实。你送的NFT和元境通用模型我都收到了，我会把它们转送给我的孩子穆若愚。

我现在已经释怀了，也许是被时间冲淡，也许是患了重疾将不久于人世……但我没有什么遗憾，因为我相信穆若愚会比我们这一代人更加坚强，这便足矣。

听到殷航最后的消息时，我没有自己想象的那么难过，我只和他见过一面，知道他心脏的状况不好，最终也算是求仁得仁吧。我还是很庆幸能够把你“送”进弥诺斯俱乐部的，诸事总有尘埃落定的那一天，但你的归宿不错。

如果还有机会，帮帮下一代的孩子们吧，在他们跌倒的时候鼓励他们站起来就可以了，让他们自己去寻找自己的必经之路。

我想这是我们最后一次联系了。祝你好运，我也一样。

晓烟

PS：就算你还记得我喜欢吃菠菜，也不用专门做一副“菠菜头”的模型吧！再次感谢。

后 记

虎年是我三十六岁的本命年，在虎年的前一天，2022年1月31日除夕之夜，我决定参加元宇宙征文大赛。然而这个良辰吉日并不是我自己择选出来的，只因新年旧岁交替的当晚，我收到了即将参与的游戏项目因资方撤资而胎死腹中的消息。

那晚的年夜饭饭桌上，坐着九个留守京城、未及返乡的小伙伴，其中有我的室友，亦有五个初次见面的新面孔。原本的计划，自然是由我以“刻奇”的套路，活跃除夕之夜，我一向善于营造气氛，当时却在歌舞升平的春节联欢晚会中诚惶诚恐。心绪糟透了，我所有的演技都被锁死，如今只记得我们围着大大的饭桌默默地夹菜，我甚至至今都没有记下那些素昧平生的小伙伴的名字。“晚宴”就这么匆匆结束，为了防止在除夕之夜打不到回出租屋的出租车，他们开始叫网约车，很快纷纷离去，留下我独坐在房间里思考新岁的去从。我抽了几根烟，就像是当年的阿Q，“待三个萝卜吃完时，他已经打定了进城的主意了”。

接下来两个半月，我完成了这部作品，其间也因找寻新的工作写了几个用来“敲门”的笔试短篇，以及构想了两三套初具雏形的世界观。这段创作经历是我人生中少有的纯粹时间，虽然我积累了一些写作经验，但我从没有写过科幻，一开始对元宇宙的认识仅限于《头号玩家》等大家都耳熟能详的影视作品。经过一系列的恶补，第一个故事大纲，是“情绪茧房”中的邢天踏上自己的末路，杀出了“黑色梵音”的希望。得知自己最终获得“奇想奖”的当日，我已经在新的游戏公司投身于如火如荼的工作，相比激动，更多的是尘埃落定的欣慰。

我是个很喜欢科幻的人，自儿时起，科幻就给我一种洪荒般的博大以及蕴藏着真理的启迪之感。读过许多拍案叫绝的作品后，我感受到了单纯的快乐和感动，用个不恰当的比喻，那是一种暗恋着被自己美化后的异性的感觉。科幻的创作很不易，前人的经典作品中都蕴藏着对所期未来的据理想象，且能在潜移默化中引起读者对存在的思考。好的作品也会让身为作者的我有点害怕，有生之年能不能在科幻创作中达到某种“形而上”的高度及深度？我心里没有底，我能做的，只有再接再厉的尝试。

希望所有的读者能够在我的故事中得到轻松的阅读体验。这是我创作的目标之一，就像这本《赛博遗产》，其实我有尽力以“画面场景+大量对白”的方式构建这趟阅读旅程。我尝试着依照自己在小说、影视、游戏三个领域积累的创作经验去描述这个故事，我想让角色们在纸上“活起来”，然后偷偷倾诉我心里的正义标准，如果因此能够得到一些读者的共鸣，已经值得我开心地“翘起尾巴”了。

小的时候，父亲曾对我说：“那些在稿纸上爬格子的作家真是辛苦啊!”长大了以后，我也常听人说起这个时代的浮躁、文字创作者的卑微与艰辛。自己有些时候也很有感触，大多数小说作者很难靠专职写作养活自己，便是此间的现状。阅读没有倍速播放，没有音乐对情绪的感染，也没有速通的作弊攻略……不知道从什么时候开始，它成了一种奢侈的时间交换行为，更不用说创作了。但我还是想赞美一下阅读的体验，我很愿意在阅读的时候听到自己的心声，在思考中静静地感受一种涤荡。也许正因如此，同时代的从业者们还在冒着吃力不讨好的风险，呕心沥血，独自酝酿着让娱乐超过娱乐本身的价值。无论是不是带着文人相轻的局限、武无第二的自满，创作本身的劳动精神总是值得尊敬的，趁着写后记的这个机会，也想与所有作者及喜爱阅读的读者共勉。

我用来找工作的简历上写着这么一句话：“喜欢阅读直击人心的文字，观赏富有诚意的影视作品，玩良心制作的游戏。”因此，我作为一个读者、一个观众、一个玩家的资历要比我作为一个创作者资深许多。我想，不出意外的话，这些东西会伴我一生。这就挺好，我还能够掺和自己喜欢的事情，已经是不可多得的“职业幸运”了。

往好里想，也许时代从来都不浮躁，大家只是对作品的要求更高了；往好里想，我还想写，还想请大家读读我以后更多的故事。

扯得有些远了。言归正传，如果有读者之前读过我参赛时的作品，会发现这个故事的印刷版与当初的电子版有些不一样的地方，那是因为我在本书出版的过程中进行了一次整体的修订，其中的许多情节我都重新打磨过。相较于参赛时因为

deadline而略显仓促的答卷，我更满意能够在充足的时间里把故事写得更加耐读。当然，精益求精的过程是没有终点的，如果将来有幸再版，也许我还能在沉淀与积累中将它修订得更加完善。(上面这一句是一种高级的写作手法，它的中心思想表达了作者希望作品大卖的美好愿望，哈哈。)

最后，我想感谢元宇宙征文大赛的主办方，正如唐风老师所言，这次大赛给了我一次公平试炼的机会；感谢漂亮的主编东方木小姐姐，以及未曾谋面的编辑Noah小姐姐校对在下的作品；感谢各位评委读过十几万字后愿意给我一些信任与支持；感谢前同事青筝老师介绍编辑给我，有机会我会按您的要求给您写感谢信；感谢我的编辑小戴老师，在本书的修订过程中，小戴老师给予了最大的支持，我会在今年如约向《银河边缘》投稿，同时也感谢八光分文化的主编杨枫老师给予的鼓励。

还有诸多从我创作到出版这一旅程中不断支持并尊重我的亲朋好友，虽然我没有在此一一致谢，但当你们想起我时，一定也能感受到我心中的谢意。

最后的最后，感谢每一位阅读《赛博遗产》的读者朋友，我写得还算用心，愿你们能从阅读中获得自己的想法与快乐！

九伏

2023年8月9日

图书在版编目（CIP）数据

赛博遗产 / 九伏著. — 成都 : 四川大学出版社，2024.4

（光分科幻文库）

ISBN 978-7-5690-6690-6

Ⅰ. ①赛… Ⅱ. ①九… Ⅲ. ①幻想小说—中国—当代 Ⅳ. ① I247.5

中国国家版本馆 CIP 数据核字（2024）第 040357 号

书　　名：赛博遗产
　　　　　Saibo Yichan
著　　者：九　伏
丛 书 名：光分科幻文库
丛书主编：杨　枫

出 版 人：侯宏虹
总 策 划：张宏辉
选题策划：侯宏虹　王　冰
责任编辑：毛张琳
责任校对：陈　蓉
封面绘制：毛　茗
装帧设计：付　莉
责任印制：王　炜

出版发行：四川大学出版社有限责任公司
　　　　　地址：成都市一环路南一段 24 号（610065）
　　　　　电话：（028）85408311（发行部）、85400276（总编室）
　　　　　电子邮箱：scupress@vip.163.com
　　　　　网址：https://press.scu.edu.cn
印前制作：成都八光分文化传播有限公司
印刷装订：四川华龙印务有限公司

成品尺寸：145mm×210mm
印　　张：10.25
字　　数：253 千字

版　　次：2024 年 4 月 第 1 版
印　　次：2024 年 4 月 第 1 次印刷
定　　价：59.00 元

扫码获取数字资源

四川大学出版社
微信公众号

本社图书如有印装质量问题，请联系发行部调换

版权所有 ◆ 侵权必究